U0137502

现代生活手账

李潇潇 著

河南文艺出版社
·郑州·

图书在版编目 (CIP) 数据

现代生活手账 / 李潇潇著. 郑州: 河南文艺出版社,
2023.12

ISBN 978-7-5559-1591-1

Ⅰ.①现… Ⅱ.①李… Ⅲ.①小说集中国当代
Ⅳ.①I247

中国国家版本馆 CIP 数据核字 (2023) 第 226072 号

选题策划　　杨　莉　王战省
责任编辑　　杨　莉　王战省
责任校对　　殷现堂
装帧设计　　张　萌

出版发行	河南文艺出版社	印　张	10.5
社　　址	郑州市郑东新区祥盛街 27 号 C 座 5 楼	字　数	236 000
承印单位	郑州新海岸电脑彩色制印有限公司	版　次	2023 年 12 月第 1 版
经销单位	新华书店	印　次	2023 年 12 月第 1 次印刷
开　　本	890 毫米 × 1240 毫米　1/32	定　价	98.00 元

印厂地址　中国河南省郑州市管城回族区南曹街道金岱工业园鼎尚街 15 号
邮政编码　450000　　电话　18695899928

目 录

编者注:在"壹 它"部分的小说里,有些句子后面没加标点符号,并使用了一些手机使用中常见的符号,这是为了原生态地呈现自媒体写作和手机阅读的特点。特此说明。

 朋友圈

● 对话现代生活
● 数字化的孤独
● 自由的表象
● 走近文学故乡

码上发现

3011 月

♥56 ▢6

4 月的亚丁之行还历历在目,仙乃日、央迈勇、夏诺多吉,想念你们! 如今我又在四姑娘山脚下了。比起高原越野,5 月的喀纳斯百公里、9 月的长白山 50 公里赛程显得轻松无比。马拉松永远如此叠加瘾头,Skyrunning! 我又来了! 亚丁第一日的高原反应下马威让我心有余悸,"眼睛上天堂,身体下地狱,灵魂受震撼!"好在 4 月的跑友再次相聚,Roger,小林,明道,Vivian,还有半年胖了 4 斤的庄小鱼(嘘!),愿我们的友谊如雪山一般纯洁永恒! p.s.:预防高原反应小贴士【①防寒保暖,避免抵抗力下降致感冒侵袭。②少食多餐,低盐饮食,不可暴饮暴食。③充足睡眠,尽量选择舒适的宾馆入住。④糖果、巧克力都能帮你迅速补充糖分。⑤携带维 C、感冒药、消炎药、跌打药、散列通(我这里很全,需要的来找我)。】(分组标签 1;所有朋友可见)

Kyle　每一天都要活成自己想要的样子

回复 Kyle:嗯嗯! 您才是我的榜样

林梢　玩这么高端了,让我们在奥森溜达的人情何以堪。

涂小君　美女又出发了

妈妈　注意安全

庄小鱼　嘘!!

6

❤9 ▢4 　　潜在高净值客户:年龄 40＋,男性,山地越野,娱乐上市公司总监,年薪 200 万＋,有高血压病史,妻子全职主妇,低血糖病史,双胞胎男孩 4 岁,有先天性心脏病;年龄 20＋,女性,全马,北京大学生,官(厅局级)二代;年龄 35＋,女性,山地越野,金融精英,年薪 80 万＋,女儿 10 岁,疑似离异;年龄 35＋,女性,极限越野,博士,高校教授,年薪 20万＋,单身。把相应保险设计方案(粗略)发我邮箱。请 Rosie 晚餐前将今天的合影 PS 好发回。(分组标签 2:仅同事可见)

💬　**李云**　好的,李总

　　胡静怡　一定办妥,李总

　　Tracy　搜集了一些行业话题发过去了

　　Rosie　合影已发至邮箱。

　　瞄了一眼签到处,P 还没来。他的房间是 412,我的是 312,一想到整整 7 天我都能听到他的脚步声,全身都热了起来。4 月的亚丁,经幡、雪山、预知未来的五色海,我正凝神注视,想要参悟一些我自己的宿命,P 主动停下来帮我拍照,那一秒的眼神交错,Terrific！You're amazing！他称赞我,他跟我说话！越野大神和我距离不到一个拳头。他把相机还给我，我竟然没有说一个字。或许是海拔 5000 米的感官延迟，但我发誓，我记得他脸上的每一个部分，每一条被高原风霜雕刻的皱纹，每一个毛孔，他吐出的气息和空气凝成的每一缕轻烟，他的睫毛……天哪，我爱你，我爱你，我爱你，我真的需要不停地吐出这几个字，I love you（我爱你），I love you，I love you。我愿意为你做任何事情，哪怕让我抛弃父母、家庭甚至两个孩子，我发誓我愿意！噢，我知道我昏了头，在法国 UTMB 环勃朗峰的颁奖台上，你隔空拥吻你的妻子，你是出了名的好男人、好老公、好父亲。这也是我爱你的原因。但我知道你的妻子并不能和高山对话，她不是那个可以和你比肩天空的知己，我才是最懂你的那个人，总有一天你会明白的。到那时，我要和你露营在海拔 4500 米的星空下，时间停止，空间静谧，只有我们，我们是对方的氧气罐……就算此刻，我也是最幸福的人！我预备做完工作、洗完澡就躺在这里等你的脚步声。(分组标签 3：仅自己可见)

2611月

♥80 💬13

起个大早先去运动旅拍。网红摄影师果然名不虚传，为了拍摄效果一脱再脱，练了半年的人鱼线最终还是输给了携带猫主子一同参赛的香港小哥哥。大神 Partrick 抵达！欢呼！小妖精 Vivian 竟然邀请到他和我们 Team 共进晚餐。牦牛汤、松茸鸡汤咕嘟咕嘟，大家敞开心扉，虽然各有心事，却都正能量满满，神山将缘分带

给我们,将祝福带给我们,感恩世界有爱,世界有你! (分组标签 1:所有朋友可见)

傅世男　你太美了!

Vanessa　越玩越高级!

Jason　膜拜

Vlad　下次能否带上我

Judy　远离俗世的仙女

Wendy　羡慕

陈彦滕　如何这般自虐

Alexander　朝圣

Lily　又有颜值又有毅力的女神

吴新语　女神

回复吴新语:明年我想把八月底档期留给 UTMB,撸一圈 OCC,吴总一起啊!

Sam　井喷式发展的越野跑

Isabelle　请收下我的膝盖

潜在高净值客户：年龄 50＋，夫妇，山地越野，个体商户，年收入 50 万＋，无子女；年龄 45＋，极限越野，中央警卫局前军官，中年创业，儿子留学英国；年龄 40＋，夫妇，山地越野，建筑师，年薪 100 万＋，二胎备孕中；年龄 55＋，温州富商，心脏搭桥 3 根。把相应保险设计方案发我邮箱，昨天的鱼重点推进娱乐总监方案。另准备烘焙话题、水培植物话题。这一部分高士杰做一下，他语言比较时髦、幽默。帮我订一束花送到我老公的 Office，玫瑰过敏，其他随意，卡片写生日快乐，顺便提醒他周末送文文去浦西的书画班，记得强调是浦西那个陈文远老先生，我上个月刚换的。还要提醒他今天付阿姨薪水，本月请假两个半日，扣除三百块。(分组标签 2：同事可见)

💬 **高士杰**   收到！

李云   昨天补充部分已发

Rosie   百合康乃馨，花想容旗舰店，八折 298，姐夫很满意。说阿姨辞职了，你回来之前文文奶奶会住过来帮忙。

　　昨天 P 什么时候抵达的？我竟然一觉睡到天亮了。还好他答应了 Vivian 的邀请，是因为他看到我了对吗？晚餐的气氛很诡异，傅世男一直用膝盖触碰我，他难道不知道他的妻子就坐在对面吗？无耻！Roger 无微不至地给我盛汤夹菜,他果然还想如长白山站那样溜进我的房间,可是这一站有 P,我的爱纯净得一尘不染,他哪里知道,纵使有全世界的男人追求我,我的眼里也只有他。整个晚上我都小心翼翼地打发 Roger,怕 P 吃醋。可是我也吃醋啊,Vivian 几乎要黏在他的身上,借酒撒娇,极尽搔首弄姿之能事。我知道他根本不会喜欢她这种货色,要不是她很爽快地购买了一整套高级保险,我很可能将她踢出整个 Team,其他人早就对她颇有微词,有知道底细的甚至说她混在极限马拉松圈里,就是要钓大鱼,找饭票。成天说自己 28 岁,成天蹦几个英文单词,果然在 checkin 的时候,我扫到一眼身份证,地址是某村,出生日期显示是 70 后。怪不得人说,前几年"钓鱼"去酒吧、高尔夫球场,这几年"钓鱼"就去马拉松圈。业绩自然是一如既往地出色,每吃一顿饭就有半桌子人成为客户。或许高原反应就是多愁善感,就是热泪盈眶,就是任凭自己无法无天地信任和讨好彼此,这里简直是亲密渴望症患者云集,攀比着展示大度和单纯,像是光溜溜地袒露这一时,就可把几十年的业障除得清爽干净了。你进屋了!我听到了,我终于听到你的脚步声了!我爱你!我愉快得想要窒息,你是不是有点趔趄,你喝了酒,你是燥热的你吗?真想去抚摸你的脸。我要合上电脑,让业绩保单见鬼去吧,我要进被窝,关灯,静静地听。你就在我的上面,而天空在你上面,我最亲爱的。(分组标签 3:仅自己可见)

27 11月

♥46 ▢5

今天练习雪地下山跑。Patrick 被我们闹得没脾气。大家先按他的指导做了两次,都开始自创花式雪地下山跑,有屁降的,有狗熊滚的,也有干脆头朝下躺下来的,也是这一片雪实在蓬松厚实,让大家都起了童心。攀冰练习可没那么容易了,Vivian 干脆放弃,整个下午她都在对抗艳阳,用她的爱马仕把自己五花大绑,只露着眼睛继续向大神送上迷妹秋波。天气晴朗得让人想哭,我们顺利赶到猫鼻梁看日落。今天遇到的王姐,让我很是受教,"为了充分享受极限运动,其他的事情都交给专业人士来处理!"这是多么智慧的人生。怪不得她年近半百保养得如此之好。真的,跑步除了收获无龄感少女心,更重要的是认识了很多有趣的人,又有趣又是各行各业的狠角色!向你们学习!学习创造快乐的能力,学习不仅让自己快乐,更让周围人快乐的能力! 夜晚我们露营在海拔 4200 米的地方,不一样的篝火和啤酒,半醉之时滚进睡袋,落雪在帐篷上写着情书,我们无所畏惧。(分组标签 1:所有朋友可见)

▢ Vivian　好感动

Joseph　单纯而美好

朱子诚　登山鄙视链的顶端

曾茜　Some birds are not meant to be caged,that's all,their

feather are just too bright.

李国庆　一定找个好的探路人,雪下常常有尖锐的岩石,危险难以想象

♥12　💬9　　　潜在高净值客户:年龄 30＋,男性,艺人,全马,年薪千万,甲状腺弥漫病变轻微,高血脂,儿子 4 岁,肺炎;年龄 40＋,山地越野,国企中层,年薪 40 万,离异;年龄 40＋,男性,互联网公司 CEO,年薪百万;年龄 45＋,女性,山地越野,私募基金管理人,规模几个亿。提醒我老公明天去开二宝的家长会,准备好给幼儿园 3 个老师 1 个园长的礼物。想好了给我报备。(分组标签 2:同事可见)

💬　Rosie　香水?

回复 Rosie:不行

Rosie　护肤套装?

回复 Rosie:不行

Rosie　健身卡?

回复 Rosie:OK.

高士杰　收到!

李云　好的,李总

胡静怡　一定办妥, 李总

　　姓王的傻×讲了一路的大道理, 到底也没有签我的保单, 还害得我不得不签了她的理财书。还有那个猫奴的什么心灵修行计划, 单价两万块的课, 什么神仙也被你请到了吧! 要不是 P 在场, 我需要岁月静好的人设, 真想恶狠狠地翻个白眼。我喝了不少, P 在故意气我, 我越发装作不在意, 他就越发地和 V 要好。都有人把他俩当作情侣了, 也是 P 单纯, 他哪里分辨得出 V 这种故作无辜的婊气。最可气的是这种混子, 从没想过真正地去挑战自己, 每次都是去到三分之一的路线就退赛回去敷面膜了。唉, 这几年的越野跑真的是让皮肤迅速老化, 几万的保养品用着, 满脸的细纹还是越来越多。我经常沮丧地看着镜子, 我到底是不是真的热爱跑步, 我真的不知道, 有时候我觉得我恨跑步, 年轻的时候谈恋爱, 男友们都说我像一枚饱满多汁的橘子, 如今这些停不下来的步伐像在绞拧着自己的血肉, 汁水仿佛一滴不剩, 身体干枯萎缩, 像干枣一样, 像顽石一样, 像勒死了情欲的古堡修士。跑完整个赛程总会疲惫地想死, 总对自己说, 这回可以了吧, 够作了吧? 但总有更严酷的赛事等着你, 然后那些人对你招招手, 怎么样, 走起啊。受虐心真的不难理解。那就像你习惯了拼命喘息, 平静的呼吸就会变得无聊、无趣, 不可忍受。当受虐变成惯性, 你的肉体就开始不动声色地左右你的脑袋,非那样不可,非那样不可,非那样不可啊。肌肉的记忆如此顽固,就像夜晚的缠绵如此蚀骨。我们总以为我们拥有理智,我们总在高估我们的自我意识,那个只是很会嚷嚷却随时屈从于感官的傻×,还有人为此生出傲慢,真的是好笑之极。我也不像他们那么喜欢大自然,像一只狗一样在草地上撒欢、撒尿。美啊,美啊,美啊,美是很无聊的事情,不是吗?你见到喀纳斯的湖泊,见到川西的穹顶牧场,见到玉龙的雪山星空,你都会,啊……美,然后呢,还是,啊……美。美无法高潮。美有什么可说的,美就是哑口无言。美毋庸置疑,但爱可以蹂躏把玩,爱可以挠到痒痒,爱可以让气流在体内穿梭奔逃,直至爆炸。哦,想念你。是的,我现在为爱奔跑,为爱你奔跑。我其实天生反感那种自以为高人一等的人群。想起第一次被拉进跑步群,我不过是嗅到了浓郁的"高净值客户"气味,是的,能烧着几万十几万去参加马拉松,就为了折磨一下自己肉体的人,可不是闲极无聊的人嘛。富贵闲人,不富贵哪来清闲。从半马到全马,再到越野、高原极限,越艰苦越昂贵,花钱买罪受,登峰造极的虚妄。我知道,虽然大家都号称远离尘嚣出世无为的心境,其实也未必不明白我为鱼肉人为刀俎的法则,不过是你卖我一套课程,我卖你一套保险,金钱无非是流动的符号,有钱人的世界更加不动声色。为了沐浴在神山的光圈里,为了笼罩在仙境的甜蜜中,显现高贵,显现慈悲,与永恒短期共振,谁不愿意呢。不过是几个小钱,他们扔下硬币,就像喂了路边的小猫,就像浇灌了山谷的野百合,就像祭祀了赚钱时候的心狠手辣。只有 P 是例外,他太纯粹了。篝火和酒几乎要让我爆炸,我的爱就在我身边,就在对面,像一只驯鹿一样强健无辜,他会照顾身边每一个人,包括那个姓王的大妈,分别的时候他亲吻我们的额头,到我的时候,火焰的余烬跳跃在我们眼中,他的嘴唇像一团雪,又像一团火。我在睡袋里抱着自己,深夜时分,我几乎想要就这样钻进你的帐篷,钻进你的睡袋。(分组标签 3:仅自己可见)

28 11月
♥55 ▢2

因为明天比赛,今天决定休闲一日,大家骑马进山。日光休戚流转,树影悲欣摇曳。时而如绿野仙踪,时而如狰狞鬼魅,全然不在人间。若有所得,若有所失。(分组标签 1:所有朋友可见)

▢ 庄小鱼 这么愚钝,还学别人参禅呢?

Helen 积蓄力量,明日爆发

♥12 ▢3

潜在高净值客户:年龄 45＋,男性,极限越野,制药厂总裁,年薪千万＋,3 孩;年龄 50＋,女性,极限越野,外企高管,丧偶;年龄 40＋,男性,阿里系,极限越野,年薪 500 万＋;年龄 25＋,女性,极限越野,留学英国;年龄 35＋,男性,极限越野,房产中介,年薪百万。精选 50 支英伦摇滚乐队 100 首歌发来。(分组标签 2:同事可见)

💬 **高士杰**　收到!

　　李云　好的,李总

　　胡静怡　一定办妥,李总

　　　只有我和他默契地拒绝了向导。我们都很会跟马打交道。于是这一次,我们自然而然地把他们甩掉,我们也没有刻意循着路线,我们放任马儿们自己找路。这是它们走熟了的地方。很快我们走进丛林深处。我觉得我们的爱升华了。P 跟我讲了好多他自己的故事。讲小时候的生存状态,追赶着羊群,遭遇风雪,越野即是生存,真实的奔跑是不得不奔跑,是为了逃出生天。这样的练就是不是有些悲壮。我们还聊了佛学,P 轻声唱了《大悲咒》,然后,他竟然又唱了摇滚乐! 是的,他热爱摇滚乐,我们都笑了,我觉得我更懂你了,更爱你了……你回来了,你的脚步踏在我的心上,像一片柔软的羽毛……你的脚步……两个人的脚步? 谁进了你的房间? 谁? 谁?!谁进了你的房间?! (分组标签 3:仅自己可见)

2911月

按大神 Patrick 的极简原则，昨晚就把与比赛无关的物品全部塞进旅行箱，再把旅行箱塞进衣柜。一觉醒来，只有你和你的赛程。吃掉两个面包片培根蛋，元气满满，4 点半从酒店出发，5 分钟到达游客中心。逐个整理行装，美利奴羊毛内衣，超轻羽绒服，纳米纤维长裤，防水越野鞋，背上了新购的德国极限冲锋衣和冲锋裤。0℃，无风，5 点开跑。天空的星和由参赛者头灯汇聚的星交相辉映，让我想到了《三体》里的情景。我的高频小步很快甩掉了大批人群，这么快就跑出了汗，于是一边脱掉羽绒服一边换上冲锋衣。一个半小时到达打尖包，一点也不觉得累，我只喝了几口热水就夺步前行。穿过独木桥和倒映着天光的小溪，正式开始 5 公里 800 米的爬升。我吞了一支能量胶，踏上 4200 米海拔。积雪越来越深，快到第二个补给站时，阳光忽然登临四姑娘峰。周围一片"哇"声，不少人开始花样摆拍。而以女子组前10 的水准，当然不能做游客状，我根本没进 CP2，心中燃起独孤求败的美妙傲慢。八角棚海子冻结了一半，倒是更显妩媚，与 Patrick、Vivian 打了照面，约着一起穿过著名的死亡地带——山脊横切雪路。我和 Patrick 等他们穿好冰爪，对的，没错，只有我和他认为不需要冰爪，那不过是心理假象。我毫不费力地或蜻蜓点水，或坐蹲溜滑，一刻不停地穿过山脊，竟然玩得不亦乐乎。果然应了大神的教诲，越慢越怕。走过许久，还听见 Vivian 的鬼哭狼嚎，Patrick 颇为绅士地当着护花使者，我就抛开他们继续前进啦！草甸子就在前方，我心里哼着歌，暖阳抚摸着我的脸颊，没想到也许是实在太惬意，雪下风化的尖利石头，把小腿肚划了一道浅浅的口子。我倒不觉得疼，先三蹦两跳地走出雪地，来到草甸子上，再迅速拿出急救包，做了简单消杀包扎。顿时觉得自己是一名女战士。花海子 CP3，我耐心地做了各种补充，喝了羊杂汤，遇到了好多朋友，女战士的心情一下崩塌，变成了高原懒猫。往中梁子爬升，我选择了随大溜，大家有说有笑，还拿出了夏威夷果，我会在小树下短歇，再靠我的高频小步快速赶上。于是 Roger 用台湾腔抱怨道，无论如何甩不掉我这个上海小姐呢。我们一起在新的补给站吃了面。四姑娘落落大方地站在面前，晶莹静美，平日里的自律，就为了这一刻与神迹相遇。大家像是怕打扰了她一般，都吃得很轻声风雅。下面的陡降路段是我的弱项，我正鼓足勇气预备再变作女战士模样，大神 Patrick 竟然比肩在侧。原来那几个林妹妹早已在 CP2 放弃赛程，就这样，大神终于变成我的护花使者啦！你们是不是很羡慕我！走过枯树滩到达喇嘛寺，焦煳的蛋炒饭让我吃出了松露鲍鱼饭的滋味，我也知道，Patrick 必须甩掉我开始冲刺了。去吧！去冲刺，去流泪，去拥抱胜利！属于我的冲刺也在前方，每一次都爽到头皮发麻，怪不得有人说，马拉松就是兴奋剂。(分组标签 1;所有朋友可见)

💬 Elisabeth　偶像！全是正能量，看完热血沸腾

回复 David:不算什么，还有 60K 和 100K 的大神。

文文　妈妈你最美。

Michael　自己对自己的 achievement 的满足，任何事情都不能

比拟

王郑钦　大峰去了？

Cindy　赛道上的陪伴，难忘

Jack　大长腿的上海小姐

Rebecca　女神你好

老公　我妈病了扛不了了，你让你妈明天过来吧。

孟进　有缘约一次

♥12　💬2

帮我去赛事官网上找照片，我穿的粉色 0399 号。
给我妈打电话让她换一下文文奶奶。(分组标签 2:同事可见)

💬 李云　好的，李总

胡静怡　一定办妥，李总

20

我多么希望昨天的我没有听到这一切。你们那些肮脏的呻吟。我发了疯似的想要炸掉整个宾馆。我要炸掉整个四姑娘山。我诅咒你四姑娘，四婊子，The fourth oldest bitch！所有的扎着四股辫子的四处浪的不三不四的妖孽骚货。我恨得发狂，我妒忌。但我仍旧要竖着耳朵听完你们的每一个动作，听床和墙壁的恶狠狠的撞击。是的，我去到你的楼层，我控制不了我自己，我以为出来的会是Vivian，没想到，出来的是姓王的老女人。是的，今天我知道她走在最后，我也知道她一定会维持她再慢也会走遍全赛道的人设，我还知道那样的雪坡，她只会坐着屁降下来，这种不知死活、不自量力的老骚货，满口的仁义道德、纯洁高贵，我只需要在雪堆下塞进一个形状嶙峋的山石，尖的！硬的！冰的！你喜欢的！专程送给你！让高原的风净化你，高原的雪升华你，高原的岩石扎破你欢愉的屁股又如何？嗯？如何？(分组标签3:仅自己可见)

3011月

♥36　▢5

昨天完赛后太辛苦，倒头就睡，今早醒来才知道，王姐昨天受伤了！越发觉得王姐的话是至理名言，"为了充分享受极限运动，其他的事情都交给专业人士来处理！"还好伤势不重，亡羊补牢，王姐立即拜托我替她设计一份保险方案。OK！让我们的专业护航我们的爱好！下一站她将缺席，但我们都是越挫越勇，永不言弃的战士！再会了，四姑娘山！明天开始，带着高原力量，投入美好的

事业,我们一起加油哦! (分组标签 1:所有朋友可见)

💬 Vanessa   千万小心!

David   秒变职场精英。

John   下一站是哪里?

Jason   坐等参赛照片~

Vivian   王姐这次好险!亲爱的,我也要一份保险方案。

♥15 💬6   今天返回,凌晨到沪。不用人接,明天一早例会。(分组标签 2:同事可见)

💬 李云   好的,李总

胡静怡   好的,李总

Rosie   明天见!

高士杰   祝贺凯旋!

Judy   明天见!

Tracy   好的,李总

飞机就要起飞。候机室里又遇到 P，他仍旧纯洁得像一只小鹿。他和我挥手示意，一种离奇的温柔袭来，我立刻就原谅他了。就像那些雪山，它要了许多人的命，却并不被怪罪。(分组标签 3:仅自己可见)

- 对话现代生活
- 数字化的孤独
- 自由的表象
- 走近文学故乡

码上发现

萝丝星星知我

台湾著名星座专家

曾用名：露西

628 篇原创文章

10 位朋友关注

已关注公众号　　　　　　发消息

消息　服务

2023 年 1 月 1 日

2023 年上半年爱情运势！震撼来袭！

阅读 10 万　赞 189　3 个朋友读过

2023 年 1 月 2 日

2023 年上半年工作运势！震撼来袭！

阅读 10 万　赞 189　3 个朋友读过

2023 年 1 月 3 日

2023 年上半年金钱运势！震撼来袭！

阅读 10 万　赞 189　3 个朋友读过

2023 年上半年爱情运势！震撼来袭！》》》

原创　萝丝星星知我　2023-01-01
发表于北京

爱情红榜

第一名【天蝎】

　　不安感泥沙俱下，像是旧日情伤莫名复发，然而环顾四周，并不知道此病菌宿主究竟是谁。职场恋情一触即发，不轨的冒犯感竟然让你启动久违的荷尔蒙崩裂的契机，是去摘取这朵带刺的玫瑰，还是屈服于禁忌之苦果的震慑力？黑暗力量主导的蝎子们，祈祷和诅咒缠绵氤氲，热爱与憎恨如影相随。以死亡之胜境照耀平凡人间，眼中皆是妖魔鬼怪。血污横流的生死场，屎尿横飞的名利坊，一个不原谅，一个不妥协，然午夜时分，对镜自察，越发心灰意冷，自己对自己亦万般厌嫌。不可理喻的冷酷与欲望又全然不会互相绞杀，用恨的方式爱，倒是能从极寒之地生出深黑色欲火。于是每日叫停，每日前行，不经意间绝望的汁水也浇灌出一颗成熟的恶果。

所有的禁止都变成喷泄,所有的隐忍都化成崩裂,排山倒海的爱在纹丝不动的面目之下抽搐颤动,这里是受虐者的修罗场。牺牲的献祭发生于10月中旬,转眼的清明理智配合11月的贵人驾临,让蝎子们照例有稳准狠的断舍离。虐恋带来的能量,一次性将厚密的阴霾扫净,隐秘欲望的大满足,点亮年底的钱财运,也埋下懊悔的种子,下一次的水逆有可能将这次出轨揭露,报复性地给你好看。

【推广】让脱发党回春的救星!古方生发+黑科技护发,5个月发量增加一倍!

第二名【白羊】

爱情就像一颗时令水果一般娇嫩欲坠,伸手采摘与否?是否有违伦理?对羊儿们来说手比脑袋离心更近。只是那禁果却要假他人之手才可享用,真真急煞倔强羊子。需要先烟视媚行,咩咩乖乖蹭过去,献祭一般的美丽心情如远古牺牲之愿景重现,紧紧压抑干柴烈火,火星守护的加持,近乎沸点的渴求,怒吼狂奔的个性,性感饱满的身体,都不得不化成奶声奶气的咩咩咩。嗯哼,待老娘将你拿下之后,再将羊皮摘下如狼似虎也不迟！将烂桃花捧成夜来香,勇当第三者还自认排在 C 位,你也不是第一次了。那又怎样？羊儿们甘之如饴。业障特质的桃花,低到尘埃里的卑微,说到底若无此等釜底抽薪忐忑翻滚,重口味的羊儿们哪里舔尝得到滋味？遇到"爱就是恨,恨就是爱"的劲敌,遇到"以恨的方式来爱"的冤家,羊儿们会撒开蹄子去拥抱这个灾难。"坏女人给我麻烦,好女人使我厌烦。"孰是孰非,谁赢谁输,全心陷入阿鼻地狱,大夜弥天,所谓彼之砒霜吾之蜜糖,何况爱情到手,嗯……即使仅仅是肉体到手,就是东曦既驾。这种运势可谓白羊座独有之超级英雄大阿 Q 精神是也。管他呢,爽到就好！况且下一回的水逆,天之骄子羊儿们所有的付出都会万倍地逆转回报,温水煮青蛙,日久终牵绊,那个今日的爱情胜者将会独自舔伤口。3 个月之后的羊儿则帅气抖落一身烂漫桃花,撒开腿跑远喽。耶耶耶。

【推广】黑头一颗颗被洗出,效果堪称 10 级磨皮！90%的人都回购了！

爱情黑榜
第二名【天秤】

下半年宜嗔宜喜,你却亦步亦趋。天秤宝宝们,要天上的星儿们如何疼爱得起你。得失心锁住脚步,天秤摇摆不定。保守主义原则,世界和平的夙愿,21 世纪的审美定论,拜托!没有人介意这些规范平衡呢。你们总在禅定一般地默念,待我慢慢理清楚,待我好好休整一番。事实却是,不如睡去,不如睡去。懒洋洋的清淡美人们哟,下半年可是天象大十字降临,一切都在悸动不安之中,唯快不破的争斗,你不可以一直被动,守株待兔。你不可以亡羊弃牢,放任自流。或许深究其因,你惯常的荷尔蒙缺失症,在此等危机时刻倒是如一件金钟罩,让你昏沉度过。聪慧理智的你不会完全不知晓第三者的存在。比起愤怒,你竟然更怕尴尬,真真缺乏人味的天秤宝宝们啊!在情欲争斗里,你像个花白胡子的婴儿,老练的表象无法启动利刃,第一步总是无法迈出去,第一个字总是无法吐出口,没有火焰的愤怒,心里面全是无聊的古希腊思辨。万番论理都赢在脑中,好累,好累,于是,不如睡去,不如睡去。就等睡醒看你敢跟我先开口!然一梦而醒,刚才的气性早已又修正为大爱无疆,且琐碎小事接连不断,早已手忙脚乱,爱情这回事还是抛之脑后罢了。又暗忖道,婚后还有什么爱情可言,随它去吧。可谓完美吃瘪爱人。如此不作为,鼓掌鼓掌,上黑榜实至名归!

【推广】每天一杯,轻松祛除湿气! 独家驱寒配方,还能缓解姨妈疼!

第一名【处女】

金星逆行,她无论如何不接招,你明知她如此放肆,心猿意马,一天之内你却从考验对方变成乞讨的姿态。你列出十几种对抗方案,却都是小径分岔的花园,千丝万缕迸发,却永远没有一剑封喉的那条直路。因你最把人生当舞台,最把那个自我藏进幕布,缩进后台。殊不知你早已将人格面具演进血肉,谦虚长成懦弱,自尊长成孤独,"嘈杂的人声已经安静,我走上舞台,倚在门边……"。拜托,你真以为你自己是帕斯捷尔纳克的那个哈姆雷特? 缠绵娇弱的处女宝宝们啊,你遇到的是爆裂直接的那位,你纵然忙得如热锅蚂蚁一般,却都是隔靴搔痒。重锤出击才是正道哇。世道人情都在你这边,你非要胆怯、犹豫、悲观。吹毛求疵的爱好,在大厦将倾之时如此鸡肋,完美早已不再,你却还要粉饰太平。一面是细腻如丝的现实主义凝视,一面是大音希声的完美主义逃避,你究竟想要怎样?不破不立的道理在你这里,竟然悬置成一道暂停的符应,内心戏沸反盈天,独角戏酣畅淋漓,都内化成苦酒!不如醉去,不如醉去,和楼上那位简直殊途同归,她至少偷闲清静,你却是虚耗无用之功,真的是好生可怜。不哭,不哭,萝丝根本不忍心,但还是要扶着你坐上黑榜冠军啊啊啊。

【推广】变态的细节控!一条打底裤穿三年!塑形提臀瘦腿抗起球防掉裆全搞定!

2023 年上半年工作运势！震撼来袭！ 》》》》

原创　萝丝星星知我　2023-01-02

发表于北京

工作红榜

第一名【水瓶】

　　锦鲤之命就是说你了。躺赢的原因很简单，瓶子的思路总在外太空星球，看不懂也不去看那些纷争。你安身立命之所恰好是你欢喜爱好之地，于是无论是戴着厚镜片捧着书本，还是拿着螺丝刀面对摩登时代，对别人来说无法忍受的枯燥工作，对你来说就像游戏打怪一般来劲。从早到晚，专心致志，像个可爱的老派机器人。按说你的与世无争总让你错失提升的契机，但冥冥之中，翻云覆雨之手操动，下半年你的职场里会出现两个大咖的血雨腥风宫斗戏，那番不依不饶，你死我活，各自牵动一脉兵臣群魔乱舞。纵使如此大地震、大换血，你竟浑然不觉，你真真就是那定海如意金箍棒！社会良心中流砥柱就是你了。你却并不知道，两败俱伤之后，尸横遍野之上,唯有你仍旧戴着厚镜片,兢兢业业之态感天动地,立地成神。与其说你是锦鲤,不如说,你的顽固正派和躬耕踏实,收获了一次大的功德。可喜可贺。有趣的是,这次机缘之后,智慧的瓶子未必真的永久书呆子懵懂,来到新的岗位阶层,瓶子们可以立即做得有模有样。如此脱胎换骨,改弦更张,多心的家伙们或讥讽或阿谀地将这样的离奇上位奉为深邃心机的教科书,可谓"假作真时真亦假,无为有处有还无"啊!萝丝此刻只能说,诚请大家各司其职,各安天命,切切此布。

【推广】冬日脂肪粉碎机,两周瘦一大圈!日本爆火的溶脂霜,新垣结衣都推荐!

工作黑榜
第二名【双鱼】

你的疑心病让你倒行逆施,你的悲观癖让你大开杀戒。你运筹帷幄,天时地利占尽,你自觉修炼成精,万夫莫开,然此时天象就要这等较劲,对面来者不善。你是马腹,她是穷奇,你坚韧,他顽强,一时天崩地裂，水漫金山，谁也不肯后退。你默念炼金术士的咒语，你有殉道般的激情。情欲世界的导师走进职场，竟立即被暗黑使者附身，对面光明使者的愚蠢，盲目自信的气焰足够惹火你，宁可失败也要给你好看。要揪着你的领口带你去见识黑暗。对方汩汩的正能量让你生理性反胃。这一仗如此磅礴，黑暗的惯性扯住你堕落。两败俱伤之时，一念沧桑，你的悲悯骤然弥漫，而此时你大魔王的声名已响动山谷，谁又能知道，寂静中你和你的善良面面相觑，无处安放。

【推广】闺蜜都以为我做了微整形！涂了它，熨平眼角小细纹，有效淡化黑眼圈！

第一名【狮子】

火星移动，王者建立的华丽国度灰飞烟灭。狮子遍体鳞伤，唯一的安慰是悲壮尾音的延宕。世界想要颠倒，你力挽狂澜，失败也是荣耀，英雄落难，壮志未酬……停一停好吗，李尔王的戏剧性归纳。这次你真的一败涂地，俯卧倒下的姿势还不错，但偏爱你的萝丝认为，还是想办法重新站起来最为重要。哪怕我需要先用刺伤的方式让你清醒。也许只有如此，你才肯去认账，哪些是真实，哪些是描着精致花边的假象。你背负的道德责任已将你困住，先抖掉它们，变回一只灵巧机敏的大猫吧。许久的高位已经让你忘记了狩猎的快乐。正襟危坐几乎让你失去奔跑的天性，失败不可怕，将失败再一次涂上悲壮傲慢的油彩，一次一层，一次一层，靠着海市蜃楼过活，才是真的可怕。因为狮子们从来不缺乏再战的能力和气魄，不去重蹈覆辙，不去饮鸩止渴，不被虚荣绑架，不让小人攀附，这才是制胜的法门啊。这一仗没赢，却也没输。对方不能完全扳倒你，说明正义还在，余威未消。亲爱的大猫们，所有弱小卑微的、所有被侮辱与被损害的，都期待你重整旗鼓，世界的正派端庄等着你重建，人间的博爱大同等着你荫庇。站起来！

【推广】这瓶来自意大利的"人间春药"，有它香水都省了！让你自带撩人体香！

2023 年上半年金钱运势！震撼来袭！》》》

原创　萝丝星星知我　2023-01-03
发表于北京

金钱红榜

第一名【双子】

　　最近的邪财是不是多到让你有些惶恐？连沾沾自喜都有所收敛了？精分双子的可爱之处就在有自知之明。永远能跳出状况看一眼别处，很少彼此为难，因此运气都还不错。然而这次的财运，你心知肚明，侥幸有余，甚至多少用了些不上台面的诡计。你安慰自己，也是这片场域人傻钱多，我不过天生机灵难自弃。他们不是为我的欺骗买单，而是为贪婪和愚蠢买单，也不是没有道理。只是面对那些可恨或可怜之人，我们双子宝宝还是有些藏在欢乐轻浮之下的恻隐之心的。是的，萝丝就是一枚双子宝宝。我们不喜欢将人看死，或将事情做绝，我们也不会只摘一棵树的果子，只捏一个柿子。好了，过度谦虚也蛮讨嫌的，最近我们就是杏腮桃脸，摇曳生姿，很爽很开心,钱来得合理合法,让我们先转几个圈圈得意洋洋喽,让我们呼朋唤友吃大餐喽!萝丝替宝宝们看了一下,这一波欢乐后劲还挺足,只是投机部分的赚头立即收手就好!转战实业或是去充电进修,都是很不错的固财之选!

【推广】有两毛钱一张的洗脸巾,谁要用有100万只螨虫的毛巾?

第二名【摩羯】

十数年前的一个投资,今年开始获益。浮脉千里的构思,水到渠成的完美,摩羯永远那么有条不紊,不急不躁。大家开始沾沾自喜之时,你早已想到更远。远方从来都在,只是诗意有些缺乏。又有什么关系,敦实安稳的你从来不乏欣赏者,被牧神的丑陋吓跑的人,注定肤浅。低调的摩羯并不是没有诗意,他们期望的,都是巨大的诗意。有时候,你眼见他只是那个用芦苇吹奏思念之歌的失恋潘神,谦逊甚至笨拙,你以为那个土土的憨呆背影,是为了某个女人的回心转意。错了,他们撩拨的是神,是未来,是永恒。他们不要愿望,只要理想。他们只做最后的王者。喜上加喜的是,这次的获益会带来联动效果，犹如一盘活棋，怎么走怎么有，谨慎保守的你，是不是有些不习惯这样的加速度？请记住这个感觉吧，这叫作幸运！让自己多一点游戏人间的轻浮，也无伤大雅呢！十年的经营，值得你狂欢一日！

【推广】迷信日本手作？对不起，这一次站在世界之顶的是中国制造！

金钱黑榜
第二名【金牛】

攒了十数年的零碎小钱，一瞬间蒸发。自己并未做错什么，仅仅碰上大局震荡，牛儿们欲哭无泪。稳妥像是从不辜负你，但这次就这么不讲道理，牛儿们痛不欲生。萝丝也真的不知道该如何安慰，脚踏实地的你为何遭此磨难，不公平，不合理。将财富作为生活重心的金牛，这回的打击不小。你记得每一个硬币的出处，你就遭受着摘胆剜心的痛苦。此刻的你们像极了罗丹美术馆里那个仰视天空、发丝散乱的巴尔扎克。可怜的牛儿们，你冒着被扣上守财奴帽子的风险,认真储蓄,你对自己苛刻的吝啬让怪你小气的人三缄其口。你到底做错了什么,你从不妒忌一朝发家一夜暴富,你就是那个吭哧吭哧不以钱小而不存的节约典范。越说越委屈的牛儿们,我相信哭过痛过,你们一定不会一蹶不振,相信我,从今天起,进一步开源节流,好好规划,你随时可以开启另一段储蓄。年底的漏财状况会有大的改观。可以尝试精油按摩,提亮面部T字部位。

【推广】国货平价眼霜,完美替代三千块一针的肉毒素!

第一名【射手】

长点心啊,你这个半人半兽的家伙!无论如何喜欢混迹小钱的游艺场,硬币的叮咚声,大珠小珠落玉盘,永远比大笔入账更让你欢喜雀跃,孩子一般的做派,让我说你们什么好呢?长点心啊,你这个半人半兽的家伙!你是不是也记不清楚自己怎么鬼使神差地签下了那个合约,那种一目了然的骗局,你竟然睁着眼睛签了下去,拜托!是因为签约送糖果吗?或是免费礼品里头有你喜欢的卡通玩偶?舍本逐末的坏习惯终于酿成大错!神游千里之外的理智回来了吗？或者仍旧存有侥幸？还是引入神秘主义替你开脱，果真是那硬币的叮咚叮咚催眠了你？面对你，骗子都会起恻隐之心，冉·阿让开始怀疑人生，你这样散财和做慈善布道并无二致了！你果然是点亮人间的那朵奇葩。你们一直拥有让人妒忌的秒杀旁人的专业技能，一直赚钱很顺手并好运的射手宝宝，这次中此大招，只能自求多福了。老天够疼你，上个月用四重星相反复敲打指示，瓜熟蒂落就是今日了！你却还要咬牙弃明投暗，冥顽不灵。萝丝只能对你感叹一句，真香！

【推广】几百块一口的德国锅，今天竟然买一送一！

2023 年上半年健康运势！震撼来袭！》》》

原创　　萝丝星星知我　　2023-01-04

发表于北京

健康黑榜

第一名【巨蟹】

　　木星移位,焦虑如春蚕吐丝,一边抱怨一边吃个火锅吧! 母性光辉照耀四周,繁杂的生活,你全力打点,勤勤恳恳。一边拖地一边吃颗巧克力吧! 纵使生活再烦乱,你从不退缩,被依赖的感觉让你很踏实。剩菜不好打理,干脆再添一碗饭吃光吧! 终于做完所有事休息一下,口腔寂寞,把娃的零食打开,不知不觉吃了好几包。有一种健康问题叫作过劳肥,说的就是你们呀! 对抗焦虑和辛劳,不如吃饭,敢不敢把塞到床下的体重计拿出来? 敢不敢装上电池,把自己脱个精光站上去? 亲爱的螃蟹们,是时候提醒你们了! 萝丝理解你们所有的烦恼,懂得食物的解压功能,心疼你们像超人一样每天完成不可能完成的重任。只是这次水星逆行,你们的爆肥指数太过夸张,又吃又熬的你,不想白白变成黄脸婆,输给虎视眈眈的小妖精们吧!

【推广】黄牙和口臭有救了!不夸张地说,吃上一粒,打大蒜嗝都是香的!

直播间

- 对话现代生活
- 数字化的孤独
- 自由的表象
- 走近文学故乡

码上发现

【公告】郑重提示:购买直播推荐产品请确认您拍下的购买链接描述与实际商品一致，切勿相信福袋、秒杀、直播专属链接,更不要相信其他交易方式(如直接转账),谨防上当受骗!

【主播】辘辘:今晚零点有超级大漏! 绝对秒杀价! 预告一下,你们赶紧去洗澡,洗干净了进被窝等消息。

Tb-98762007:啥大漏,干青手镯吗?

{铁粉}蜜桃大狗:今晚零点早就过了吧,你说的是明晚零点吧?

冰夜妹妹:上次抢到一只干青,就是有点纹,不过还是很美的。

{钻粉}我是买小提的妈妈:有纹很正常,天然的。

【主播】辘辘:反正就是一个小时之后,放一个超级无敌惊天大漏,漏到你爽,漏到你睡不着觉! 漏到你就算睡着了觉也梦见范冰冰! 大狗你少跟我装有文化,什么今晚明晚的,我来告诉你一句,昨天之所以,嗯,不对,怎么说的,我想一下,等一下,嗯,今天——之所以——区别于——昨天，恰恰是因为——昨天的感受——还依然——留存在心中！对吧。牛吧？来来来来来，先抠这个，月光石三圈5米，冰飘南红单圈8米，再给你个碧玺戒指，来，给我抠一百块！喜欢的抠一百块。

Tb-566789965：问题是每次都抢不到。

我是一个人在过：今天又要漏干青手镯吗？54圈口的有没有？

加加糯米糕：我刚进来，怎么这么便宜。

Ljkcly520forever：100。

元宵爱放屁：100。

{铁粉}实力撞脸周杰伦：100。

LXX：主播刚刚是念了一句诗吗？好诗。

【主播】辘辘：这100块没人要啊？啊？你们都瞎了吗？你们识不识货啊！玻璃体灰月光，实体店不卖你300块一条我把它吃掉，你300块买回去还喜得屁颠屁颠的，这南红……哦，ever抠了，给他！

加加糯米糕：怎么这么便宜，都是真的吗？

{铁粉}蜜桃大狗：都是塑料。

【主播】辘辘：来一组戒指，绿幽灵，看到没，白水晶里头长出这种东西，像不像山水画，人间仙境？对吧，好看吧？来，这个，石榴石，这个欧珀，看这光泽，再加一个，孔雀石，四个，来，一百块。四个戒指一百块！来，喜欢的一百块，喜欢的抠一百块啊。

加加糯米糕：……

冰夜妹妹：他们逗你玩的，你看蜜桃大狗都买成铁粉了，会是塑料吗?! 这个直播间都是真货，卖家就在连云港市东海县，那里是水晶之乡，一手货源，你就放心买吧，喜欢的抠主播口令数字，付款在一号链接，点"1 元"选项，抠多少钱拍多少件。@ 辘辘，我这个野生客服怎么样？

tb55597210：100

加加糯米糕：谢谢 @ 冰夜妹妹

{铁粉}蜜桃大狗：要说拼直播间的资历，我绝对是老铁，虽然我家里没矿，我承认我看得多出手少，但我很清楚记得，这里去年 3 月份一下火起来的，那个时候这里用洗澡盆装满各种各样五花八门的宝石散珠，主播拿着吃饭的碗，一碗 100 一碗 100 地抠，一下就炸了，你们这些新粉都不知道吧？

{铁粉}38964555：我知道啊，就是现在的主播辘辘啊，江湖人称辘一碗。

{钻粉}在下低端人群：我也在场！盛况！

Leochenqiongzhi：哇哈哈哈哈……

{铁粉}娜娜子：有意思

Tb-7236490008：辘一碗，66666。

{钻粉}在下低端人群：人称散珠小王子 @ 辘辘，不要害着装看不见哦,要不,你露个脸?

【主播】辘辘:来,翡翠龙牌,翡翠福瓜小吊坠,看到没有,这里有点辣绿,辣不辣? 就这一点颜色,实体店卖你多少? 加一个卡扣,放心,送卡扣给你们。漂不漂亮? 冰种对不对? 这种冰透的,你去实体店看看,低于两百块你来找我,我把它吃掉! 加加糯米糕,我们卖的都是玻璃、塑料,全是假货,出门右转,去别家逛。来,再加一个翡翠,蓝翡平安扣,三个 100 块,要的抠……嗯,不抠 100 了,要的抠个3,要的给我抠 3。

{铁粉}蜜桃大狗:100

{铁粉}娜娜子:100

tb55597210:100

本宝宝不开心:100

铁岭有嘻哈:3

【主播】辘辘:好,给"铁岭有嘻哈",抠走!

{铁粉}娜娜子:咋还临时换口令了。调皮哦。

{钻粉}在下低端人群:辘辘装酷呢,散珠小王子内心很澎湃～～

【主播】辘辘:阿卡 3 米的,一圈,两圈,三圈,四圈,应该是五圈,五圈的手链,也可以当毛衣链,80 块,要的抠 80。

铁岭有嘻哈:80。

【主播】辘辘:好,给"铁岭有嘻哈"。铁岭的这位老铁,抠走!这串是被退货的,之前抠100块的,你赚了。收到货那人说什么有黑点、有洞,这都是天然的东西,给我退货,你长出来脸上还有黑痣呢,你爸妈怎么不跟老天爷退货啊。一会儿说这么便宜,哎呀,哎哟,我的天啊,我的妈呀,是不是假的呀,你们这些人啊,这些东西本来就很便宜,水里长的,贵什么贵!你们知道为什么贵吗?到你们手上,起码要过5道手!出厂价65,村里80,县里100,市里200,省里400,再到你们上海啊,阿拉上海人儿,北京啊,五环卖500,四环卖600,对吧,"小岳岳"卖你500,对吧,收你500还是打了对折的,你们又屁颠屁颠的,你们说你们买这些东西花了多少冤枉钱,来,你们都说说。一会儿又说,哎呀,这有瑕疵啊,要退货,你几十块钱买回去的东西,给我要求完美无缺,你们就敢欺负我们直播间,对吧,不像高级实体店里站个前凸后撅对着你翻白眼的销售小姐,你有胆对着她再给我盯着一颗珠子一颗珠子地找瑕疵啊。你跟我说有个洞了,那人家珊瑚在海底,一会儿被螃蟹咬一口,一会儿被鲨鱼放个屁呲一个洞,对吧,那不都是很平常的事嘛,对不对。想什么呢成天,几十块给我跑单、退货,对着我们家客服小姑娘破口大骂,你们是真没见识到啊,那骂的,像骂一条狗一样,真的,没吃几斤下水真骂不出来这么臭的……

孙美英:放屁呲一个洞,哈哈哈。

Tb-365289874:哈哈哈哈。

小小小小滕:不愧为散珠小王子,哈哈哈哈哈哈。

【主播】辘辘:来,雷击枣木,六字箴言,35,要的抠35。

铁岭有嘻哈:35

Tb-038749777:35

加加糯米糕:我要。

【主播】辘辘:舒俱来手排,600,抗癌神石,被炒得特别火的舒俱来啊,加加糯米糕,你还没走啊,不错,这以后也是铁粉的素质,抗骂。看这里,这应该是玉化的,满紫的,这么厚的料看到没?加加糯米糕,女孩子怎么能随便说"我要"呢,你要我也不能给啊,抠数字懂不懂,听主播口令,抠数字,明白吧。来,抗癌神石,舒俱来,要的抠600,要的抠个600。

小小小小滕:便宜。

{铁粉}蜜桃大狗:500吧辘辘。

【主播】辘辘:大狗,来,认识这么久了,你告诉我,你自己告诉我,我会不会给你便宜,你猜猜。

{铁粉}蜜桃大狗:你不会……

铁岭有嘻哈:600

【主播】辘辘:你看你们女人,是不是,就喜欢做这种事情,明知故问,你说你们讨不讨人嫌,你说你们老公是不是烦你们,对不对,金丝车车,来,加一个女王贝吊坠,两个抠100,两个抠100块!

Tb-038749777:"铁岭有嘻哈"家里有矿

Leslie:车车是什么

Daixiujuan:100

铁岭有嘻哈:100

安小紫:100

【主播】辘辘:车车你不知道啊? 车车就是《西游记》里,唐僧师徒来到女儿国,知道吧? 就是那里头的国王是个大美女,御弟哥哥,留下来吧,御弟哥哥,留下来吧。车车,就是那个国家的土特产,明白了吧,买回去戴着防小三,好吧。不过已经被别人抠走了,你还问,问什么问,磨磨唧唧。

安小紫:砗磲,佛教七宝之一。跟女王贝一样都是贝壳类珠宝。

Tb-7532899:翡翠批发请加微信 78365567732,翡翠批发请加微信 78365567732,翡翠批发请加微信 78365567732,翡翠批发请加微信 78365567732,翡翠批发请加微信 78365567732,翡翠批发请加微信 78365567732,翡翠批发请加微信 78365567732,翡翠批发请加微信 78365567732,翡翠批发请加微信 78365567732

{铁粉}蜜桃大狗:又有来做广告的,辘辘,快给他禁言了!

Daixiujuan:看来咱们直播间就是火,都有跑来做广告的了。

【主播】辘辘:翡翠批发的家伙,你给点广告费行不行,发一次给5块钱好吧,就收你5块钱。哎呀,不好意思,都一点了是吧,哎呀哎呀,忘记了,我是不是说过凌晨有大漏给你们秒的? 你们也不提醒我,这么多老铁在这里,没一个人提醒我的啊。大漏这就来,大漏来了! 大漏来了! 大漏这就来!

{铁粉}蜜桃大狗:常规套路,逼我们熬夜等。

Tb-038749777:辘辘戏精上身,玉帝哥哥,笑死了……

安小紫:不是玉帝哥哥,是御弟哥哥。

【主播】辘辘:来来来,开始上高速,上链接!二号链接,天河石锁骨链,十二咪的天河石吊坠,上面是钻面切割黑水晶,秒杀价,十二块九!十二块九啊,你买不到一杯咖啡,现在你可以买到纯天然宝石,天河石啊!就五十条,准备好了没有?二号链接,来,五,四,三,二,一,开始秒!赶紧秒,秒完赶紧给我付款去,听到没有,快快快,还有二十条,还有十条,最后三条,OK,结束,结束了,结束鸟(了)。

{铁粉}蜜桃大狗:付款的叮叮叮叮声是不是听起来很爽 @ 辘辘

Fanyinghui1981:哎呀,没有了。

{铁粉}娜娜子:我抢到十条,哈哈哈哈。

Tb-123084034:网不行,衰。

【主播】辘辘:接着漏啊,没抢到的接着抢啊。来来来,看看,这是什么?

Daixiujuan:二代的吧

{钻粉}在下低端人群:二代蜜蜡。

wszdandsb:……不会是真的蜜蜡吧。

{铁粉}蜜桃大狗:干吗进这种货,掉价哦,卖这种肯定要凉。

【主播】辘辘:便宜呀,对吧,戴着玩呗,二代蜜蜡,没毛病,毛衣链啊,二代蜜蜡毛衣链,你说它塑料毛衣链,也行,全直播间的人给我做证啊,我没有说它是蜜蜡,就是塑料毛衣链,好吧,来,超Ａ货鸡油黄蜜蜡塑料毛衣链一条,来,再加一个超Ａ货净水血珀塑料毛衣链一条,Daixiujuan 你给我站出来,你笑什么,怎么了,这也叫Ａ货呀,对吧,不是翡翠Ａ货那个Ａ,对吧,也不是苍老师那个Ａ,你笑什么,这是你们那些名牌包,LV啊,GUCCI啊,小香啊,对吧,那个Ａ货嘛,来来来,鸡油黄蜜蜡Ａ货毛衣链,加净水血珀Ａ货毛衣链,两条,两条给我——49块! 49块,二号链接付款,二号链接赶紧去拍,去抢啊! 快去抢!

{钻粉}在下低端人群:凉了。

Daixiujuan:听到了一声叮,又一声,哈哈。

【主播】辘辘:啊,就两个人要吗? 两条49,才两个人拍啊,这么尴尬。啊,还有没有人要,两条毛衣链,两条49块,来来来,等我反转下摄像头,戴给你们看一下。

{铁粉}蜜桃大狗:不想看。

{钻粉}在下低端人群:辘辘又强行出镜,自恋的辘辘。

【主播】辘辘:来,看到没? 二代毛衣链,对不对,超Ａ版,这么大一块的蜜蜡对不对,这种成色,5000＋的价钱。二代的怎么了,戴在毛衣上,也不会伤你皮肤。你看这配珠,看看,来看看,真……唉,真丑……

Tb-365289874:哈哈哈哈哈哈。

安小紫:还以为主播要怎么吹呢,结果说真丑,笑死了。

元宵爱放屁:凉凉。

Leochenqiongzhi:太大了,太假了,嘻嘻嘻嘻。

【主播】辘辘:唉,尴尬。我也不喜欢卖这种东西,这老板娘进的货,说什么戴着玩玩的,没人要就过,过过过过。

Tb-365289874:哈哈哈。

Leochenqiongzhi:辘辘自己都嫌弃了。

【主播】辘辘:谁叫你们既没钱,又都喜欢大的!可劲造也不坏,还不心疼的!喜欢我这样的小鲜肉对不对?

Tb-038749777:怀疑主播在开车……

tb55597210:开车开车,讲真,辘辘的手真是好看,脸就别再露了。

{铁粉}娜娜子:辘辘你学坏了。

孙美英:我喜欢老的。

【主播】辘辘:孙美英,你喜欢老的啊,老的当然了,积淀是好一点,对吧,值钱,但是还是满足不了你们,你们这些大姐,还是得年头嫩的……

tb55597210:污……

【主播】辘辘:怎么污了,我说这串老蜜蜡啊,怎么污了?来,喜欢老的那个,你出来,风干老蜜蜡,天然无烤色,我称一下多少克,四十克,一千二抠走。成天要高货,高货来了,抠呀,老料,过瘾吧,岁月磨砺,方见本色!

元宵爱放屁:超过五十块的不要喊我。

Leochenqiongzhi:便宜。

{钻粉}突然间的自我:这个直播间超过千元抠不动。

【主播】辘辘:哎?你谁啊,我就不爱听你说这个话,什么叫这个直播间超过千元抠不动,嗯?你见过什么好东西啊你说这个话,你滚蛋,我管你是什么铁粉钻粉,我不做你生意,走走走走走……

{铁粉}娜娜子:辘辘累了,就他是单身狗,二十四小时直播夜班都丢给他,熬夜上火,累积观看人数都七十多万了,估计想要冲一下首页前十,厉害,赞,加油!

孙美英:别理他辘辘。

{铁粉}娜娜子:老板是辘辘的姐夫,刚才下播的是老板娘。

Tb-98762007:不是零点放漏吗,是干青手镯吗?

{钻粉}突然间的自我:Trash,loser,jerk,我还是等别的主播在的时候再来吧,Bye

{钻粉}在下低端人群:我都习惯十二点过来,看看辘辘修长的双手,嘿嘿,我们最喜欢辘辘了。

【主播】辘辘:你喜欢我啊,我不喜欢你。来,金丝玉俏色手把件,水草玛瑙十米的单圈，加一个翡翠树叶,100块，要的抠100。T-r-a-s-h什么意思,怎么还打拼音呢,打英语啊,哪个老铁告诉我,他说什么呢?

　　{铁粉}娜娜子:你播你的~

　　喵星主子:啦啦啦啦啦

　　喵星主子:啦啦啦啦啦

　　喵星主子:啦啦啦啦啦

　　Leochenqiongzhi:喵星人好可爱,想把讨厌的人刷出去。

　　{钻粉}在下低端人群:他放个洋屁,你还非得闻到啊,接着过货,过货。

　　Tb-28874667:辘辘没劲了。

　　{铁粉}娜娜子:连轴转啊辘辘,都没时间约会了,可怜的辘辘。

　　铁岭有嘻哈:100。

　　【主播】辘辘:给"铁岭有嘻哈",关键是什么意思啊,我没读过书哦,我小学毕业,我就问问你们这些文化人,他说的什么意思啊?

　　Daixiujuan:骂你的,骂你,好气哦! 突然间的自我,你赶紧走吧!

　　我是一个人在过:刚把孩子哄睡着,辘辘还在播啊,通宵吗?

【主播】辘辘:哦,骂我的。哦,骂我的。骂我的啊,我还看不懂,真高级。行吧,接着过货,紫云母手串,7米单圈,彩发晶10米单圈,加一个羊角毛衣链,3个100,3个抠100块。……没有人要?这3个没人要?紫云母一个要不要80块?没人要是吧,再加一串黑曜石手串,紫光黑曜石……

铁岭有嘻哈:100。

我是一个人在过:100。

{钻粉}在下低端人群:辘辘又在瞎卖。上个月你瞎卖亏了好几千,第二天你姐姐一边哭一边播,看着真可怜,辘辘你长点心吧!

Leochenqiongzhi:心情down掉了,各位晚安,睡觉去了。

【主播】辘辘:绿松石戒指,金草莓戒指,再来个草莓金戒指,再加一个托帕石戒指,4个戒指,要的抠100……要的抠100块……要这四个的抠100块……怎么了,这都没人抠,你们是睡着了吗,还是你们都疯了,这四个没人抠?嗯?平均一个25块钱,假一罚十,假一罚一百万,没人要?我真是搞不懂你们了,你们是真懂假懂啊,4个戒指要的给我抠个100块!好好好,没人要就过……简直了,你们!

{铁粉}娜娜子:抠了一天,我都抠了2000多块了,再抠老公该不要我了……

妖里妖气:我只想要绿松石的。

我是一个人在过:这几个都有了。

Tb-28874667:100,能不能把托帕石换一个,我已经有好几

个托帕石了

【主播】辘辘:你自己戴不完你不知道送人啊？不换,不卖了,没人要就过,过过过。唉,真想关了直播间。你们再不抠,我就关了它,我发誓,来,小叶紫檀四面佛手串,再加一个,嗯,加一个飘阳绿翡翠观音,再加一个,嗯,我给你们找找看,这没完没了的,到处都是,这烦人的货,便宜货,十几二十块也没人要的便宜货,我真是腻烦透了！再加一个,这之前单卖80的,和田墨玉十字架,看到没有,和田墨玉,假一罚十,假一罚一百万,嗯,再给你加一个,堆得乱七八糟,这破直播间,总有一天我得关了它！什么宝石,都是垃圾,卖什么卖,我告诉你们,这一组4个你们再不抠,我发誓,我要关了这直播间,我发誓,真的,不信你们试试。再加一个……

{铁粉}娜娜子:淡定,辘辘……

我是一个人在过:又吵架了啊？

{钻粉}在下低端人群:咋了这是,失恋啦？

妖里妖气:这个直播间的主播素质真差……

铁岭有嘻哈:100。

妖里妖气:无非是卖劣质便宜货,主播成天喷人,拿着二×当个性,鉴定完毕。

{铁粉}娜娜子:别说了,辘辘连熬了十几天夜了。

{铁粉}娜娜子:100。

Leslie:100。

Daixiujuan:辘辘人挺好的,真的,你们新进来的不了解情况,都别说了!

{铁粉}实力撞脸周杰伦:……我刚进来,怎么了这是?

Tb978966:还没播完你们就抠100啊,这都是有矿的啊?

我是一个人在过:100。

加加糯米糕:100。

孙美英:100。

喵星主子:100。

LXX:辘辘,再念一遍刚才那句诗啊,今天——之所以——区别于——昨天,恰恰是——因为——昨天的——感受——依然——存在——我们心中。

安小紫:100。

Leochenqiongzhi:100。

Tb-038749777:100。

冰夜妹妹:100。

【主播】辘辘:诗……今天——之所以,昨天,嗯,再加一个,嗯……让我再加一个,干什么啊,卖货啊,老铁们,接着卖货啊,我要接着卖货啊……再加一个……

Tb-98762007:请问今晚是漏干青手镯吗?

- 对话现代生活
- 数字化的孤独
- 自由的表象
- 走近文学故乡

码上发现

贰　他

编者注：为向读者呈现手账的"手写感"，在"贰 他"部分以"手账"形式呈现的小说里，我们特别更换了字体。特此说明。

茵莱夫手账

YINLAIFU SHOUZHANG

☀
32℃

一 访谈

"我应该是在很早的时候就跟你约了稿!"

"大概是我所在单位接到'第一响应'后的两天,因为我连续在朋友圈发了'大白'照对吧?"

"是的。我要你站在一个作家的角度来写写亲历的大事件。"

"这句话听起来乔张做致的,但你的邀约正合我意。我一直对投身实践奔赴现场的作家有好感。如果一个作家无动于衷于这样的大事,也太奇怪了。彼时我的脑子里满是一些火红的躬体力行：尤瑟纳尔举着小旗儿街头游行，伍尔夫给女工上课，穆旦背着枪……"

"比在书斋里打个嗝放个屁有意思多了。"

"我现在倒是更有底气完成你我的约定。如果那个时候，我还有种'旁观者'的'傲慢清醒'，经过一个多月连续不断的下沉，我和'志愿者'这个身份，在耳鬓厮磨的日日辛劳里，逐渐颠扑重叠为一个有机体。我坦白告诉你吧，我不再有斜视或俯视的能力。我也不打算正襟危坐，重塑笔直的立场……"

"知道了知道了，昨天电话里已经说过了，你要放弃非虚构。"

"首先要说明，我只是抗疫这件大事中的一颗螺丝钉。说真的，这个老派比喻再贴切不过了。"

"具体讲解一下。"

"在这个街道—社区—基层公务员（区一级）的志愿者组织结构中，如果以辛苦程度来讲，我给自己评定为中等偏上。在我看来科长们最辛苦。他们得事事冲在前面，既没有'运筹帷幄'的权力，还要承上启下地担责任。我是普通科员，一般来说不会给我很重的岗位和任务。但另一方面，实事求是地说，我也是一个成熟靠谱的中年人，听招呼，不偷懒，负责任，因此我给自己中等偏上的评语。也正因为我在这个社区—基层公务员的疫情防控志愿者体系中处于中段位置，我认为我的下沉经历可以比较客观地反映出整个组织体系运作的贯彻力。这种半自觉的状态，可以较为公允恰切地显示出这个体系自身的席卷力，以及它背后逻辑的召唤力。这当然也算一次非常有效的社会实践。"

"为什么还是选择了'手账'的形式行文？一开始我记得你说你要写一篇非虚构的。"

"没错，说到底还是选择了写小说。还是写小说更自由吧。"

"表达需要自由，因为情绪实在复杂？"

"可以这么理解。也可以换句话说，你对笔下的人物越在乎，你就越离不开虚构。我写的当下这群人，我把范围聚焦在'基层公务员志愿者'这个群体，他们原本生活和工作中遇到的文字，大都是非虚构。上班的时候处理公文、写通讯，开会的时候听讲话稿，回来写学习体会，年终写总结。当然，辛苦工作艰苦奉献之后，有表扬稿来鼓劲、赞美。"

"这听起来正是水到渠成，无可厚非啊。"

"对，因为我们看到'非虚构'这三个字，误以为看到了'真实'。如此真实发生的，正在进行的事件，怎么能倚仗'虚构'呢？然而，这里头的吊诡，真正的作家都心知肚明。"

"真实是有门槛的。"

"就算像卡波特的《冷血》，打着非虚构旗号来行文的文本，看过的人也都清楚，这是一本小说。但是我并不想在这里较真儿地学究气地去讨论'非虚构'技术层面或者学术层面的问题。我选择小说——并精选了'手账'为其体例形式的小说来讲述这群人，是我认为，唯有它才能较为细腻地描述他们。华丽的'赋'里就看不到什么底层人，小说属于底层，对吗？"

"到底要怎么写基层公务员？或者说，你是怎么打算的？"

"被现代主义熏陶过的作家们看见'公务员'几个字，会不自主地往'平庸之恶'啊、'特立独行的猪'啊那边动脑子。在我看来，就书写这次疫情下的公务员志愿者来说，基层公务员和连队里的士兵一样，是匍匐在现实上的巴比代尔们，他们足够具体，具体到一以贯之于契诃夫笔下的切尔维亚科夫们那里，往他们身上投掷现代主义或后现代主义石块是可笑的，甚至是可耻的。"

"所以你的小说是契诃夫式的，也就是采用现实主义创作方法。"

"因为他们属于'悲伤'的范畴，而不是'轻笑'的范畴。"

"明白了，创作采取的精神气质是传统的。但形式上用了'手账'，是想要创新的。"

"前年我写了《西海岸手账》，为的是文体创新，我写了十个从文体到风格都形态各异的篇章。'手账'这个文体的特征，顾名思义就是即时性、驳杂性以及碎片化，总之……"

"很适合用来写当下的志愿者生活。"

"这个手账的花招，是有意义的。非虚构的部分像是打底的素描、框架。又像一个最为醒目直接的手势——来啊！来啊！当然，你也最好写得生动一些。还有些部分是'煞有介事'，这一招大部分写小说的人都懂，就是说得跟真的似的。最后就是真正的虚构，寻找一个切入点，把一点温柔带进故事中。我想要写一些文字，去安抚和我一起辛苦的同事们。就这么简单。"

二 茵莱夫花园

························

  我要用"茵莱夫花园"写一个悬疑小说。注视着
这五个字，总觉得有一种阿加莎·克里斯蒂式的风情。
茵莱夫或许是一个身在中国的德国人，这花园大概始
建于民国。遥想当年，花园里名流云集，世间珍奇异
宝密布其中，故事香艳绮丽，结局峰回路转，宛然唏
嘘……

  眼下的"茵莱夫花园"是我的值守地。如雷贯耳
地流传于志愿者之间。从三环出口下来右转，车和人
流就开始了胶着。司机们都喃喃道，这哪里像有疫情
的样子。或者有几个哑着嘴，沙子口路，我最怕来这
里了。我心下全然想附和他，脸却先红了。按说这种
吐槽最解累，但反复的值班竟然不知不觉让身体生出

点敝帚自珍的廉耻心。啊，茵莱夫花园！

新芳姐看到我，下意识地舒了口气。她说你来得太早了先上去歇会儿，我拍拍她，我来都来了，你快去休息。到了这副光景，但凡站过茵莱夫大门口的同事都有这种患难情谊。新芳姐帮我把红袖箍夹上，交代了上一班的情况。"今天都抱怨，出入证办了，又还要扫码，倒是比外来人更多事了，这怎么说？要我怎么说？"说完眼里有泪打着转儿。我知道新芳姐面对质问，口拙无措，必定悒悒抱屈。看着她的背影，来不及感慨，已经有一群人从缓坡处拐上来了。四点半，正是小学生们被爷爷奶奶接回家的当口，这一拨老小组合足以让志愿者们提心在口。我赶紧走到最前方第一块二维码杆子处招呼人群，帮入口处的宝仲分担一点人流。这么热的天，人流淤积的下一秒就是崩溃和爆炸。麻烦扫一下码，谢谢。看一下核酸，对，就是提醒大家记得72小时核酸。谢谢，谢谢，谢谢。

茵莱夫花园有居民近四千人。因为位于二环外圈，贴近三环路，和百荣等巨型市场毗邻，与西南方的丰台区只一路之隔，称呼此处鱼龙混杂不算冤枉。这虽然也算东城腹地，却和建国门街道风光迥异。居住密度之大、人员成分之杂无出其右。我们局自从被分来此地，已经站出来好几个腰椎间盘突出。这病虽说是器质损伤，但我总觉得可以去拷问拷问中医，腰病和神郁气悴到底有没有关系。

漂亮的姑娘、小伙儿叹口气翻个白眼再掏出手机扫码。这些大宝贝，难得他们都觉得自己有社交恐惧症，所以正是干脆利落。老太太半个小时前从小区门口出来，径直走到我面前，伸出食指点着自己的鼻尖对我义正辞严道，记住我，记住我，记住我，看清楚没有，我一会儿就回来，你得记住我！这会儿她回来了，十米开外就又竖起了食指，歪着头考验我。我急忙说，记得您，您进！也有那种温柔刀的，笑眯眯走过来，一边说着，有，有，都有，却也不拿出入证，也不扫码，你对着这款堆笑点头的架势，还在犹豫要不要拦住他扫码，他却一扭脸，丢出一个国骂。这国骂上还沾着笑声呢，你前一秒当作善意的已经吞进心里的笑声。就问你噎不噎得慌吧。

真正让人胆战心惊的还是卷起背心抚摸肚皮的老爷子们，他们凶神恶煞，劈头盖脸，毫不含糊。宝仲赶紧从入口处撤下来支援我。他"麻烦您扫……"还没说完，"你眼瞎啊，手机后头看不到啊，你们成天干正事儿吗？……"一串油炸的脏话噼里啪啦袭来。站久了，通常大家都不还口，这闷热的天啊，这冒着烟儿的嗓子啊，还是算了。今天宝仲竟然憋红了脸，针锋相对道："能不能好好说话?"他也不管对方的那一串噼里啪啦怎么响动，只一口气说了四五遍："能不能好好说话?"我竟然在一旁憋起了笑，可以啊，巨蟹座的老小伙儿! 还真有气性。待那位露肚皮爱好者骂累了，往里走，我悠悠地扔出一句："麻烦您把口罩戴好!"算作为宝仲打个边鼓帮个腔。宝仲的脖子退了红色，我俩互相瞥一眼对方疲惫不堪的傻样，一起苦笑。"我算了一下，我干两天身份证扫码的活儿积攒的'谢谢'，不够茵莱夫花园一天用的。""还有人对你说'谢谢'呢?"瞧宝仲这没见过世面的样子。扫码选的都是局里的青壮年，眼明手快，宝仲有近视、散光加老花，只能干值守门口的活。

一辆电动车呼啸而过，我俩一齐下意识地呼叫"麻烦您扫码"。我被自己的嗓门吓了一跳，电动车早没影儿了，我的回声还在头顶上。快八点了，天还没有黑的意思，只是空气像是迟钝了一些，我们也就跟着沮丧一些。我让宝仲先走十分钟，他家路远，回去还要伺候娃。也是奇怪，就这几分钟，天就黑了下来。我独自站在茵莱夫花园门口，我觉得我的腰也在呻吟了。花坛边儿有几个人在抽烟聊天，小卖部的一家人在冰柜旁吃着晚餐，对面路口的值班人员正在喜气洋洋地换班，红袖箍摘下来，又往另一个人身上夹上去。我忍不住又划了一下手机，还有两分钟。

"姑娘，你怎么还站在这儿啊？"一个老人像是一下就走到我面前，"你瞧这瓜，五块钱一个。你看，我买了两个。"

"是啊，这么便宜。"我回完话，看着她走进小区，莫名眼一热，滚出两团泪来。

三　不太好

网约车停在史家小学一年级部，开门下车往前看，才发现点位上空空如也，心里一惊，昨天局群里发布任务，我没细看。急忙翻出手机，大日头底下拢着屏幕看了，原来今天换了地方，还好并不远，就在马路对面香港马会西侧的窄巷里。

这个点位去过一次，不太好。前天在轮岗间隙和同事们对了对，也都说不太好。不太好就是……不太好，这志愿者的活儿到了今时今日，抱怨的念头也都淡了。都是些琐碎。也就是我说，"前天去了马会那里"。曹静说，"我也去过，不太好"。我点点头，"不太好"。无奈叹气一笑。

一个月前遇见这种"不太好"，大家还会凑在休息室细细地描述一番。北京人本来就长于描述，再加上有那么五七个人围着孜孜以求，那人决计讲得生龙活虎。不太好的缘故很多，个个都是切肤之痛。宝华里的毒日头，又困又热的正午，空气中像是有个大榔头，把你的头一点点往窒息里砸去。坐是不敢坐的，坐下你的精气神儿早折了一半，保管叫你立即失魂落魄。于是权且牵着七拼八凑的魂魄幽幽站着，没过几秒使劲儿瞪瞪眼睛。排着的两队躲着阳光，都憋在那一条细细的阴凉处挪步。你看着一个小子埋头看手机，和前面的人隔了十几米不动弹，张嘴提醒，发现喉咙里出不了声……可算到了换班的时间，拖着步子进到一个大工地，一栋拆了一半的楼兀自矗立，像是"世界被按了暂停键"的一个直观譬喻。忍不住望向它，却见一个披着斗篷的人歪在一层的半扇阳台上，昏沉沉瞟一眼，竟是一个白花花的骷髅头。倒是立即明白过来，不过是万圣节的玩具，然而炙烤之下的太阳穴早已在塑料防护罩下爆出筋来。

"对对对，可不是嘛，我走那儿也吓一跳！"

于是去过那个点位的同事们都会想起踏着工地碎石上破烂不堪的绿色工程网布，面罩下耳朵跟着碎石的呻吟，嗡嗡，嗡嗡，嗡嗡，用仅存的一点意识往黏稠的空气里迈着腿脚，走过危楼，还要再穿过一整片毫无遮拦的水泥路（在炙烤中陡峭摇晃），左转五十米，终于到达社区。大家鱼贯而入，没人开口说话。打盹，发呆，仰着，趴着，两个男同志并排坐在院子里抽烟。没人开口说话。

还有入夏之前的那次忽然的降雨降温，几个人也心有余悸。革新西里，又是一个大工地。那是我第一次学着扫证，风加雨冻得两腿打着战。轮休的时候社区书记让我喝水，我说我太冷了，不敢喝。她指着帐篷说，姜丝可乐。我像见了救兵，冲过去喝了两杯。这倒好……

"可是没处上厕所。"几个女同事嘤嘤笑了几声。一直挨到中午换班，走到社区临时找来的一间矮房，赶紧询问卫生间，那女孩一笑，边放下手里的盒饭，边比画道：出门右转看到一个白门，门前有一个破花盆，用脚把花盆踢开，进去上了后，记得用旁边桶里的瓢舀水把厕所冲了，出门照例把花盆踢回去。

"怪道你们都不吃不喝，我这回可知道了！"

更多的时候，"不太好"的还是人。一定要迟个五六分钟才来接班的家伙——你看她包在防晒衣里慢吞吞的步子，不正是一具邋里邋遢的出窍灵魂？躲在空调房里怯生生玩手机眼里没活儿的点位牵头人（年轻人）——天哪，竟然让我负责，我哪行呢，你看我行吗？我从没干过，就我？——倒是有点自知之明。最让人望而生畏的，是兢兢业业的"无事忙"。欢天喜地地让各路志愿者花团锦簇地在帐篷和警戒线间打转转，因为错漏百出，显得格外热火朝天。真是灾难啊，冲过去请她示下。哦，这样也行。嗯，那样会乱。哟，我还给忘了。咳，早知道就好了！你只得在她信马由缰的蓝图中四下奔突，欲哭无泪。

于是队伍越排越长，不用等到太阳直晒，保管探出一个脑袋盯着你，从十几米开外就别具慧眼地向周围人津津乐道，你们看，就她慢，她慢，她慢。如果是个怂的，待走近了，眼睛够着眉毛，眉毛够着发际线，心虚地递上身份证；倒也有乐善好施的，居高临下，兴师问罪，你只埋头苦干别抬头，他也就兴味阑珊，兀自丢几个荡气回肠的白眼了事。

这些都还是刚下沉不久的时光，都想着，好赖忍两回也就过去了。因此说起来都是笑。没人当真介意。连轴转了一个月，没有人再说这些了，只剩每天十点举着手机等群里的任务发布，好安排孩子、安排老人，拜托阿姨公婆……病倒的中暑的同事越来越多，于是轮岗越来越密集，岗位的好赖差别越来越小，去到哪里都是笼统的累，倒让人麻木了，也就是看一眼，如果是早早班（五点）就赶紧吞一颗褪黑素睡觉罢了。

"潇潇，你来这么早。"

"我看天气预报说有雷暴雨，想着别把咱俩都圈住了不合算，我马上换衣服，你稍等哈。"

"你千万别着急，今天这里可太好了。"

"太好了？"

"你没看我在房子里吗？还有空调！"

胡晶可不是正在铁皮屋子里，从窗口往外扫着身份证。在我看来这样子有点滑稽，几天前在苏州胡同站岗的时候，我们都眼巴巴看对面的车杆。保安躲在玻璃岗亭里，那里面也有空调，他还有一个收音机，正午的太阳毫不客气地在两栋楼中间垂直注视着我们。而他在那空调亭子里吸溜溜地嗍着凉面。

"第三方不要这个点位了，所以便宜了我们。"

我一边换着衣服，一边听社区的人解释。等我穿戴完毕钻进铁皮屋，虽然开着两个大口子，冷气很难存住，说不上凉快，但总归是有一两股幽幽的风蹭着你溽热的身体溜过。真是好呢！我示意胡晶赶紧下班，愉快地抬抬屁股够上窗口的大转椅。顺势干脆360度来了一圈，刚好一张身份证举到面前。凉爽让我干劲十足，我动用从白桂同志那里总结的扫证经验开始提速。扫了一两管，我忽然发现，我和医生中间竟然没有人流淤积！我往医生的方向看了一眼，像是遇到了旗鼓相当的敌手。于是我又加快速度。咦，他也更快了。我和他像是有默契似的，队伍快速有序地从眼前走过，一个，一个，一个。我屏气凝神，我干脆从转椅上溜下来，站在窗口，以便迅速调整光线角度。我想象着，那困在颤颤巍巍的热浪里的人们，穿过我，再穿过医生，就从这无奈的禁锢里解脱了！啊，哪怕早一秒也好。

一个黑瘦凹眼窝的小伙子走过来。"我，我没有，我忘记带身份证了。""有照片吗，或者社保卡、驾照都行。带照片的。""我，那个，我……""是你本人做核酸吧，下次记得带。叫什么名字？""齐发龙。""齐？整齐的齐？""不是，不是，是齐……"我茫然地呆了一秒，他仍旧"齐齐齐"地用力念着。医生那里已经没有人了。我沮丧地跟他说："看到对面的棚子没，你去那里问社区的人要一支笔，把名字和号码写好再来找我，不用另外排队。来，下一个。"还没扫完两个人，他又转了回来，给我看手机上打出的名字，原来是瞿。名字输好，我让他念身份证号码。不想他两个数两个数地念，有时候又重复，有时候又蹦出一个数。系统一直保存不上。他一会儿说这里不对，一会儿又不确定。我觉得他实在是耽误了太久，我心里那团又闷又长的热浪像是要爆炸！

"你去那边找社区的人把名字和身份证号码写出来好吗!?"

我听到自己的三腔共鸣腾地砸向铁皮屋顶，瞿同学呆在那里，不知所措。医生转动转椅面向我，我见他在层层包裹的白色里忽然一笑。

"不用着急啦，后面没人了。"

我吃了一惊，探出头往后看。可不是嘛，那颤颤簸簸的热浪里，空空如也。警戒布条在有一搭没一搭地飘动，一辆豪车从金宝街呼啸而过……

几个维持秩序的志愿者都看过来，对着我笑。

四　白桂携带的物品

丁香胡同临时党支部书记白桂总是揣着一个笔记本。虽然外人看起来那本子有些老旧，但他清楚，那蓝色软塑料套皮儿能防水，那页码不薄不厚，随时可以塞进无纺布蓝褂子的口袋里，正是最称手的好本子。笔记本上写得枝枝杈杈的。医护安排注意事项、扫证注意事项、保安注意事项、点餐注意事项、黑黄垃圾袋注意事项、收尾注意事项……再加上每天的轮班表，有条不紊，精确到分钟。白桂对了对表，您是档案局的同志吧，您来早了，您看我这里写着一点半。您赶紧往那儿坐着，那儿，那儿！那边能躲着一点风。您自己看着点时间，一点二十二分开始换衣服，穿好了就把那位商务局的同志替下来。这会儿我要去开视频会了，您先喝一杯酸梅汤啊，冰的啊……好细致啰唆的白桂同志，满脸淌着汗，往丁香树对面的墙根那塞上耳机开会去了。

　　白桂很会来这一套，唠唠叨叨，蝎蝎螫螫。但大家也都吃他这一套。他是个大块头，面庞却面面的、蔫蔫的。蓝色罩衫在他来回走动中从庞大的身躯上慢慢滑落，他忙得不管不顾，大步流星的，倒像个叱咤风云、露肩逞威的超模。于是当他蹲在小桌子旁，一笔一画地跟你商量事儿的时候，就显得特别诚恳。潇潇，你看这会儿凉快，咱再干半个小时？他满脸是汗，笑吟吟的，你也不好驳他薄面儿。好啊。他急忙在小本儿上记下时间。然后抹抹汗，继续道，一鼓作气干三个半小时，你是愿意直接回家还是留到中午吃饭？我心里一笑，这个抠门儿的家伙，倒是个分斤掰两会持家的街道干部。我自然是想不吃饭直接回家，不过你得跟我们单位协调。他一面使劲点着头，一面拿出本子记录。这个我清楚，但我要先考虑的是干活儿人的意见！我知道了，我马上来协调！白桂总能在千头万绪中理出头绪，他在那蓝皮儿本子上左画右算，丁香点位是他眼下的一盘棋，我们被他细密稳妥地安放在其间，虽然都知道这里的活儿不轻，但大家都毫无怨言，因为来过的人都知道，白桂不会让人员和物资空转、耗费。你的每一分钟都在发挥作用，还有什么比这种反馈更能安抚辛劳呢？

白桂需要每天早上五点前到达丁香小学，清点一遍核酸点位的物品。指示牌、标贴、测温枪、水银温度计、免洗手消毒液、含氯消毒液、手动喷雾器、低温保存箱、病毒采样管、75%酒精、消毒湿巾、医疗废物专用垃圾袋、N95口罩、一次性医用外科口罩、一次性防护服、一次性隔离衣、一次性乳胶手套、一次性防护帽、一次性防水靴套、防护面屏、护目镜、帐篷、桌子、椅子、试管架、插线板、扩音器、隔离带、记号笔。位于北京站西南侧的丁香小学核酸点位，每日检测的咽拭子数量并不算多。因为多数旅客都选择去街边更为醒目的几个点位。但丁香小学检测点开得足够早（清晨五点），于是夜班的环卫工人，醒得早的老人们青睐这里。赶上大规模社会面筛查，也会一直排进拱门，排到操场，队伍绕过两棵大槐树再折回来。这时候白桂会心急如焚。因为除了大槐树下的一窝阴凉，操场上煞白的阳光让炎热一览无余。他会和他手下的女同事们来回巡视，耐心安抚焦急的人群。前排棚子里的队伍竟然骚动起来，他风风火火赶过去，原来是一只漂亮的黄腹山雀竟径直落在一个正在扫码的小孩儿的肩上。

气温超过35℃，白桂会携带一箱子的冰棍。有时候是头天夜里冻成冰疙瘩的酸梅汤。他不用保温箱（太小），他用一个塑料整理箱，把里面铺上棉被，冰袋、几十根各色冰棍塞在里头。刚到丁香小学钻进棚子，他就要你吃一根。你说这会儿别吃了，等干完活儿脱了"大白"再说。他说，吃进肚子里就降温，早吃晚吃都一样，不由分说地递给你。再说了，白桂同志能有什么坏心思呢。也是，这冰棍不像酸梅汤冰疙瘩，可以随着热气慢慢化开，它们着实撑不了太久，对白桂来说，能起点作用就不能浪费。递到手里的这根已经塌陷了三分之一，只能就着塑料袋倒着吃。你还没吃完，一片冰凉的退烧贴又送到你面前。当然，其他的常备药也被白桂随时带在身边。他觉得十滴水比藿香正气水好，因为它更苦。他觉得风油精比花露水好，因为它更冲。稍有不适就吞一颗阿司匹林，他觉得它包治百病。被外卖小哥叫出去的白桂带着几袋子蜜雪冰城回来。订单上写着：辛苦，注意防暑！他不无骄傲又轻描淡写地说，常常有热心市民给我们点单。看得出，这份虚荣心白桂不自知地一直携带着，就像他一直信仰的、尊重的、向往的那些事情。

　　白桂当然要随身携带着他的手机。一个月前值守时遭遇了暴雨，陪了他七年的手机进水报废，他只好买了一个新手机。他觉得一千块钱的看起来就很好，虽然他的儿子瞄了一眼手机，就嘲笑他一直活在低分辨率的世界里。白桂看重的是它的超强待机，只是今天正午吃饭休息的时候，档案局的一个下沉干部津津有味地讲起丁香小学的历史，他循着她的话，举着手机去操场那边拍《百年汇文》的高林斋、德厚斋，拍那几棵高大的老槐树，才发现廉价新手机的镜头总是灰突突的，即刻想起儿子说的话。消费时代的诡计，低分辨率的世界，自我贬损的底层……他似乎触通了一点新一代人的哲学。而这种怅然若失的沮丧他也并不陌生。建国门街道处级干部白桂常常会携带着一种被时光淘汰了的悲观。他这个土老帽儿，他信仰的、尊重的、向往的，如今的世界似乎都瞧不上了。既然拍不出什么名堂，他让自己坐在半地下室的窗口那里，"之前只觉得这里幽幽地沁出些凉气，今天才晓得，这是一百年前的沧桑和沮丧啊"。

　　转业军人白桂时常带着部队的记忆。演习、集训、考核、比武……一件事接着一件事，连轴转，马不停蹄，真忙啊。转业之后，悠悠忽忽了一阵，他又迅速找到了自己的位置。总归哪里都有事要干，而他白桂就是个干活的人。他的所有记忆都缠绕在这样那样的事儿上。他知道有人背后说他爱揽事儿，喜欢冒尖儿出头。他也不知道自己是不是这样。如果是这样，他却并没有什么仕途阶梯可爬，因此讥讽他的人撇着嘴，也诌不出其他什么怪话来；但如果不是这样，他自己按逻辑琢磨，这般累死累活地干活儿，像是专为和那些慵懒世故的明白人做对照似的，可不是讨嫌？倒真是搞不懂自己。反正活儿就在那儿，活儿扔在那儿不干？他白桂做不到：有一次微信里弹出一篇心理学的文章，说这是一种强迫症，让一切整理有序。他倒是觉得，可能这是他。

携带着强迫症病征的白桂一定要等到最后一秒才结束工作。但如果这时候，试管里不够十根棉签，他又是一定要延时等人的。尽量不要浪费物资，对吧，他还是笑吟吟地看着你。大家脱防护服的时候，他一定要溜达过来，一面用喷壶帮你周身消毒，一面絮叨。你们可给我尽量团成一小团啊，这黄袋子医疗垃圾的费用可贵着呢。反正咱们一天就这一袋啊，都团小一点，再团小一点。于是你只好蹲在那儿，一面咬牙切齿艰难地把鞋套往外拽，一面在他锲而不舍的监督下按防疫步骤团好防护衣。

保安大哥又来问了一句，老白，这回可以关门了吧？白桂点点头，呆呆地倚在大门边。却见两个保安脱了蓝罩衫，一个将不知哪里找来的一条破床单往地上一铺，一个径直攀上树，将碗口大的枝干只这么晃了两下，只见那黑紫色的肥坠的果肉瓣里啪啦往下掉。啊！桑葚！想必下午那只落在小孩身上引发骚乱的鸟，就是来吃桑葚的。又跳上去一个年轻的，干脆猴儿样地圈在大树权上，借着惯性悠了起来。一团团的桑葚果子蒙着头往下窜，这沃土里迸出的丰收像一个小小的奇迹，初夏的礼物，大家全都看呆了。树愉快地抖落掉重负，再抬起头，恰一阵风，像洗完头的清爽女子。保安小哥们把地上的布绷平，默契地前后左右筛动，再放回地上。他们兴高采烈地把桑葚装进口袋，分给大家。

今天收工后的白桂，除了携带一身的疲累，还多了一小兜桑葚。

五 扫证注意事项

（持续补充中）

....

1.类别大致分为普通身份证、护照（注意大写）、港澳台通行证（注意繁体）、港澳台居住证（选其他）。

2.竖着手持身份证为最佳。

3.扫证人员背对阳光为宜，可依照阳光走向，实时与扫证干部沟通，调整岗亭伞位置。

4.手机进行扫描的同时可记住身份证姓名以及出生日期，以便迅速核对。一般有两种情况，姓名错误和姓名、身份证号码同时错误。单独身份证号码错误系统会有提示。因此关注姓名是关键。

5.手工录入遇生僻字主动迅速询问持证本人，他们大都知道此字输入法的大概位置，节省时间。遇老人、小孩、口音重者扫证人员可自行对照输入。

6.系统通常一个小时左右需重启一次。长按系统界面并往上划掉关闭系统。桌面点击图标，按照试管盒上写好的登录号以及密码登录。选择建国门街道，北京站社区，丁香小学点位。这时候会有三种情况：第一，点开试管列表，一切正常，继续扫证；第二，点开试管列表，扫证按钮显示灰色，无法正常进行扫描，需返回上一级，重新扫描一次当下箱码，再进入列表，继续扫证；第三，扫完当下箱码，系统显示一串含有"非本箱码"的字符，如遇这种情况，联系医生一起直接将当下试管封箱，重新扫一个开箱码继续扫证。

7.一定要在新的开箱码拿来后再封箱。如此可无缝交接，避免人群等待。

8.年老体弱者可由扫健康码维持秩序的工作人员引至扫证处优先扫证。

9.上网课的学生也可优先，但同行的大人不可优先。

10.一家人分属两个试管的，要和"管长"强调先后次序，不能随意改变次序。

11.扫证人员交接时，注意观察，防止漏人或遗忘递交新试管。

12.扫证人员速度过快，医生处人员淤积时，可提示调整速度。

13.大规模筛查需要预备两台手机，一台崩掉时迅速登录替补。

14.持续大强度人流下，扫证人员工作不宜超过两个小时。注意观察干部精神状态。

15.超过30℃扫证一个钟头可为扫证人员额头贴退热贴。

六　遛弯儿

还有人记得疫情中的北京吗？

不是空旷。除非偏要在傍晚走上双井桥南侧的天桥，除非太过熟悉曾经熙攘阻塞的模样，你再走到那桥的中央，对着国贸诸楼贴着壮阔云天拍一张照片，才算可以感慨一句，空旷！待你发完朋友圈，悻悻下来，空旷又随着车轮攀上三环、四环、高架，消失掉了。你面前的富力广场虽然并未开放，但它周身的霓虹亮着，那些鲤鱼在游动、跳跃；那花团锦簇的圆胖老虎，笑容可掬。秋千上仍旧坐着几个看手机的年轻人，一溜外卖席位端端地排在门口，服务员们穿着整洁，严阵以待，尽量迅速地与奔跑而来的快递小哥接头。虽然不过是普通窄桌，却都要立着一个优雅的品牌标志，像贵公子的脖颈。高级餐厅放低身段，算得上疫情之下的独特景观。那边四世同堂的推车已经走到两个路口开外，傲慢的大爷大妈们仍旧没空看它一眼。遛弯儿才是正事。

庆丰公园关闭了。双眼一瞥，可见从通惠河辅路旁的阶梯下去，运河由北往东仍旧可以散步。近期女孩们爱穿超紧身的瑜伽裤，还要露腰，却又要防晒。她们就这么在河边拉着筋，有不自量力的，在"紧""露""遮"的哲学中，一团团的肉从服饰的空隙中翻滚出来，忍不住替她捏一把汗。紫叶碧桃早已在偷偷结果，六月的它们大势已去，妍艳媚人的花季像一场梦。公路上的月季却开疯了，个个张着明丽嚣张的银盆脸，开得汹涌澎湃竟无可挑剔。无论是谁，无论他拥有多么骇人的忧郁，每每和它们相向走来，都会心服口服地在心里口中感慨，太美了。再往前走，庆丰闸悠然跨过河面，这弧线像一道谕旨，你方恍然大悟，原来这天空的蓝是这么蓝，这云又这么蓬勃、激昂。慌忙掏出手机，记录空中河里顿挫的乐章。朋友们在图片下慌张地留言，你怎么出来了？你去哪儿了？你不在北京？你一个一个地回复，在啊，在呢，在呀。

如果不往东走，反身走向二环，从广渠门桥下去，护城河两岸的人流足以让你赶紧在鼻梁上捏捏口罩。犹豫了几秒，禁不住天空、河道以及繁花的招引，还是走下去。几十根钓竿一溜排开，也不全是老头儿，但一定都是男……男孩。你看那些藏污纳垢的黝黑皱纹也挡不住他四岁时候坏小子的模样。家里怎么能待得住？要出门！要玩儿！要跟老哥儿几个在一起！小马扎儿坐着，烟抽着，河里冒个泡儿，瞅一眼，微风在鱼线上颤动，怎么着？就这么着！

那就往北走。孩子们风驰电掣，有各色的车，或者仅仅是尖叫声渲染了速度。桥底下的宽阔处早已被小型广场舞群征用，也有路过的孩子跟着跳。忽然一个华丽的声音蹿进耳朵。它从如此肥腻的嘈杂中穿过，溜圆的，实心的，锃亮的，行至高处再打一个急而不陡的弯儿，稳稳当当，竟不知何处遁了去。原来是一高一矮父女俩，缓缓端正地走着。女孩在吊嗓子，父亲一旁细细掂量着板眼。都想往前走，看看女孩的长相。错肩而过时，她又吊了一声嗓子，那一柱华丽轰然而来，玉山倾倒，惊觉平凡的耳朵果真受不住这天籁梵音，快走几步逃走了。两片风筝在河面俯冲复跃起，缠绵几回，竟真让它们踩上一道风升上去了。那橙黄底描蓝绿花样的先溜上去的，另一个像是要倒栽葱，却劈手被同伴上蹿的劲势一并带进风洞里去了。这番挣扎跌绊过后，此刻，它们毫不费力地荡漾在高空，像蓝白背景上的两块花布，像是永远不会回到人间。

闸口是滨河步道的尽头。从溜边儿的缓道走上去，二环路骤然出现，与河道旁的腌臜人群大相径庭，竟像一座闭环的机械星系。这里恰好是环路的西南弯道，于是双向轨道上各色车辆行星般在眼前呼啸而过。规则带来锃亮的速度。啾啾啾，弯道折断了轮下的声响；啾啾啾，声响让弯道越发陡峭。犀利、准确、勇敢、欢乐。它们和它们的轨道在一起。

面对这无法踏入的未来的肃穆，舒适地呆呆地定在原地。从机械星系的震慑中缓过神，首都公民掏出不可一世的手机，召唤一辆回家的车，不在话下。一行红色赫然于屏幕：此区域为封控区，车辆禁停！

啾啾啾，弯道折断了轮下的声响；啾啾啾，声响让弯道越发陡峭。

明明是平地，却像是要俯身逆行。你仍旧心仪右侧的装置，却下意识地往花红柳绿的那边靠去。你贴着栏杆，俯视着河边的肉体凡胎，那两片花布风筝漾漾地，从容却牢牢地锚在空中。

28℃

西海岸手账

XIHAIAN SHOUZHANG

一 落日前到达

傍晚六点左右，西海岸的一般性人物才懒洋洋地登场。当然，无论多么暴晒的白天，也会有零散游客从假日海滩蔓延至此。加上彩色帆板赳赳驰骋，海岸从不寂寥。然而它每日真正等待的自己人，却只会在落日前到达。

因为这才是西海岸展露它一般性美貌的时刻。太阳凝视过后，空气中汩汩眩晕的热浪行至腰间，银色卷帘门唰地拉开，烧蚝店主被这热浪直击，她却毫不畏惧。因为像她这样西海岸的一般性人物，太了解它的脾性。这位爱人同志的暴躁和盛怒已经过去，只需落日之后的一阵海风，热浪就会魂飞魄散。

所以一般性食客和玩客会忍着一点燥热先占据栏杆边的位置，也许先点一只冰冻椰青。这片算不上景点的西海岸，只有长期居住在附近的人才能尽情享用。他们未必有一半是本地人，更多的，有图着温暖买房置业的北方人，有随着这帮候鸟而来的生意人，当然还有彩色帆板上健美的运动员。他们正是西海岸的一般性人物，深知西海岸的一般性闲适，过完自己忙碌的一天，来到这里，将那贴心贴腹的温柔甘甜、酣畅舒爽每日上演。

落日前到达是一道密语，因为天海日的交响即将开幕。你可以期待今日的色调，烈焰或橙黄，以及一般性的姹紫嫣红。云的缺席或在场，足以让你回忆截然不同的往事。天海日三者，肆意地晕染弥散，光色影毫不吝啬地相爱，或绝无退路地交战。耳边的烹炒炸煮随着流弊走俗的彩灯愈演愈烈，一枚红色的冷太阳竟然瞬间消失。是从那一丛楼宇里坠下去的，一个孩子站在天地之间，怅然若失地思索着。

　　一盘蒜粒吱吱的烧蚝立即代偿了他的遗憾。从阔达空虚的视界转进儿女情长的夜宵摊，西海岸的一般性人物从不多愁善感。五彩斑斓的海鱼变成一锅灰白色的杂鱼煲，那传说中的海风早已如约而至。退潮的海浪声让它们格外清凉，并不是冰镇啤酒的幻觉，西海岸在落日之后果然清凉了。那一排炭烤鱼，那一片打边炉，也只有一般性西海岸人物才敢如此信任南海的仲夏夜，把白日极致的高温抛诸脑后，这正是那种让人妒忌的放肆的私密快乐。

　　那有着半个啤酒肚的男人打赌输了，被哄笑着推去沙滩。他被塞进一只白绿条纹的皮筏艇中，踉跄了几下，成功保持了平衡。伙伴们的欢闹声渐渐轻了，他滑进了夜的海面，只几分钟，世界似乎一分为二。他的酒瞬间醒透了，他不自觉地停下手里的桨。说不上寂静，却忽然不知如何自处，口袋里没有烟。他大着胆子让自己停泊得更久一点。岸上的酒局已是前世，只剩下天和海，永恒在目及之处脆弱地微微悸动。

二　世界碎片

极少有人出现在早晨八点的西海岸。在这里置业的候鸟族，一心要把岛外的忙碌挣脱，醉酒到深夜，酣睡到正午。并排两个躺椅上的帐篷青年已经不知去向，他在更早一些的时候离开这里，躲避太阳。早晨八点的西海岸已经有着毛茸茸的炎热，太阳还没有君临天下，把世界照耀成一张明信片，早晨八点的西海岸画面浑浊，像一个听不清楚的呼唤。海和天都胡乱灰着，云也灰着。

远远地开过来一辆轮胎巨大的作业车。它轧过沙滩，走出一串蜿蜒的痕迹。过了帆板基地，跳下来几个戴斗笠的女人，开始默默地用竹子扎成的长夹捡拾海岸线上的垃圾。那些垃圾有着一条被海浪反复冲筛出的带状脉络，按照轻重大小错落密布，方便集中清理的那部分已经被早一拨拿耙子的工人解决，留给长夹女工的是烟头、蚝壳、海藻以及五花八门的世界碎片。

她们五个人沉默着。这五个沉默者攀爬在漫长的海岸线上，海浪呻吟。这沉默像是加重了步伐，还是那没完没了的碎片像是根本无法彻底清除。太阳又清醒了一些，灰色煞白起来，焖炉一般。她们用花布裹着斗笠，垂至胸前，她们戴着厚厚的棉线手套，她们在塑料凉鞋里穿着长袜，她们竭尽全力抵御着阳光，但谜底仍旧是黝黑的肤色。左手中的黑色垃圾袋逐渐有了分量，一只海鸟飞来，盘旋禅定，它应该认得她们，日复一日地低头缓行。

那些碎片里有东西煌煌地闪了一下，连海鸟都看到了。中间的女人折回去，走到四个人蹲下来的地方，她也蹲过去看。五个沉默者围住它。一定是海浪送来了什么离奇的东西，好东西，值钱的东西。那个光晃得天海为之一颤。漂流瓶、宝石、首饰，逃离海底埋藏的一万个情节冲向海岸，精致地嵌在细腻糯实

的沙子里，来到女人们的脚边，来到沉默下面。海浪
呻吟。那用殷红塑料绳捆绑的竹子长夹碰到了它，碰
到了国王、命运、谕旨。

　　女人们陆续起身，相互看了花布包裹下的眼睛，
一起笑起来。高个子的女人把那片闪烁的世界碎片夹
起来，绕过她们的鼻尖、笑声，举到头顶，划出一条
弧线，扔进黑色垃圾袋里。她们回到先前的队形，继
续低着头啄食那条带状脉络。海鸟觉得，她们也飞了
起来。笑声越发细碎密集，她们交谈着，聊起午饭、
孩子、男人。黑色垃圾袋动情地鼓胀着海风，轮胎巨
大的作业车转回来，嘟嘟地开过她们，停在不远处等
待。

三 三角梅与凤凰木

西海岸岸边有一株高大的凤凰木。他挺拔、蓬勃，他对自己的美不明就里，于是更拥有一种自然爽朗的气息，绚丽娇媚的花朵密布在羽毛般灵动瑟瑟的叶丛里，云鬟雾鬓的树冠在清风里荡漾。阴柔与阳刚集于一身，俨然一位浓墨重彩华服出行的贵公子。

一株三角梅在他身后不远，也开得正盛。她不知道为何被单独插在此处，不像她的家族通常都在花坛外围或马路旁边扎堆。她也不像一般的三角梅那样长成端端的一簇，她奋力地长出了一个弧度，生动可爱，像一串铃铛，高高地悬在旁边的扶桑上头。有些心思甜蜜的小女孩路过，会注意到她。

"凤凰木，我爱上你了。"

"你是谁?"

"我叫三角梅,也叫叶子花。我就在你身后。"

"乔木是不会扭头的,我只被告知眺望远方。话说回来,如果你是灌木,那你的嗓门可真够大的。"

"这你说对了。我们灌木只被告知拼命呐喊。呐喊让我们顶端的叶子红艳艳的。人们喜欢红色。"

"我也是红色的花。"

"你的花不同,你复杂、婀娜、翻卷、缠绵……"

"你是因为这个爱我?"

"也许吧,我还爱你的轻柔的叶子,爱你的挺拔,还爱你风过之时,明艳壮硕,款款而动。再到后来,我爱你,就是我爱你罢了。"

"我倒是很喜欢听你讲这些,像是你越说,我就越美了。"

"爱是热,被爱是光……等我再长长,伸伸手,说不定可以碰到你。"

"那你加油啊,我也想尝尝什么是爱。"

于是他们常常这样一前一后地聊天。三角梅总是叽叽喳喳的,她脾气很躁,也许是因为园丁不会特意照料她,常常好几天得不到浇灌,太阳把她照得灰头土脸,玫红色的花皱巴巴的。但这对她来说是小意思,她身体很棒,拥有底层超强的耐受力。

"幸好你不会扭头，于是我可以尽情看你。你真美，你美丽花冠里的那几根须须，真的像凤凰的羽毛咧！"

"你见过凤凰？"

"世界上没有凤凰，但人们从我记事起就开始谈论它了。"

"我太高了，不太听得到人类的声音。"

"不听也罢。他们谈论的大多不是凤凰这样的好事。我刚听说，今晚会有台风。"

"台风？"

"你听我说，也许今晚我们可以见面。台风到来的时候，你试着借助风力往下低低头。我呢，也跟着风使劲伸手。"

"我记住了！"

台风过后的第二天，人们发现海边那株神气的凤凰木被刮倒了。他径直躺在沙滩上，满树的花叶铺满了整个海岸。三角梅挂着雨珠，她虽然在伤心地哭，但饱饮过这天赐的雨水，她显得格外饱满而抖擞。

一个心思甜蜜的小女孩走过她，折了一段她的铃铛，又走到海岸，从刮倒的凤凰木上折了一朵带着羽叶的凤凰花。她捏着三角梅和凤凰花，蹦跳着回家了。

四 幸福

七点的西海岸空无一人。他和怀孕的妻子从近处的海景房溜达过来，他想要晨泳。他把她安置在防波堤旁的阴凉处，那些布满蚝壳的石头又湿又硬，高度却正好倚靠。待他转身往海里走去，她便立即执行自己的计划，扶着那石头往下溜，一屁股坐到沙子上。他就知道她会来这套，扭头看见她的滑稽样，快足月的大肚子，水肿的油亮双腿，同样水肿的双脚惬意地推着沙子。

随她吧。等游完一圈回来，给她堆一个沙子的高凳，带靠背的那种。这一定遂了她的意，她会得意扬扬地坐下去，而他会等着看那些貌似成型的沙子被她和她的肚子压得瞬间坍塌。他想着这些扑进了海里。这算不上游泳，顶多算戴着眼镜划水，待游过浮标，他就翻过身仰泳。躺在这海面往上看，你就知道这座城市只有三幢冲向天空的高层建筑。尖顶、方顶、圆顶，杵在空中，像是斜睨着他。

她总是说在西海岸晨泳不好。没有人。而他就为了这无人的境界。他深知自己并不是一个会冒险的人。一串飞鱼嗖地从眼前掠过，他下意识地去抓，脚下踩水着了慌，他和他的眼镜一下被拽到水下，喝了一口咸水。

她看不到他了。浮球那里像是有个颤动的小点，根本看不清楚。她立马有点心慌。虽然她在心里赶紧嘲笑这孕激素引发的神经质，却还是一手撑着沙滩，一手抓着防波堤站了起来。还没走到白蕾丝样的薄片浪花那里，眼泪已经夺眶而出。空无一人的海滩，就不该去游泳。这白蒙蒙的沙滩，再加上她近乎足月的肚子，这不对劲。那一排垒成方垛的皮筏艇，那些聋了的霓虹灯，海边喧嚣夜晚的活物，都在此刻死了。一切都不太对劲。她毫不犹豫地跨过排水渠，继续往北走。经过了那么多麻烦，他还爱她。每次在心里辗转一遍他和她的交往，那么多不可思议，每次都顺利来到了当下。这幸福有种渎神般的自信，这幸福近乎完美，这才是最不对劲的地方。这白蒙蒙的沙滩，清早无人的西海岸，根本不该晨泳。单枪匹马和这些永恒的东西待在一起，这不对劲，他就是爱做这种吓人的事，比如决定和她在一起，爱。她的鼻子已经酸到额间。她看到自己浮肿的脚越走越快……

看到他了。那个小点，在靠近浮标的左侧一漾一漾的。他往回游了。她赶紧往回走，怕他看到她这一场澎湃的无聊焦虑。她往高一点的沙堆坐下去，她感受着自己的重量让身下的沙子汩汩地塌陷，幸福极了。

五　钓鱼

天气燠热。乡里还在杀牛祭神，好在村中处处在
挖井取水，人世间的事，总不能尽善尽美，只能慢慢
来喽。苏轼歪在竹床上歇凉，看着桌上送来的牛肉，
肠胃为之一颤。也不是说牛肉不好，但千辛万苦渡海
而来的牛，不事农作……一只蚊子张狂地落在他的眉
间，打断了他劝农遏巫的思路。"夏月蚊虻纵横，至
秋自息"，壮年时言之凿凿的自信之语，以老迈之躯
居此蛮荒之地，才知文人妄语，到头来连只虫子都说
不明白。这海南的蚊虻别说活到秋天，简直是四季不
休，生生不息。今儿可是元宵节！

做事情做事情，必须做事情。苏轼坐起身来，我

和韩愈都是摩羯座劳碌命，万不能作如此空虚遐想之势啊！

"外头咳嗽的可是王霄？"

"正是。"

"快进来闲叙吧！"

只见一个老书生，捏着一本贴经，唯唯诺诺诚惶诚恐地走了进来。上次他和苏轼对了对生辰，竟然还长老师几岁。然而在此天涯海角，苏轼珍惜他这纯正的迂腐气，觉得欢喜有趣儿。文人相轻却又相亲，这也是没办法的事。

"有一心事要寻先生的示下。"

"但说无妨。"

"您看我这年纪，到底要不要再去考贡士？"

那老书生一说完就羞得满脸通红。加上岛民本来就黝黑的色底，苏轼忍不住看了一眼桌上的牛肉："也不是说牛肉不好，但我最爱的还是软烂酥香的猪肉。都说我的诗越发淡薄了，殊不知生蚝虽好，油水太少！"

做事情做事情，必须做事情。书院还是要大张旗鼓开起来，换点酒喝喝，换些水沐浴，也是好的。

"霄兄，太阳快落了，不如我们一同出去溜达溜达吧。"

"也好。"

两人逛到西城，路过僧院，再转进小巷。苏轼晓得这老书生专门竖着耳朵等他的答复，却故意四处驻足寒暄，顾左右而言他。

"先生，你看我这个年纪……"

"你可知'钓鱼之说'？"

苏轼今日专要拿他消遣，这也是岛居此地难得的文娱项目。只见那王霄抬头锁眉、屏气凝神，却也是功底深厚，立即孜孜道来。

"舜帝为天下钓鱼第一人，姜太公愿者上钩，再有范蠡《养鱼经》，或是李白'闲来垂钓碧溪上'，抑或杜甫'稚子敲针作钓钩'，还有柳宗元'独钓寒江雪'……"

王霄啊王霄，果然是迂腐可爱。苏轼欢喜地笑出眼泪。他拉着他进了酒馆，要了一壶酒，并没打算就此放过他。

"我说的是韩愈。"

"韩退之？嗯，那就是'君欲钓鱼须远去'？您劝我去？"

"'徒自辛苦终何为'，那韩愈怎么会用这般颓丧之气鼓舞好友？"

"那先生的意思是，不要我去？"

苏轼笑而不语。如此闹腾着，不胜杯酌的王霄竟陪了他一整晚。苏轼心满意足，与他勾肩搭背回到家中，已经半夜三更。

"钓鱼无得，更欲远去，不知钓者未必得大鱼也！"

说毕苏轼哈哈大笑，笑得扔了拐杖，笑得扶着墙，王霄一时惊慌，越发猜不出老师的心意。当下胡乱揣测了一下，恭敬答道：

"大鱼并无绝对，学生还是不去了。"

"错！做事情，做事情，必须做事情！去考吧！"

六　一顶帐篷

　　不记得从哪天开始，沙滩上多了一顶帐篷。要说沙滩和帐篷，总是来来回回、随装随撤的露水情缘，孩子们钻进去堆沙子，情侣们租来看星星，并没有人会去说，沙滩上多了一顶帐篷。但真不记得从哪天开始，沙滩上确实多了一顶帐篷。那帐篷不是扎在沙里，而是绑在并排的两张躺椅上，不仅如此，它的上面还罩了一层厚厚的透明塑料布，俨然一副安营扎寨的模样。游完泳径直走上沙滩的人，总会盯着那帐篷看几眼。

　　帐篷主人从未现身。这也很好揣测，独自认真住帐篷的人，必定是一个孤独患者。他不同于那些毛咋咋的驴友，充满欢乐而腐败的乌托邦气质。他也不像专业的野外生存达人，在挑战极限中享受大自然的喝彩。要直接认证他是一个流浪汉、拾荒者也并不恰当。他早出晚归，按部就班，并未把理智扔在大桥下、石凳上。

但是帐篷主人从未现身。他的早出晚归，一定早过了清晨的海滩清洁工，晚过了最后一桌醉酒的夜宵摊。日复一日，直到大家发现，哦，沙滩上多了一顶帐篷。

有好事者贴着帐篷缝往里看，有看到大号电饭煲的，有看到小号燃气炉的，有看到手电筒、手套、帽子、针线包的，也有看到丝巾的。丝巾还是汗巾？于是又有人看到女人照片，看到烟和酒，看到药片，看到匕首，终于有人看到一把枪。不对不对，那是一把手枪形状的打火机而已。于是有人又看到更多的烟、啤酒瓶，看到水壶、望远镜、相机，看到尼龙绳、指南针、地图。有人看到一本书，看到音箱，甚至有人看到一把吉他，在一番形容之后，那人又承认看到的是尤克里里。

有一天潮涨得厉害，汹涌的海浪一直翻滚、冲击，大步往沙滩进发。商家们赶紧撤走了摩托艇、皮筏子，游客们及时爬上楼梯。海浪越来越大，带着一种充满情欲的热情，终于吞没了整个沙滩。有惊无险，大家都趴在水泥防护栏那里往下看。海水又涨了一些，几乎要没过躺椅。大海被平移到街边，往日沙滩的喧嚣杂乱被抚平，就像往事被一笔勾销，只剩下一顶帐篷。它被绑得很稳当，而那层厚厚的透明塑料布贴切又舒适地包裹着它。啊，如果孤独会有一种保护色，或者就是这个样子吧。此刻，或许连最大腹便便的中年男人都看得懂这种孤独。可不是嘛，一望无际的海平面上，只有一顶帐篷。有很多人说看到里面有光。

退潮后，沙滩恢复了神色。挑担子卖蒸番薯的老太婆走近帐篷。潮水还是损毁了它的底部，一个玻璃瓶露出半截真容。她定睛看过去。

剁椒酱，她一笑，是个湖南人。

七　铲生蚝

这条迷人的西海岸线，离不开一群清洁女工日复一日的精心维护。她们用竹子长夹捡拾不易清理的碎片垃圾，顶着初升的太阳，埋头工作四公里，终点就在那道防波堤。眼看胜利在望，不远处的沙滩忽然泛起星星点点的银光。定睛看去，最后十几米的作业区域，细碎的蚝壳被海浪层出不穷地拍打上岸，最远的蚝壳几乎蔓延到躺椅附近！这是最为让人光火的那种碎片，零散细碎且有伤人之虞，是被严格要求清除的。这意味着本来就要结束的工作，还得持续至少一个钟头。太阳已经不耐烦，空气就要爆炸·看到这幅光景，她们沮丧得几乎落泪。

　　小个子女人第一个发现了端倪。她摘掉蒙着花布的斗笠递给同伴，怒气冲冲地奔向防波堤。顾不上脱鞋，大胆地往海里走去。果然，防波堤下狭窄的通道里，三个女人正在铲生蚝。她们的斗笠是椭圆形的，花布的质地倒是和清洁女工们相似。她们正忙得起劲，完全无视小个子的到来。

　　生蚝附着在被海水浸泡的防波堤侧身以及通道四壁，和那些可爱光滑的小贝壳不同，密密麻麻褶皱形状的生蚝打眼看去，像灰白色的诡异化石。它们以噩梦般的侵蚀力寄生，几乎和建筑物融为一体，需要用尖利的锤铲才能将它们从宿主上撬下来。

　　这是一场艰苦的协作劳动。一个女人站在齐腰深的海水中大力地用短铲疯狂地将生蚝从墙壁上剥离，紧跟着她的女人深深地弯着腰，用一个网兜把它们兜住，再步履艰难地拖去浅滩，最后一个女人气势如虹地坐在堆积如山的诡异化石面前，开始分拣。她眼疾手快地挑出真正孕有蚝仔的部分，用小锤砰地把它砸开，一朵小小的却饱满的蚝粒粘在那里，它区别于外壳的狰狞，汁液盈盈，肥嘟可爱。她再换了一把小刀，轻巧地往壳壁上一划，那弹软溜圆的家伙啪嗒落进小桶。眼看已经有小半桶的收获。

小个子呆住了。这一番与自然兢兢业业的取夺过程，起承转合，紧锣密鼓，严丝合缝，井然有序，她竟然让自己看了进去。她忘记插嘴，也找不到方才的愤怒了。她像是被一种不咸不淡、无拘无束的情绪干扰着，钉在那里，看着天地。

海浪仍旧执着地翻卷，把更多恼人的蚝壳碎片拍向这块海滩。扭头看岸边，伙伴们已经开始埋头苦干。

八　横渡海峡

　　我做这件冒险的事已经过去一个月了，心情仍旧澎湃。今天我可以愉快地发朋友圈让人点赞，我没想到。我上个月参加的横渡琼州海峡的活动顺利举行，我用时 11 小时游程 20.6 公里挑战极限无比激动。

　　我并没有很喜欢游泳或是热爱大海的一望无际，我只是恰好看到西海岸俱乐部召集勇士横渡海峡无比刺激。这个冒险所需的费用不少，我一无所有把房子退掉，把物品寄回老家，用剩下的房租押金来到西海岸远离伤心。

　　大家全都有备而来，只有我带着疑惑和不服下水，我想着必须咬牙不上船坚持，只要不死就可以上岸。我只会狗刨，他们或许笑话我，但我交过钱没什么可担心，我只管游用力游，不停游就像能一直游回你身边无比开心。天气很好万里无云，就像你离开我的心空荡荡的。越游越安静，导航船在前，导航员边抽烟边和女友聊天，看来爱情遍地都是，连这海峡里都塞着一个。但你和别人不同，我爱你的黑睫毛，睡着的时候更长。我不太会水上补给，仰卧喝水呛了两次，像狗一样接住能量棒嚼在嘴里又甜又咸，像你的眼泪。水母真好看，蜇人特别疼，一群一群没完没了，凉拌海蜇就是水母，我们吃过，你还记得吗？

两个小时后我开始没有力气，想要放弃，但放弃需要和导航员确认，他还在打电话跟女友甜蜜。原来绝望也是个逃兵，不一会儿就被希望打败，我又鼓起勇气，海水后退，水母蜇的伤口刺痛。我说爱你你说不爱我了，你要爱他是公务员，我没钱个子又矮可你也说过爱我。海面平静无声却嗡嗡嗡耳朵快要震聋，累到极点手脚划动海水，像拥抱不离不弃。最后6公里了，导航员挂掉电话为我加油，忽然一股暗流裹住我挣扎原地不动，如果宇宙有一个中心，就是这个漩涡毫无疑问，两个小时寸步难行5米不可思议。不知不觉它放过我，感觉时空重启太阳沉没，我能看见对岸就在前方无比感动，歌词里唱希望就在前方灯火闪烁，我要选9张图发朋友圈等你点赞留言，回复你我很轻松横渡海峡那么宽世界那么大。

我浑身都是力气很大全力冲刺，导航船却靠近我不理解发生了什么。原来西流已随夜色到达对岸就在眼前已不可能，逆流就像我的人生啊一旦遇见就无比强大。我迟迟不肯上船左右摇晃夜色茫茫，不是说人定胜天我边哭边游徒劳无功。我想起导航员还要结束工作和女友聊天赶紧停止哭泣，爬上船大家说收工啦，不一会儿就到达对岸。

我参加的横渡海峡的活动完满结束，用时11小时游程20.6公里挑战极限无比激动。我没能顺利登陆，当时非常伤心你不爱我。原来伤心也是一个逃兵，一个月就被遗忘打败。我今天发朋友圈这次失败竟然收获很多鼓励，许多朋友相约再次横渡海峡一定成功。

九　无人机

悠长的西海岸被全力打造为一派现代化休闲场所。高尔夫球会、游艇俱乐部、帆船基地，以及椰风习习的假日海滩。她像一句风行水上、婉转明媚的诗，落脚于秀英港这个句号。然而有一小段未开发的荒野地，被遗落在这首诗之外，像一个蓬头垢面的字眼。

常有骑着摩托车的快递小哥，骑着电动车的本地青年，灵活地从滨海绿道上转下来，穿过一片布满祭祀灰圈的野草地，爬过覆满黄花野生蔓的废沟渠，就看到海了。

海总是一如既往。这几十米的海滩像是秀英港口袋的底部，整个港湾铺展在眼前。左边是那座叫浪花的知名灯塔，右侧可以依次看到俄罗斯方块般的集装箱码头，老港片风格的游轮码头，以及静穆低调的军舰码头。除了这些深晓秘径的散客，练习麒麟鞭的老头知道，每天来的除了他自己，还有一个摆弄无人机的小伙子。摆弄无人机的小伙子也知道，每天来的除了他自己，还有一个怪老头。

都市中很难有地方能施展这种令人费解的爱好。地面被恶狠狠地鞭挞，尘土皮开肉绽，发出可怕的声响。对着海抽支烟歇口气的快递小哥，这声响是资本罪恶的黑手；带着肌肤的薄汗在海风里拥吻的情侣，这声响是凶狠的道统家长；坐在折叠凳上悠然垂钓的老头，这声响是愤怒的燃料。然而当他看到那裹着锁链的长绳几米长，那老头极矮的个头，极白的皮肤，面无表情，如地狱幽灵……他便折了回去。这鞭声像一种原发性抽搐，来自某种男权淋漓肆虐的黄金时代，属于那些一败涂地阴晴不定的暴君。

于是他成功鞭走了一路散客。半个月后，连骑着电动车兜售椰子、玉米和烤红薯的商贩，都不再踩点这片海滩。

只有无人机小伙子风雨无阻地到来。他总是仰着头，认真操纵着那架小风扇似的机器。那架无人机飞在空中，高低盘旋，也像是在乖巧地回望他。

终于有一天，无人机小伙子走到老头身边，请他看无人机拍摄的画面。

海，海，海。三棵有些倾斜的椰子树，一片布满灰圈的野草地，那条覆满野生蔓的废沟渠。一个人呆板可恶地站在那儿，手里握着麒麟鞭。画面静止，有些许颤动。忽然，那人像被神力大能启动，骤然抡起那裹着锁链的长鞭。只见它猛然飞起，团缩复伸展，婀娜苍劲，在空中乍现出一道雷电般的痕迹。恰一声出港的汽笛，它俯冲落地，迭出一个澎湃的巨响。画面静止，有些许颤动。那条覆满野生蔓的废沟渠，一片布满灰圈的野草地，三棵有些倾斜的椰子树。海，海，海。

两个人不说话，盯着屏幕。那条鞭子落在地上，像一只歇息的小兽，蜷在脚边。

十 夜泊军港

军舰行驶在海面。空间在时间上滑行⋯⋯

让我自己告诉你们吧。在还没看到海的时候，我就知道我是我了。在一群炼金术士巧手的摆弄下，金属群与冥想及咒语一道咕嘟嘟地熔炼;在每一次锤楔、铰合、铆接、涂染之下，一切本来无关的东西紧紧相聚，安插、固定;在一个相对密闭的空间里划分一层一层的更小的空间，大小的圆形方形的开口，粗细的通道蜿蜒密布，气流优游穿梭;在某个掌控光明星象的关照下，世界骤然一亮，我就是我了。

我像是凭空而来，又像是仅仅从沉睡里苏醒。发动机是我的灵魂？这比喻太过肤浅。在某种炼焊、组合、缠绕、溶蚀之中，灵魂就驾临了。灵魂在接缝中、栓塞里，在无法分辨是你或我的混沌地带，无尽地消失和浮现。灵魂是撕裂与弥合的伤口，是疼和牺牲，是奔向毁灭的冲动。风或许刮走了我一部分的灵魂。

海洋是我的情人。划开她鼓胀的思念，崩泻出像恨一样的爱的浪花。

少时我一心倾注于征服。我曾自负地火力全开，或用电光火石迸发出的隆隆声响湮没她歇斯底里的叫嚷，或倚仗惊人的庞大身躯履平她情绪的皱褶。我使她不由分说。女人害怕不由分说啊。她们要说、要说、要说啊。她们要吐出一圈一圈的焦虑，那些不安的曲折波澜和欢喜浪花，是她们郪郪婀娜的裙摆，听她说，听她说，听她说啊。当发动机拨弄出她第一声惊讶而欢喜的呻吟，她用温柔钳住了我。她油画的皮肤、绸缎的乌发。她直达地心的磅礴心跳。

空间放下了喧哗的幕布，把世界交给时间。永恒在目及之处脆弱地微微地悸动着。

白天是空间，夜晚是时间。

白天，灵魂好奇地活跃在五官之上;夜晚，肉体沉寂，灵魂会像寄生蔓一般后于它的宿主死去。多出来的活命时间，它凝视它的宿主。灵魂凝视肉体，这种可怕的凝视变成惊愕恐怖的梦。如果真有一个时间的出口，最大的可能它在海上。如果真有一场与这时间的厮杀，也是我和他的宿命。

不用你提醒，我当然知道，夜晚的我，多么具有一种迷人的格调。时间为我镀上一层锃亮清明的理性光泽。世间陷入半死状态，而我仍在时间的准确航道上，只剩时间陪着我。虽然我们在容颜凋落的时候、痛失亲人的时候、热爱偃息的时候曾恶狠狠地诅咒它，但它的沉稳、安详、神秘、自律……终会在天示之下与你相遇。就像此刻，深夜，它不太被打扰和冒犯，不再有无数妄图拖住它的无望挣扎或绝望奋斗。他们都睡着了，闭上眼，把自己交给它，随它一起，滚入大海，任时间抚过，毫发无伤。没有开端也没有结束。

如果有神，它的面孔应当是一抹淡漠的神情。神的仪式是一种黏稠的静默。就算灵魂在体内已经颠倒反转，也应该有一个体面和沉着的面容。就像，海面平静。

生活在我们所认定的残忍面前呈现得呆滞无情，在时间的后面回味，也许就成了一种不偏不倚的温柔。过于近或过于远都使我们看不到真相。真相也并不是一种刚刚好的距离。也许它是足够近、足够远以及不近不远的总和。就像人们说，海是蓝色的。

没有法外之地。

智慧不能演算出来，不能拾级而上，智慧也不怜悯。智慧是此刻的海洋，在永恒里肆意流动。根本没有某一滴水，根本没有水，只有海。智慧不对比、牵连、总结。智慧就是智慧本身。

一只鸟抓着栏杆。

世界将死于凝视。

- 对话现代生活
- 数字化的孤独
- 自由的表象
- 走近文学故乡

码上发现

唐邺广的赌局

　　唐邺广回忆起 15 年前的那个赌局。"昨天晚上我又喝多了"，那是他 30 岁的口头禅。如今他已经 45 岁，这不可思议的打赌就这样走到了最后一天。再过 5 个小时，他就可以顺利地拿回奖金，幸好那时候加入了通胀条款，15 年前约定的 200 万如今已逾 2000 万。他知道这足以让那个老富翁胆战心惊，至少也得逼他解雇掉 8 个老婆。唐邺广几乎笑出声来，因为他想象着老家伙的烦恼，他的一筹莫展，他的惶恐，想象着他并不知道他唐邺广会给他一次超凡脱俗的赦免。是的，他以学识带来的巨大成就感和优越感，预备实施这次赦免。与其说他要赦免债务，不如说他要进行一次有关高贵的行为艺术。这远比收获金钱让他兴奋。他轻快地哼起了歌，起先是莫扎特，而后他竟然觉得第八套广播体操的韵律格外能应和他喷薄欲出的好心情。最后的约定之时在明日清晨，当这所夜晚的房子变成白天的房子，他将领受这个赌局失败的桂冠，留给老头一个无与伦比的伟大背影。

　　他早已对这所房子了如指掌。15 年的赌局，足不出户，他竟然真的做到了。他和他的书，他的琴，他的呼吸和思想，共同在房子的每个角落留下痕迹。如今的这所房子是一座教堂，是一座图书馆，是永恒的一个光斑。智慧和愉悦已将它填满，纵使深夜，它也晶莹耀眼。那个可笑的打赌啊，15 年前的我，骨瘦如柴的灵魂，夏洛克的无耻交易……但谁说一个荒谬的起点无法到达一个光荣的结局呢？唐邺广悠游在自己的思考里,时而微笑,时而热泪盈眶。他想起在茫茫孤独中,他不得不成为一个修士,一个学者,一个诗人,一个坐地千里的冒险家。其间的困兽之斗里,他也曾经是一个暴君,一个自虐狂,一个流泪的木乃伊,一片风中树叶……这是升华的必经之路,他现在可以引以为荣,这一束蜕变涅槃的生动故事,马上就可以讲给房子外面的人听!而最动人心魄的部分,将在此刻发生。在打赌结束前5个小时,他就这样默默离开这所夜晚的房子。黎明到来,这所白天的房子将记录下圣徒般的故事强音。它会让世人震耳欲聋!他将带着这个故事的裙摆重新拥抱接下来的生活。

凌晨1点。正是静谧之境。他给老富翁留下字条,他爬出窗子,进了花园。2000万意味着什么他不太清楚,但他高贵的灵魂告诉他,这些不值一提。有些凉风,但仍旧燥热。园子里的游泳池熠熠生辉。在这个干涸的庞大城市建筑私人泳池,可以想象,那是多么的奢侈。

这片本市的中央别墅区毗邻珍贵的水域,几乎每一户都建了泳池以享用这天赐靡贵。唐郦广天生就是个游泳健将,久未踏入人间,何不以这种方式开启人生的下一段旅程?他决定借由泳池回家,对,游泳回家!

回家的路线图不过是记忆或想象,这就足够了。首先是丁一禾家,而后是冯致胜家,然后穿过小区商业街,就到了吴鑫家,从这位艺术保护人家出来,走一点路,就到自己家了。天气微凉,刚好显示他纵身一跃的勇气!他情绪高昂地奔过草地,啊,从一条不寻常的路回家,再没有什么比这个形式感更衬得上他高贵的赌局了。而且他知道,这一路都会遇到朋友,他们几乎每个人都参与了这次赌局。他是归来的基督山伯爵,却早已抖落了复仇的枷锁!他将在夜的泳池里扑腾着真理的水花,他们最好是闻讯而至,然而也无所谓,在他跃起跳进泳池的瞬间,他就已经刺穿了黑夜,走进了传说。他正是那个完成了赌局,又轻盈地放弃了千万奖金的智者。

丁一禾家灯火通明。这家伙绝对可以代言人间烟火。她总是那么热闹、犀利而又欢乐。很难想象,15年前的她和他曾在甜白贵腐和猫王嗓音的蛊惑下情不自禁地湿吻了一回。第二秒他们都一起清醒了。何止清醒,唐郢广记得,她瞬间明智得像一盏白炽灯。他们相视一笑,默契地跳进泳池,来了个50米竞赛,用以迅速摆脱掉这突如其来的不规则欲望。他看了一眼池水,还是那么清澈干净,不愧为金融女魔头。钻出水面的时候,他听到屋里的咆哮。

"我就知道那人无非是个装腔作势的白手套!"

"你这会儿又知道了?你像个哈巴狗似的陪他去巴黎时装周的时候,你还不是个意气风发的滑头?"

"我那是看在钱的分儿上……"

"呵!钱可是看在我的分儿上才把你从小镇青年变成京城阔佬!"

"闭上你的嗜血喷粪的嘴吧!这次爆掉的又何止他!只是你太过执迷不悟,啊,你完全看不到那可怕的自大怎么一口一口把你吃掉,把你们都吃掉!"

"滚!"

"好啊,我滚,哈哈,再送给你一个大礼,我可告诉你,这房子早就抵押出去了,我马上滚,可惜你也得滚,但愿你滚得了,滚得远,不会滚进大牢……"

唐郢广迅速从泳池溜出去,却仍旧听到了最后这句话。按说别人的坏事说出来无非让大家开心一下,但15年修养来的温润的高贵气韵还在胸口。这闹剧也太不合时宜了。

冯致胜是个稳妥的家伙,2点半,他一定睡了。唐郏广静静地在冯致胜椭圆形的小泳池里徜徉。泳池确实不大,但那种恬静舒适和稳稳当当的冯致胜相得益彰。如果谁能坚实地抓住这个社会,那非冯致胜莫属。话说回来,他也是那个最无法理解唐郏广此刻高贵的人吧。想到这里,他有些沮丧,这沮丧不仅在于高贵不能被辨识的失落感,更不可思议的是,这沮丧多少有些对冯致胜现实主义派头的由衷羡慕。他正准备离开泳池,看到遮阳伞下的玻璃圆桌上有一沓手写账单。他湿哒哒地坐在椅子上看了起来。

全部的账单可以用四个字总结:缩减开支。他一边浏览,一边像是看到了冯致胜十几年的拼搏之路。曾经在富人圈流行过的干细胞注射,在一年前,全部缩减掉了;别墅管家10年前就被辞掉,双方父母轮流前来照顾孩子和打理房子;从今年开始,家里连饮用水都需要亲自去超市购买……如此紧缩的状况下,冯致胜能让这座小泳池保持运转,唐郏广像是看到了他灵魂里的坚韧。再看下去,原来这15年开销最盛的部分在于教育费用,他们的孩子上了高中,而由于户籍问题,只能选择国际学校。啊,庞大的教育费用和庞大的焦虑,让他们纵使住着别墅,也像异乡人。哦,不仅仅他们是异乡人,他们甚至还要将儿女放逐世界战场,这战役简直没完了。他翻到了最后一页,第二个孩子的教育,他们终于决定转场。明年这套泳池别墅将被卖掉,用来换购一套不足100平方米的学区房。唐郏广一个激灵,池水白森森地望着他,望着他的高贵,他和他的高贵都有些心慌。

穿过吴鑫的豪宅,他就可以回家了。这位艺术投资人的泳池,他还是颇有些期待。记得15年前这片别墅区纷纷有人入住的时段,大家格外好奇这所房子。投资人和收藏家，主攻现代艺术，骇人的面孔，冲撞的色块，拉开了他与普通人的距离。没错，在精神领域，也许唯有吴鑫能理解我！唐郉广重新兴奋起来。从熟悉的小树林里穿过，就来到那个巴洛克风格的巨大泳池。风更大了，月光有些闷闷的。占地上百平方米的大泳池，漾漾地，却又不像是流水声。别墅里没有一星亮光，那些过于豪华的廊柱、露台，那些雕花和纹饰，在夜色里带着狰狞的肉感，让人心生恐惧。大约又是艺术家的癖好，唐郉广心想。他慢慢走近泳池。池子周边的场地上，依稀可以辨认出 15 年前造作豪华的痕迹，戏谑风格的变形梦露像是已经掉了色，顶端充满性暗示装潢的秋千已经半损毁，正惊诧间，他的脚碰到一个溜圆的石膏，低头扶正它，着实吓了一跳。他已辨别不清那是哪种文明里的哪位神祇的脸，那迷人的微笑精准地被艺术家捕获，和石膏一起凝固成永恒。他丢开它，下意识叫出声来。泳池里荡漾出一阵响动。仍旧不是水声。月亮从昏沉沉的云里半推半就地溜达出来，唐郉广定睛一看，那是一块块巨大的防雨布，淡蓝色，恰似最澄净的水的颜色。惶恐之际，那些防雨布忽然一块块揭开，一个个黑瘦灵活的东西从里面蹿出来，顺着小树林飞速地逃走了。唐郉广竖起了寒毛，他也想逃跑，但终于冷静下来。他又瞥了一眼微笑的石膏头，一步一步走到泳池边。

月亮彻底亮了起来，太阳似乎也在赶来的途中。看样子已经四五点钟了。豪华别墅显露出真容，早已是人去楼空的废墟。一些流浪汉在泳池里藏身，蔚蓝的防雨布下，一派锅碗瓢盆的生机，显然已经住了很久。

唐郉广愣在那里。他和他的高贵沐浴在月光下，太阳穴阵阵疼痛。他看了月亮一眼，像是看到了太阳。不知道现在他潜回那个房间，撕掉那张得意扬扬的字条,还来不来得及。他想要飞奔过去,却根本寸步难行。

白雪

　　金师父在演奏前照例要说几句对中国文化的体悟。或许正因为那咬字生涩、语调参差的韩式汉语，他的感言虽每每缠夹多情，倒也朴实诚挚，总归不会像电视上滔滔不绝的国学大师那样让人生厌。

　　今天金师父回忆起在台湾的日子。那是他中华"情缘"和"琴缘"的双重起点。遥想 30 年前，童真少年金民裕只身从韩国出发，寻道台湾，偶遇庙宇里大师的琴声，遂于基隆灵泉寺剃度出家。金师父聚精会神地细述着宝岛的高山茶、凤梨酥、担仔面、烧仙草……然而，在他心头脑中悱恻缠绵，挥之不去的，真真却是台湾的蚊子。不寒而栗啊，那沤热沁湿的寮房！尤其一种极小的不知名的蚊蝇，可以穿过纱窗、蚊帐以及内衣，在鼠蹊部咬上一口，你若能屏气凝神，诵经参禅，熬上半个钟头倒罢，然如一念之差，伸手拂挠，一圈圈的水泡就像点燃的炮仗般次第开放，纵挠得皮开肉绽也不得安宁。那时候的他刚满 18 岁，食色之欲往往不能移其心智，但夜夜与蚊子的搏斗也足以让他见识到凡胎肉体的挣扎。

　　今天的演奏会全不理想。几个 3 年的老学员错漏百出倒也罢了，孙祖宜的《平沙落雁》最让人闷闷不乐。一直不满师父让他持续示范《高山》，这回他走到琴前，竟自作主张，宣布要弹《平沙落雁》。他弹得并未有些微错处，北方难得小雨过后的微润，桐木琴音舒展苍凉，台下长凳上的观众们被他夸张风雅的姿态和洋洋得意的神情也唬得伸颈默叹。只有远梅在闭目倾听到第三节时,睁开眼睛觑了师父一眼。师父果然也正眉头紧锁。

《平沙落雁》是金师父研习多年的古曲。极简略又晦涩的那种。雁落于平沙,那是直线的画面。沙面、天空,都是直角,雁也瘦,也萧索,那一声鸣叫也当是直的。雁与沙的交往,并不觉以卵击石的枉然,虽一个微,一个阔,一个动,一个恒,然一个孤傲,一个高远,无言自明,将将好的绝配,像落笔无悔的墨与纸一样。雁是寂寥,然这寂寥是它要承担的,是它咽下的。它落下来,这片空阔的平沙给它依托,给它干净,它是称得上它的。弹时既要留白多,气息又不可断裂,才好让这干净和安静层层叠加在寂寞中,多么的高贵、决绝!

孙祖宜一向刻苦,他的功力是进益了,从开端到曲终,退复,吟猱,退复,吟猱,却整个地往花哨和轻浮那里去了,黏稠油腻如《凤求凰》,儿女情长、游闹嬉戏,生生把个大雁变成了麻雀,唧唧吱吱地乱人心智。

师父心里一沉,起伏的颤音是他自己爱用的,但这孩子一味地跟他抗衡,把这鬼音模仿得惟妙惟肖,又是一个歧途。拙朴永远是高级的,还不如不进益的好!技术永远可以弥补,气质与态度一旦走样,即便做乾坤之扭也未必有救!

如琢如磨,如切如磋的古琴啊!

金师父看着台下座无虚席、站者林立的阵势,一面合掌感恩,一面翻涌着深深的苦楚。上周竟然有 10 岁顽童,在他《山居吟》闭目之际,跳上木台,在温润的"月光"下,拔掉了青花书筒里的一根枯竹。那孩子模仿抗日剧里的草莽英雄,振臂高呼,一阵波澜壮阔的笑浪应声而起,茶水小吴也受惊摁开了日光灯。瞬间那木台上的田园南山毁于一旦。金师父置身其间，像微缩景观里的一个玩偶。

当初改造装修之时，金师父本想尽量节俭朴素。然经不住颇有艺术气质更兼商业头脑的装修经理的怂恿。他推心置腹道，您这是精妙的中国文化，您需要的是朴拙而非简陋，清雅而非平淡。到了完工当天，金师父也很吃惊，原来文化装潢已经如此登峰造极！形式或内容，商业或艺术，真或假，整个暧昧模糊着。只定神看着那木台上的"自然景色"，他仿佛真的回到30年前的灵泉寺，不，是更远，更古，是回到《神奇秘谱》的褐黄色插图中，回到阮籍抑或孔子的时代里去了！你看那一抹淡漠的月光落在琴上，枯竹的魅影映于墙壁，斗大的减字谱刻入其间，一眼深泉的咕咕嘟嘟由远及近，仿佛正从脚下淌过……明知这不过是乔张做致的虚假，而那天，金师父走进去，仍然禁不住热泪盈眶……

假作真时真亦假，无为有处有还无……

毕竟有多年的修行垫底，经过上周的闹剧，金师父打坐冥想，反省自责，斩断了自己尚古的虚妄。而大梦初醒的清明和沮丧也随之直面而来。古琴的清雅排斥世间俗事，所谓"茶三酒四琴一二"，然房租和各种用度可不是一二！虽说他们刚来的时候，这里不过是个暗黑破落的胡同，但商业的醺醺之步，从南锣鼓巷一路到北，摇曳蹒跚，终于到了这里。房租成倍地增长，如若没有附庸风雅的众生，这"如是山房"只能如是关张。金师父微叹了口气，我佛慈悲，我不能享受虚假的风雅，也没能落得现世的安稳！只得权益，妥协，权益，妥协……

今天房租将积蓄交了个精光，总觉得肃杀，干脆弹他个《广陵散》，在心里舞刀弄枪一番也罢。

幸好有远梅!

远梅还算保持了水准,只是今天《忆故人》难为了她,她没有什么阅历,对沧桑好奇得很,于是处心积虑地揣测。大概用了一点孤单、自怜或怀春的情绪,调和成这样不伦不类的沧桑来。不过纵使这般,她大体也还不走样。这就是远梅的好处,她是这个古琴馆的支撑,是古琴馆的未来,是山房的镇店之宝。虽说京城早就号称古琴热,但真能学出眉目来的可谓凤毛麟角。古琴要耐得住寂寞,要肯下苦功夫,而就算这一切都做到,它还要你的天赋。这天赋又不像西洋乐器那么单纯明媚,它不是狂热,不是忘我,不是肆无忌惮。它类似一种和宇宙神灵不可言说的机缘。纵使如此神秘,它确也并非超脱、升华或解放。它紧紧束缚在枝繁叶茂藏污纳垢的现实,它是污沼里的高洁。或者可以这么说,要玩古琴,你得先是个道地的中国人吧。

于是就算在中国依恋、浸染了半辈子的金师父,也仍旧诚惶诚恐。而只有每次聆听远梅的《白雪》,师父会一次次确认,前世今生,命中注定,她是古琴当之无愧的有缘人。

远梅的手小而直,没有大手掌嶙峋的骨节,像一束嫩白的玉笋样直直地立在琴弦上。看她弹琴觉得极轻巧简单似的,不像别人的手去触那钢弦,总有砭肉硌指之虞。她也没有各种多余的动作,她坐在琴旁,也不看听众,也不谈文化,报一声曲名就得。她五官均衡,却也没有亮点。只皮肤很白,脸上有很多浅灰色的斑点,说来也奇怪,这些斑点竟然没有给她的容貌减分,倒越发显得她干净,就像清澈的水质才看得见卵石一样。

作为一个中国人,她倒是并不像金师父那样迷恋中国文化。对她来说,她的中国文化都在书本里、架子上,伸手够下来,还是远得很。

那些大师说来说去,丰富,缠夹,她并不在意。对她来说,弹琴的愉快,是天然的。她的琴弹得好,离不开干净、透明、清亮这些评价。或许这是他们说的"玄""空"?她觉得自己本来就心无旁骛,简单得有时候连自己都心虚,像个孤魂野鬼。她简直什么都不在乎,除了特别饿的时候要一口吃的,饼干也就可以。她觉得茶就是苦的,倒是香浓的咖啡让她上瘾,也不讲究现磨或产地,还会另加许多糖。盆景她只是听吩咐照料,衣服就随大溜穿得散漫舒适,她知道背后别人叫她老处女,她一想,这是事实,竟一点也不生气,也一点不伤心,倒是周围过于和睦的眼神,让她有些伤脑筋罢了。

《白雪》果真适合她。琳琳琅琅,凛然,清洁。都说高丽人气力蛮足,金师父下手正是苍劲有力,但弹《白雪》,他就自愧弗如!师父那次连连感慨,整个山房以至整个北京城,唯有远梅的《白雪》轻盈、透明、灵巧,可遇而不可求。就像雪从来就是时大时小,不紧不慢,又一气呵成地从天而降一样,无从说起的自然和完美。虽大团袭来而不繁缀,虽细密扑面而不渺茫,远景近景皆清亮迷人,美极了!用那位颇敢表达的台湾少爷的话来说,听远梅老师的《白雪》,是要上瘾的,不光耳朵里,连嘴唇、鼻孔里都是雪,只恨眼前这不解风情的大夏天,我非要去吃个冰激凌才解馋了。

台湾少爷是大家给他的绰号,他大名一个彦字,金师父煞有介事地叫他,彦少。他刚来不过一个月,因为笑容可掬,彬彬有礼,加上一口不太利落的台湾腔,一副有闲加有钱的模样,大家都对他又好奇又喜欢。他长了一双亮晶晶的眼珠子,睫毛扑唏扑唏地刷过,像个刚毕业的大学生。无论遇到谁,他总能捡起一个恰当的话题,不出几个回合，阿姨们都要拿他当儿子，年轻人都拿他当兄弟，姑娘们一边暗送秋波，一边则抢着给他做媒了。负责茶水的小吴逗他，把山房里的报名单通通拿来给他推荐。要他再报个书法班，再报个诵经班，他说报就报。只管交了钱，课却丢着不约。只周三的古琴演奏会着正装潇洒而至。比起北京人的邋遢，他简直就是盛装出席，端端坐在第一排，衬衣的水晶袖扣送出一缕寒光。偶然他也在午后跑来，举着四五个甜筒冰激凌冲进山房，连金师父都捧他的场，用出家人的方式羞涩地接过一支，哄得大家一阵开心。

后来倒是从孙祖宜不屑的口气里传来了他的另外一面。据说那彦少不过 30 岁出头的年纪，已经分别在中国台湾和加拿大离过两次婚。他继承家族企业，目前主事慈善，也大言不惭地号称诗人。孙祖宜预备给大家泼泼冷水，不料彦少文艺而多金，这身份在北京还是相当有诱惑，连两次离婚都成风雅的外套了。据说他已经把整条街的女孩泡了个遍，还恬不知耻地为自己定了几项秘密计划。据说"葡萄院"里烤 pizza 饼的翘臀老外就在其列，那围裙有 4 尺长，皮鞋有 40 码，从厨房走出来的时候，大腿的肉盘旋翻滚，可谓云深不知处呢。

据说他最有兴味，聚集了最多的耐心，酝酿了最多招数的桃色计划，是要将古琴馆的远梅老师拿下。据说在酒吧里，酒后耳红的他曾跟大家耳语：远梅老师可是处女哦。

也许连幽暗的孙祖宜都不曾想到，远梅早已不是处女。而金师父也万万想不到，远梅在《忆故人》的时候，并不是他以为的那般矫揉造作。她真的是在回忆一个人；琴声的不伦不类，也不是因为刻意的拼凑，而是回忆里那整个人带来的往事本来就有些慌乱，有些诡谲，有些支离破碎。若再大着胆子把记忆的门推开一些,那里甚至让人有些颤抖发麻,有些心惊胆战。他几乎是强奸了她。也算看透了她。竟然只有他看透,她素色衣袍、白色皮肤以及冰玉骨骼下的心火。

他是个商人抑或官员,人到中年,有个稳固的家庭。他总穿得非常得体,不是西装,就是很精致挺括的商务休闲,那是个有派头的人。远梅喜欢有派头的人,哪怕明知多数是装腔作势。

或者他根本是个罪犯——强奸犯,早当所有的女人都是妓女罢了。她实在无法辨认,那时候的自己有没有想过抗拒。只记得他整个人贴近的时候,像是裹挟着一股热浪,是啊,那分明是盛夏的正午,她竟觉得那片氤氲的烟幕无比温柔,甚至清凉。他的嘴包住她的嘴,像要把她吃进去,而他又没有吮吸,只空空含着她越来越急促的呼吸。

远梅最爱看侦探故事、恐怖电影,她也从来不会真的害怕,却能享用刚刚好的惊险刺激。她天性有一种明智,就是最精心的恐怖桥段,她也能怀抱一个清晰的念头:这都是假的。那天的整个过程,远梅只一个好奇心跳出来张望。他抽出来,射到她的肚皮上的时候,她像看完了一个片子一样舒了口气。直到他默默地穿好衣服走掉,她才恍惚想起这片子的主角大概是她自己。远梅从未花心思去想象自己的第一次,而第一次就这么来了。

他还有一桩事跟别人来得不同。来山房的人若要抽烟,都会小心地询问她,有的连问也不敢问,对着她这样一个冰清玉洁的人儿,人家还是不造次的好。其实也许类似她对咖啡的瘾头,远梅非常中意香烟的味道。她常常无奈地看他们欠着身,走出侧门,躲在挂满红卡片的许愿树后头,一只手插着口袋,一只手举着烟,在冬天的冰冻的空气里,吐出一串淡黄色的热气。有时候一阵风,那团沉滞的烟融雪破冰,直往窗台吹去,那人就急急地四下里扇,像是跟风在打架,那样谦卑地在意她,她觉得好笑。有的则躲去卫生间里,一定是大口大口地抽,回来的时候,面貌就为之一振,刚才低头苦学的凝重眉头都疏朗开了,她也看得穿。只一个人勇敢地坐在她对面,极其自然地掏出烟盒,点起来,送进嘴里。

就是他!远梅想起,他一句话没说,只在她和琴的面前,肆意地吞云吐雾。他抽香烟一呼一吸,都伴随着啧啧的颤巍巍的舌尖音,简直像在喝酒吃肉一般,远梅可以对自己坦白,这声音她听起来,就有猥亵的意思。烟雾扑面而来,她忍不住偷偷吞了几口,好香!而或许怕被猜透,她也立即红了脸。远梅对自己脸红的特性非常苦恼,她又懒得争辩,就任由大家送一个古典羞涩的美名。奇怪的是,他也并未因为她的脸红而抱歉,只继续鲁莽而贪婪地享用那支香烟。远梅也隐约记得,或许在烟幕的遮蔽下,他还死死地看了她几眼。可能就是那一刻,叫他觉得,她是可以被干一下的吧。

他走之前倒是像恋人那样抚摸了她的头发,拍了拍她的额头。不过远梅也没在意这些多情的桥段。她只觉得疲倦和松懈一齐向她袭来。她几乎一瞬间就睡着了。她睡得很沉,做着一些平稳的梦。直到蝉的叫声像是巫师执拗的召唤,刺穿梦的壁垒,她才睁开眼,默默流了几滴眼泪。之后的几分钟,她异常明晰地感觉,她的下身正炙热难当。那种感觉那么清晰,以至于她觉得,胯下的那一片身体像一个独立的活体,甚至有属于它自己的心跳。刚才那持续深长的打动,她是被激活了。她烦躁不安,像是又不能收回,又不能倾泻。像是要哭,又像是要骂。而一股浓烈黏稠的热浪在蠕动,膨胀,又麻又痒。她几乎是下意识地,伸手去那里,找到它,戳破它,并恶狠狠地将里面的小鬼揪出、掐死!她颤抖着舒展开来……这算是她第一次享用的高潮吧。

没有人知道这一切。

一切就像没有发生一样。

除了一开头的惊异,远梅并不痛苦。后来的痛快,她也不觉得羞耻。他是在上完最后一节课的时候下手的,如此的精明,只这一点,她有些觉得受辱。他是衡阳人,因为她记得脑海里闪过《潇湘水云》《平沙落雁》,于是一年期间,就教的这两个曲子。不过她又忍不住佩服他的冷静、睿智以及胆魄。他加上他认定的她,一起促成了这样惊涛骇浪之上的宁静。干得漂亮。她这样做下天大的事,世界也对她不理不睬,最初的几天,这想法让她心慌,她有一种站在悬崖的空虚。像是就这么跌下去,死了,世界也还是一副微笑。

又过了几周,她的想法去了另外一面。原以为与整个世界骨肉相连,小心翼翼,局促而紧张,实则这世界真真天高地阔,大得足够轻视你,忽略你。人不过是世间浊物,只消看看哪怕一棵树,在阳光下,微风里,摇摆,生长,枯萎。自给自足,无欲无悔,远梅就忍不住感慨,人算得上什么,要如何这般计较自己!她给窗台上撒了一圈小米,几只麻雀落了过来。深秋沉静,风和日丽,只眼下她的咖啡机坏了,她拿起咖啡罐,打开来,细细地闻起来。

冬天的山房需要自供暖。再加上入冬的饭食也不宜像暖天那样指望外送,金师父终于决定,同意孙祖宜的申请,雇请他的父母前来烧炉并做饭。另将平日里师父打坐的大开间一分为二,辟作客房给他们住宿。孙祖宜得了这个吩咐,立即转进远梅的房间,欢天喜地地告知她。远梅随意而礼貌地点点头。她全然不知,孙祖宜的心里,早已把她列入自己的人生计划,大略就放在卧室的正中央吧。孙祖宜也全然看不出远梅的心情。她通常都没什么心情,但总归是和气、亲切。恍若有望而不来,忽若有来而不见。有时候他甚至觉得她像一块晶莹剔透的冰。在属于她的清澈洁白的世界里,仿佛是永远不会融化的。

不过孙祖宜最爱听学员特别是刚来的学员窃窃私语。孙老师和远梅老师,一个北大,一个清华,恰好一个阳春,一个白雪,又同事古琴,简直知音难求,天造地设。他不止听过十几回,远梅会没听到?于是他自作主张地认定远梅心里有跟他一样的默契。呵!他的个性就是自作主张。就像金师父的评语那样,祖宜沉默不语,却并不是赞同你,他心里的顽固像一个黑洞,终于让人欲言又止。众所周知,金师父早已不向他传授什么了。

好在他一点也不介意。因为他一点也不热爱古琴。除了学员们的赞美灌溉了少许虚荣,古琴带给他最大的快乐,就是月底的薪金了。教课的薪资是8000元,在北京自然不算高。而与古琴厂商的合作,他最殷勤,虽说不会月月有赚,但每年总会有富贵闲人买去几把,挂在家里做装饰也是有的。这就又有一两万进账。最重要的是,山房吃住包圆,特别是寸土寸金的帝都房租,着实省下一大笔。再有,他也不用朝九晚五地拼命,把时间浪费在汽车尾气弥漫的路上。于是除了一周10节左右的课,他在闲暇时候拼拼凑凑,竟然已经出版了两本有关古琴入门的专著,这又是一个不菲的进项。他本就知道,金师父并不欣赏他。他却有自己的定律。孙祖宜虽然从未想成为艺术家,但也绝不妄自菲薄。与其去为了那个塔尖奋不顾身,还不如做屹立不倒的塔基。不奢望极致的风光,只站稳一个位置俯瞰众生就好。他坚信他的技术毋庸置疑,他是个熟练工匠,找他这样水准的老师,也决计不是什么简单的事！

远梅大约知道孙祖宜的爱慕。她也不明白为什么，自己无论如何要在意外貌。或者说，某种风度、气势。孙祖宜并不丑陋，甚至在一些传统的眼光里，他双眼修长，鼻梁挺拔，算得上清秀。只是他个头不高，又一味地消瘦，往紧了穿，像一只佝偻的猿猴，若穿得宽大，那空荡荡的衣服像是能把他化掉一样。疾走几步，他仿佛风中落叶。这些也都罢了。远梅深深地知道，风度也不光在眉目身材，有很多人行动起来，可以完全柳暗花明。而偏偏孙祖宜的举手投足阳刚不足，不知道是不是因为他一早学过古筝。他爱勾指尖，走内八字。虽然从不跟人热语红脸，但常常能看到他自己在角落递上一个阴郁轻蔑的眼神。或者低眉顺眼之下，嘴角上显出一抹灰暗不屑的皱纹。远梅深知自己天性嘴拙，又有生理上的脸红症，总叫人觉得拒人千里，不够健康明媚。于是她本心就格外欣赏大大方方的人。

远梅倒并不像金师父那般嫌他庸俗，对于市声嘈杂，她也不烦恼，只要不需自身介入，她宁愿开着窗去看上几眼的。既然做不了神仙进不了庙，踏踏实实未尝不好。只是她万万不可接受他那种埋头啃食、不看天空的劲头。远梅喜爱古琴，有大半原因正是古琴的舒缓。在清华物理系求学的时候，校园里风驰电掣的自行车，混着噼里啪啦的铃声，能让她心惊胆战。寝室楼的洗漱熄灯时间，她纵然拼尽全力，也手忙脚乱。只有在周末踏进古琴社，坐在古琴旁，举手抚琴的时候，她才能找到贴合她的时光流动的速度。远梅有时候觉得，她的魂魄应当是一株植物，最好是不用开花的那种。争奇斗艳也颇费气力，她只要清爽壮丽的绿叶，深长明晰的根系，与泥土私相授受，吐故纳新，温润祥和。每每见孙祖宜劳苦碌碌，琐碎斤斤，她都觉得头晕心悸。她告诫自己,连她都嫌他有别于常人,别人又如何看她呢?决计不可跟他混作一团,囫囵过日子。

蕃篱之鷃,尺泽之鲵。她暗讥。

说起孙祖宜和古琴最初的相遇,可谓庸俗不堪。但在当今这个时代,又全可看作一个鼓舞人心的励志典范。

奇怪的是,那得先从一架古筝说起。初来山房的人,总会有几个把古琴叫作古筝的。金师父和远梅都会如鲠在喉,立刻微笑着纠正。虽然大家都扬言它们各有千秋,然弹古筝的是艺人,弹古琴的是文人,艺人未必耻笑文人,文人却会轻视艺人啊!实际民间古筝的风头更胜,因为它庞大、悦耳、热闹,适合表演,普及率较古琴要高得多。于是连孙祖宜家乡小镇的文化馆,都有一架传统十六弦古筝。而他的幺姨父正是镇文化馆的古筝老师,孙祖宜初中的一个暑假去幺姨家玩,他见祖宜性格乖巧安静,就拿他来练练手。料想少年孙祖宜也早已显露出独立孤僻的天性,于是几个寒暑假,他一直前往,仅作假期消遣,虽不至学出什么大样子,但总归是入门有余。

这些不过是往事。孙祖宜的人生,总让人觉得是一个规则的棋盘。他实实在在是一个举手无悔的棋子。他不会好高骛远,也不会随波逐流。怎么说呢,如果真有前世今生,也许像他这样的人,在无数次的轮回里,他一定也不堕落,也不升华。他一直是他。于是他每每走到人生的某些节点时,都有一种和自我致命相遇的感觉。或许是他无数个重叠的前世加重了这个直觉。每到这个时刻,他都如梦初醒,如临大敌,如获至宝。他会确定,没错,就是它,一定是它,这就是我要的,我一定要这么做!孙祖宜不像其他人总遇到抉择的危难。属于他的只有一见难忘,一见倾心。只有一条道走到黑。他的爱好并不多,然一旦喜欢,就默默记在心里,绝不心猿意马,改弦更张。在他高一的时候,一个致命的相遇又出现了。

一位年轻烂漫的语文老师,不知哪里来的灵感,为激励大家的学习热情,在课间播放了一个北大的宣传片。大家虽然都看得津津有味,摩拳擦掌,然而不出几天,也就抛之脑后。可不嘛,以他们这样的三流城市,一次高考顶多有三四个人能进北大、清华。这个梦还是送给少数人做为好。孙祖宜呢,他的成绩很稳定,常常排在校 50 名左右,是那种要些运气才能上重点线的状态。

而孙祖宜却轻而易举又斩钉截铁地自作主张,他要上北大!

在纷繁复杂、乱象丛生的高考攻略里,竟然真给他找到了一条幽僻小路。他要做北大音乐特长生!如果面试合格,他的文化课成绩在那群花花草草的艺术类考生里正是一马当先,进北大绰绰有余。听起来是个捷径,然而他一共学古筝不超过 5 个月。任他振振有词,出示网上各种速成班广告,父母仍旧觉得是天方夜谭。于是孙祖宜再次自作主张,在学校申请了学籍保留,只身去北京专攻艺考的学校借读了。

迷茫地学了一个多月,古筝的学员人数之巨让他咋舌,而且他们多数自幼习琴,技艺非常娴熟高超。孙祖宜正沮丧懊恼,偶有一日,他瞥见三楼尽头有一个格外冷清的教室,似乎里面也有琴声传出。他走近细心聆听,发现这琴声深沉、舒缓,旋律简单,节奏散漫,与古筝的繁杂匆忙很是两样。他又探头进去,竟然只有五六个学员,正襟危坐,肃穆而静谧,闭目倾听老师弹奏。奏毕,老师双手悬于空中,双眼注视着琴弦,一动不动,几乎等那琴弦最微弱的颤抖复归平静,才生机回还。孙祖宜看得几乎要窒息，直到那手极其温柔地从七弦琴当中往两边抚过，就像抚过一个少女的面颊，下面的几个学员才稀疏鼓起掌来。孙祖宜定定地看着他们。孙祖宜到现在也不明白，是他额头显出的少年沧桑，还是他眼中透出的急切热望，让多情的古琴老师注意到了门边的他，而且顿时心生恻隐，向他走来。

于是孙祖宜第二天就转去了古琴班。备考已经不到两年的时间，他竟然如此坚决地另起炉灶，周围之人无不惊叹。大多数人觉得他脑子出了问题，少数人，特别是那位古琴老师，则为这少年投身古琴的激情勇气欣喜万分。孙祖宜倒是一概不理，因为他习惯自己做主。他只埋头学习，不分日夜地苦练。他的沉默逐渐改变了四周的氛围。再加上他远离故土，孤身一人，于是他被想象成一个遗落凡间的音乐之子，一个被艺术询唤的可爱的偏执狂，一个来自山间乡里却准备创造奇迹的草根。

孙祖宜也不理解，为什么总有那么多人多愁善感。他只不过默默地在心里算了一道数学题。高校招收古琴古筝的名额相当，看看古筝班的泱泱之态，再看看这个三楼尽头的小教室，就不言自明了。而且就算只听了一个曲子，他也自作主张地认定，这个乐器是个极其简单的玩意儿。

不是吗？甚至在他心里，古筝倒更像个乐器。宽阔的弧形琴面上，工工整整几十根弦，虽然不能跟庞大的钢琴键媲美，也足够在音符的世界里兴风作浪了。况且，单看古筝的工艺，就赏心悦目。幺姨父文化馆的那架是黑楠木古筝，嵌一丛艳丽的梅花云母贴面，学校这里的一架就更好看了。四面绘金漆夔龙，岳山处立体镂空着祥云玉雕，弦孔由象牙包裹，更不可思议的是，那21根筝柱上根根镶嵌着一粒溜圆饱满的金粟！21粒真金在十指飞舞回旋波动中熠熠生辉,华贵无比！

而眼下的这个古琴,一块朽木,7根弦。其他的,全依赖传说了。有关斫木求音的故事颇多,什么为了一块松透的木头,也有用老屋的房梁的,也有用墓地的棺椁的。什么就是同一棵树,阳面阴面也有音色差异;就是同一棵树的同一面,也有骤然出挑动听的部位。天时地利,机缘巧合,中国的古琴,又是如此这般的一番不可言说。孙祖宜不以为然。工艺总是毋庸置疑,而故事常常言过其实。这些云遮雾罩的说辞,更像是在掩饰。就像他们用山水画的意境来掩饰现实色彩的贫乏。他们掩饰简陋与贫穷,掩饰孤独和落寞,就像那些古往今来,骄傲而卑微的中国文人一样。画饼充饥,望梅止渴,都是一梦黄粱。

为了不止于做梦,啊,孙祖宜永远忘不掉那段难熬的艺考岁月。他如履薄冰,绝望如影随形,时间像一个恶劣的监工,抽打着皮鞭,让他无法一刻放松。他忘不了这块人形的木头带给他的渺茫的希望和辽阔的痛苦。特别是在苦练半年技法之后,那位多愁善感的古琴老师开始发难。他厌倦了孙祖宜的一气呵成。他厌恶孙祖宜的四平八稳。他开始怀疑,在拙朴和愚钝之间,孙祖宜到底站在哪一端。孙祖宜自己更加惶恐不安。有时候老师说,对了,他并不知道对在何处;有时候说,不对,却并不是说点位或者指法出了错。最让他心慌的是,老师说,古琴的每次弹奏都是即兴。这次你该停顿三拍,下次却要长过四拍,全在你与古琴之间的呼吸交融……

这让孙祖宜无所适从。虽然他仍旧找最难的曲子拼命地练习,但他终于发觉,古琴果真像一个有心跳呼吸的人,而你恰恰和这个人脾气不投,性格不合！如若从这点揣度,这简陋的乐器倒真有些神秘诡异。它像是知道他的不屑,看穿他的功利,于是用它自己的方式与其周旋,可谓不动声色,而声色全动。他想跳过这鬼怪的玩意儿,得到老师准确明晰的指导,而老师摇摇头,就给他一个"悟"字。他烦透了! 对他来说,高考在即,属于他的只有紧迫、冲刺和竞争。古琴里的什么闲散,什么出世,什么清雅,都是失落文人可悲的精神迷幻的臆想。噢,这群可恶的失败者。不,他还没有失败,他不认输。

他恨这古琴的哀鸣。这是个很丧的乐器! 就算是宣称欢乐的《神人畅》,也像是冥间的欢乐,诡谲、怪诞、癫狂,鬼森森的。

孙祖宜绝望地坚持着。从父母那里得到的支援非常有限,最后半年,有时候他甚至需要忍饥挨饿。他管不了那些玄妙的"领悟",他孙祖宜仍旧用自己的方式,自己的主张去拼命。他开始没日没夜地练习。在人心惶惶的最后时刻,熄灯之后,他不能像古人那样借着月光练琴,却常常借着厕所的灯光来练。几个颇具天分的古琴考生,被他的刻苦吓破了胆子,纷纷绕开他,干脆放弃了北大。或许是饥饿、劳累以及重压的持续侵蚀,有的时候,孙祖宜会忽然在那些木头和钢丝交织的空间里,觉出刺骨的悲凉。在那些微妙的时刻,他仿佛终于能依稀接收到这人形木头的一息脉搏,于是琴声就像他自己的心声,妥帖地、细致地将他的悲伤传递到指尖,再随着音符升向夜空。如果古琴注定是悲凉,还有谁比他这样独身漂在北京,去面对一场生死攸关的考试,更悲凉的呢?

当然,他如愿以偿进了北大。

一道亮光晃过远梅的眼睛。一辆越野车正艰难地在门口寻觅泊车位。这样一个乔张做致的小街道,如今满满地排列着咖啡厅、面包房、比萨店,带着阁楼的西班牙海鲜饭馆今天也开张了。说来讽刺,原本这样的老旧胡同，都是打着传统文化、民间味道的幌子，吸引外国游客。可渐渐发现，真正爱走街串巷，愿意一掷千金，仅为寻觅情调相暧昧的，却是中国人。于是中餐馆以及中式服饰店悉数关张。雕梁画栋的房子里都古里古怪地装进了西洋风情。古怪的组装自行车店前总聚集一堆同样古怪的孩子。

古琴馆没有看上去那么兴旺，因为大多数人在来过一两次后，就又放弃了。琴弦会让指头红肿，磨出生硬的茧。口袋里的手机一再振动，凡心难灭。但金师父用出家人的认真态度，在这几年的苦心经营下，到底是把那些写字楼里的古琴俱乐部比了下去。山房总归是保住了。风吹草动的，也博来了一点儿虚名。一开始因为便宜而选择的平房，也契合了古琴带给大家的古朴幻想。一位颇有名气的书法家，自掏腰包，为古琴馆周身上了一遍新漆，并换了一个陈年红松的大篆匾额。仅"如是山房"四个字，就旁征博引，如符似画。隆重的揭匾仪式，名流云集，还荣登了电视台的文化新闻。于是根椽片瓦的山房，顿时气派起来。

那些吃过海鲜饭、比萨饼，喝饱了咖啡、洋酒的红男绿女，像逛商场一样逛进了山房。把钞票大大方方地扔进来，把饭香酒气也理直气壮地带进来。如今周三的演奏会，竟然要将红木紫铜浮雕屏风撤去内室，打通里外开间，密密摆满长凳。因为通常能拥进上百人，俨然一个大讲堂的气势。孙祖宜的父母与小吴三人一起布茶，都要累得大汗淋漓。

金师父谦逊随和，又志忑于可怜的房租用度，只得躬身应付。况且就算是寺庙，也没有阻客的道理，哪里来得及辨别他们是欣赏艺术抑或暗度商业，是慧根天成抑或浮语虚词。金师父也被多家媒体追访。"大隐于市的古琴家""古琴的中韩之旅""如是琴声"等大幅报道，配着师父抚琴的照片,乘着媒体的翅膀飞散而去。于是鸟兽蚊虫皆循声而至,各类合作与活动应运而生,应接不暇。这类经纬万端的事物,金师父都转交给孙祖宜应付,他竟然如鱼得水。先是关闭了收入微薄的书法诵经班,引入了插花、品茗以及香道这样有商品可供出售的项目;而后与几家古琴厂商谈判,促成他们用高价标得山房的独家代售权;最后连休息室的两侧墙壁也多出两根挂衣杆,专卖韩国进口的中式华服。价钱贵得不可思议,然真有不可思议的人欣然购之。孙祖宜还联系了几位音乐制作人,开着夸张的豪车,恭请金师父到录音棚,不出一个月,就为他发行了一张精美的古琴专辑。

这一周彦少忽然用功起来,一口气约了三堂课。关于他的秘密计划,远梅早听小吴说过。虽然不当真,也早已心中有数。那彦少并没有玩什么花样,连之前甘之如饴的舌头都乖乖收将起来,只踏踏实实地学琴。新一轮的课程,远梅给他选了《普庵咒》。他人很灵,一旦俯身投入,进步神速。刚上了两堂课,他竟磕磕巴巴整篇都顺了下来,大冬天出了一头汗。

"传说《普庵咒》是很厉害的咒语。"远梅点点头道。"是呀。"彦少兀自笑了起来,"到底如何管用? 貌似第一功效就是,驱除虫蚁蚊蚋。不知道金师父在台湾有没有念这个。"远梅微笑不语。"我挺喜欢《普庵咒》的,通俗悦耳,不觉得有杀气。不知道蚊子干吗会心慌。""所以不是给蚊虫听的,还是要人听懂。"

彦少如沐春风,乖乖地向远梅敬个礼,只这俏皮的一笑,远梅又红了脸。还好她低头掩饰过去了。

"见到乡野村妇,我总希望他们脱俗;而见到玄妙的宗教,我又总希望它们能通俗。想到佛祖也在意我们的瘙痒之事,就觉得很妙。那么远古的先人也怕蚊子,就觉得生机相连,血脉不息呢。"

这彦少真下了些苦功夫,依照他任意妄为的个性,还能忍住不吹嘘一番?远梅见他的话不流俗套,更无僭越,也乐意与他交流攀谈。彦少还真是虚荣得可爱,为了得到课堂上远梅的赞许,他回去一定苦练过,古琴一目了然,不是油腔滑调能遮掩的。不过那些古琴曲的传说典故,他信手拈来,朗朗上口,有些曲子她弹了好多年,也能被他讲出些有趣的新意来,多少能看出他修养深厚。若说艺术是他无关资财生计的玩具,那他倒也算玩得动骨倾情,灌髓戳心了。远梅明白,古琴还是滋养了他,愉悦了他,这绝不是一个感情把戏能解释得来的。

冬天的第一场雪在窗外静静飘落。彦少一曲终了,远梅情不自禁地夸奖:今天弹得真好。

彦少喜不自胜,几乎如小孩讨糖般的语调撒娇道:"远梅老师,外面有雪噢,就当嘉赏徒儿,咱们散步去吧。"

远梅不是没有警惕,但这两个月里,彦少的的确确一直专心侍琴,如若她还这样小心小气,反倒像是真去防备人家的一个玩笑了。脸已经先红了,断不可再扭扭捏捏。远梅起身披上大衣道:"走吧。"

等屏气凝神走出了小吴、孙祖宜和学员们的视线,山房外头寒凉冰沁的空气还真是醍醐灌顶、舒爽清朗!北京冬日里的太阳光,又那么美妙地与雪花相交甚好,一时间这一线窄小胡同,也竟然天高地阔起来。不知不觉走了好几百米,远梅正肆意地大口大口将雪花和空气吞进喉咙,彦少大步追了过来,将一把透明伞举过远梅的头顶。原来一出门,他就拐去便利店买伞去了。远梅说,这点雪不妨事。彦少说,伞是透明的,也不妨你看美景呢。

于是两人优哉游哉地漫步。他们往南穿行胡同,不一会儿就来到后海。午后当是后海最寂寥的时候了,又恰好被白雪薄薄覆了一层,那些深夜里穿金戴银开眉展眼的小店铺,静静地,像一只只休眠的小兽。走过银锭桥,雪越发大了起来。那透明伞真起了大作用,心想这彦少还是个细心的家伙。这漫天飞雪,在湖面上恣情飞舞,耳边的风像一个幽怨怯懦的哭声,远梅望着雪不知不觉地在心里默默哼起《白雪》来,也正是此时,那边《白雪》的音符竟贴和着她心里的音符,直接蹿进耳朵里。一扭头,竟是彦少正哼出声来。真有灵犀相通这回事!远梅又兀自红了脸。

彦少并不知情,跟她讨论起年底的音乐会。每年山房在年终,都要举办一次小型音乐会。演出很简单热闹,请的都是来学习过的学员以及老师,也算作同学聚会,煞是热闹。大家的点子也多,有琴瑟和鸣的,有古琴配书法的,更有跳现代舞的同学,把个古琴曲跳成了一本哲学书……这算是古琴馆的大事。

"远梅老师,我们合作一曲《阳关三叠》,如何?"远梅摇摇头道:"离音乐会不到半月了,你纵是天才,也学不会这曲子!"彦少说:"我哪能是天才!我是说,我可以与你应和一曲,您抚琴,我演唱。《阳关三叠》可是有现成的好词,对不对?"竟问得远梅哑口无言。彦少直接鼓掌庆贺,就当她默许了。远梅本来就是个被动的人,无可无不可,随他闹去好了。

这次散步早已在山房掀起小小的骚动。不明就里的哪个想夸句郎才女貌,就立即被人圈过去交头接耳。于是掩口葫芦,恍然大悟,遂将眼神落向形单影只的孙祖宜。密密麻麻的余光碎语向他的身后袭来,孙祖宜仿佛重又置身于艺考前的厕所旁,却没了彼时艰苦卓绝的信念。他又站在了失败的边缘,又成了众口交詈的对象,又成了别人的故事背景上的小人物。这几个月经营山房带来的成就感一落千丈。众生喧哗他倒可以抛之脑后,但他实在没想到远梅的定力也不过如此,枉费他对她另眼相看!他紧闭双唇,闷吞了口气。他恶狠狠地跟自己下了赌注,不用几天,就等着听她的《长门怨》吧!

远梅依然心无旁骛,自得其乐。她与彦少每日辟出三分之一的学时,一起练习《阳关三叠》。早就听他说过他大学主修声乐,还好他不用提点,就懂得放弃那些拿腔拿调的发声方法。他明白古琴曲的演唱,应当像诉说一样。他们四处查阅资料,揣测王维的口音。他是保留了儿时的山西方言,还是被繁华的西安城浸染,学人说着京腔?揣测在那个初春的渭城,诗人到底经历了什么,写出了如此浓郁又清新的离愁。有趣的是,远梅查到,成诗时,他年逾半百,亡妻不续,早已在过"三十年孤居一室,屏绝尘累"的僧侣生活,到底是怎样的心绪,让他暂时逃离佛祖的庇佑,去拥抱一天世俗的欢乐?他穿着微雨打湿的衣裳,穿过"万条垂下绿丝绦"的柳条,走进青砖碧瓦的酒家。他热烈地劝酒,肆意地伤怀。送走朋友,半醉的他摇摇晃晃走在回家的路上,写下这首小诗,就轻而易举地在时光里留下了永恒的牵绊。

古琴伴唱难度很大。演奏本来就是即兴,若自弹自唱也罢,若要另一个人能与琴声应和,简直就如同要求他与你一同呼吸一样。彦少从来喜爱挑战,知难而进。他与远梅商议,要用"浸泡"的方式进行排练。他每天请远梅老师演奏三遍《阳关三叠》,他只闭目聆听。同时他会录下这三遍琴声,于是无论是走路吃饭,还是应酬交际,他都时时刻刻挂于耳中,他还洋洋得意道,就是在睡梦里,他也能听到如是琴声。更奇的是有一次，那诗佛王维还曾来与他对谈，你们一定无法猜到，这家伙说的既不是山西童音，也不是西安国语，却是地道的福建闽南话呢。

转眼正是年底的演奏会。今年的山房名气渐起，孙祖宜顺势而动，左右逢源，聚集了众多媒体名流。他忙前忙后地招呼，俨然一副山房主人的姿态。他敦促大家进行彩排，还婉言删减了几个水准欠佳的节目。学员们倒也积极配合，都严阵以待。仿佛山房的兴盛，也让自己的风雅很有腔调。

孙祖宜自谦要抛砖引玉，先上台演奏了《高山》。实则他想尽早抽身，比起演奏，他更热衷于关照整个场面。就在远梅和彦少情意绵绵、孜孜不怠的练习期间，他仿佛也在默默炮制一个神秘的音乐会计划，刚演奏完毕就钻进师父的房间里去了。

学员代表陆续上台，中间还穿插了书法和插花展示。而彦少的高调做派让学员间盛传着这次暧昧的师生应和。等远梅在琴前坐定，彦少大步走上台来，下面的朋友们就开始起哄喝彩。彦少倒镇定肃穆。他注视着远梅。用唇语问了句，你信我？这次倒没有娇媚之气，像一句承诺似的。

与平时的说话声很是相异，彦少的歌声浑厚深沉，颇有古韵，一张口便压住了刚才的喧哗，全场登时宁静了起来。远梅暗暗思索，虽说古琴演唱类似诉说，但如若只用毫无修饰的嗓音，一般的人声和这苍旧的弦声确是有隔膜，很难交融。彦少一定也琢磨到这点。他竟然用技巧，自我调制了一种既自然又妥帖的声音。那就像是他为平凡的嗓音引入了一段故事，一个情境。是大病初愈，是醉后悲歌，或是回望往事，久别重逢……于是那气韵丰富的声音，虽乔装打扮，却引人入胜,丝毫不觉做作。

要再寻思与她的应和,远梅更是惊异而感动了。远梅曾多次问他,要不要制定一些暗号或手势,彦少一再回绝。与其说远梅信任他,不如说,她远没有彦少的这份专注认真。既然他说不用,她就作罢。远梅的心里没有那些虚荣的负荷。于是远梅真的随心所欲地演奏着。只是她渐渐地发现,他果真和得好极了。他完全知道她的习惯,她的停顿,她内心情绪的延宕或激越。有时候,就算她临时放缓呼吸,定定心神才拨动另一节的第一个琴弦时,他竟然也能猜透,进入得不疾不徐,严丝合缝。又有好多个时刻,她都忘记那声音是来自彦少的喉咙,仿佛就是她心中指尖自动飘将出来的。于是忍不住想起那次雪里漫步,他们的心有灵犀。

他坐在侧面,背对着琴,侧对着观众。"历苦辛,历苦辛,历历苦辛,宜自珍,宜自珍。"第一叠唱毕,他缓慢起身,轻轻地踱步。第二叠,离别的惆怅更深,远梅曾跟彦少讨论过,她最喜欢的正是三叠之中的这一叠。"谁相因,谁相因,谁可相因?"这当是送别的席间,酒神降临的时刻,情感击溃理智,欢乐麻醉绝望,友人酩醉淋漓,得意忘形,除非此刻,鲜有人有这种追问的气势,也鲜有人能如此尖锐地直面绝望。彦少果然唱得一波三折,醺醺荡漾,然后一筹莫展地"日驰神,日驰神……"。

远梅虽未抬头,却知道他正对着她,神思驰骋,眉头深锁。而她那与植物同韵律的心脏,像是忽然被击中,绛珠草动了凡心。她涨红着脸,那渭城曲里一唱三叹的叠音,轻叩,打动,而后势如破竹,像蜜汁或毒液一般冲进体内,沁入血液。她指下的琴弦,生动地摇曳、跳跃、震颤,仿佛应和着她身体的苏醒、舒展、绽放。她的心竟然不由自主地升起一些微薄然而真切的悸动。她不知不觉抬起头，眼光从琴弦离开，望向彦少。这一个瞬间，这眼前的人，这人世的事啊，谁相因，谁相因，谁又可真正参透缘因呢？

他们的演出非常美妙，台下一片掌声。记者们也退下傲慢，闪光灯把个小小琴台照耀得璀璨夺目。收拾完这三叠的离愁别绪，彦少终于生机回还，开始了他本性的流露。他又可爱又儒雅地走到远梅面前，向前深深作揖，而后拉她走到台前，向大家致谢。远梅只觉得周身暖融融的，脸红症在强光中，恰好显出一抹娇媚。彦少的眼光更比那些灯来得灼热持久，他目不转睛地深情地注视着她。他需要在她的脸上发现她心动的蛛丝马迹。而他一定找到了。他恢复了俏皮和伶俐，绕着远梅，踮着脚，弯起双臂，跳了一圈憨态可掬的小天鹅。大家开怀大笑。远梅望着他的滑稽，看他红彤彤的双颊泛着明媚的光泽，他看起来年轻极了，简直像个孩子，骄纵、执拗，像大考之后迎来了好成绩，非要等到一个甜蜜的奖赏不可。或许正因为她的心预备要给他奖赏，这会儿的远梅故意不去看他，掩口会心地笑起来。

猛然间，远梅在人群靠后的位置，瞥到一个熟悉的身影。而那人也正看着她，他也正看到她看到了他。一套挺括的商务休闲服，一支烟。罪犯。远梅像冰箱广告里的那只橘红色的活虾，瞬间没了颜色。她速冻了起来。她不知道她的脸还红不红。她的笑容似乎也冻在那里。她正呆滞，彦少笑嘻嘻地贴着她的耳朵："我们该下去了。金师父该压轴了！"她才回了一半神，解了一半冻。她全身的知觉只剩下热腾腾的脸。她木木地跟随彦少往下走。蓦然间，世界仿佛不由分说，那彦少竟莫名径直走到那人身边，并将远梅让到那人身边坐下。

远梅很想扭头看他一眼。她想证明她自己看错了。不承想她坐定不过几秒,她就知道,不会错。是那烟味,是那热气。冒犯的香烟,清凉的热浪。她呆坐着,她被新鲜的爱慕和旧日的感官夹在中间,而她植物般的心脏几乎要爆裂粉碎。待她再静静地坐了半分钟,她已经完全失去心思去关照右边的彦少。那才刚沁人心脾的暧昧,他那明媚的笑,阳光的爱意,似乎像一个光晕,一个泡泡,一个梦,美而轻,漂浮,悬置,穿过山房的木梁瓦片,越来越远,飞去天空了。她满满的焦虑和兴奋一股脑在左边。就像她的心脏在左边。咚咚咚,咚咚咚,跳得急躁而轻浮。那边的烟和热,揪扯着她的心,她着实感觉到,所谓的"心"也不过是一团可以疼痛的肉。余光里,他赫然不动。

孙祖宜怀抱着一把古琴走到台前。琴并未用常见的皮箱装着,而是包裹在一个鸦青底绣镶金莲花的夹棉织锦囊里。单看那若隐若现的金丝线的微光,古朴而庄重,就让人心驰神往。原来这一次年终音乐会,孙祖宜这般费心尽力,细致编排,恰恰是为了此刻。对他来说,之前的演出都是轻描淡写的伏笔,彦少和远梅的把戏权作古琴的风雅展示,而明代古董琴的出现,才足以让山房声名大振。远梅也依稀记得,师父偶尔在闲谈中,曾提到过这么一把他视如珍宝的古琴。那是他从台湾的寺院背来大陆的,是当之无愧的古董。这是把明代的文人琴,琴的主人曾官居高位,然桀骜高洁,终皈依佛门。此琴遂流传于寺院。金师父求道台湾之时,因除他之外再无弟子习琴,那长老竟不吝他的异族身份,在他远赴大陆之时,赠予他作为留念。

孙祖宜动用了怎样的耐心向金师父苦苦恳求,如何不厌其烦地跟金师父细细讲解,将山房发扬光大,将古琴发扬光大,远梅简直不堪深思。那果真是个执念难缠的家伙。而金师父如何一面万分犹豫,一面又感念孙祖宜方方面面的辛劳，终于应允重启尘封十年的古董琴，到今天此刻已经是千真万确了。金师父和远梅却都无法料到，孙祖宜还曾偷偷带古琴鉴定专家来估过价，这琴市值已逾百万！他也早已将此消息暗示给古琴玩家以及各路媒体，这次山房的音乐会，他们正是闻声而动，预备大开眼界。

孙祖宜极其简略地介绍了一下这琴，满脸的讳莫如深，激起台下一片唏嘘。金师父依旧带着谦逊的笑容坐到琴前，远梅正心猿意马，没人能看出那笑容里潜伏着淡淡的苦涩。他仍旧照例要讲几句对中国文化的感悟，照例用他语音生涩、咬字参差的汉语。这次他开门见山，就讲他即将要演奏的《幽兰》。

"传说《幽兰》是孔子所作。对于这个古老的琴曲，世间流传的说法，多为孔子怀才不遇，自比深谷幽兰，发的是仕途的牢骚。我深不以为然。幽兰之美恰在于她不在金龛里，就在杂草间，恰在于无人追捧逢迎，自美其美。幽兰却也不是要傲慢，偷偷地躲在深谷里自怨自艾，自恃为不食烟火的神仙。它不过恰好在那里，就像我们恰好走入这个我们本来一无所知的人生。于是幽兰亲昵泥土，它以阳光雨露的恩赐尽量生出修长的叶和娇艳的花。有一天，一个时刻，我们走过去，遇到它，觉得它美，相视一笑。只是纵然澎湃悸动，它仍旧留在那里；坏的天气倾泻而来，只是纵然凄风苦雨，它仍旧留在那里。时光静谧空洞，生出甜蜜的思念，绝望的期待，只是纵然如此，它仍旧留在那里。你们听那些音符，偶也发一声嗟叹。是不舍、留恋，甚至埋怨、愤怒。这再自然不过。这不妨事。孔子也正衣食住行，喜怒哀乐。你们再往下听，就彻底明白了。在临睡前，在冥想时，在属于他自己的顿悟的瞬间，你听，他释然得都有些天真迷离了。孔子虽一直披荆斩棘地入世，不辞疲惫,不辞失望,不辞伤痛。而他心里有一片深谷,摇曳着一株悠然自得的兰草,空空洞洞,既悲又欣。幽兰在深谷中,深谷在我们的心里……"

金师父稍作停顿,像投降般举起双手,再缓缓下落。他喃喃着,只有《幽兰》,才配得上这样的琴。也只有这样的琴,才配得上《幽兰》。下面静极了,师父这番质朴的抒情,在远梅的耳中,像一片渺茫的梵音,询唤着她逸游的凡心。而金师父心里的思忖,却没有人能听到:我这双手,我这颗心,我这个张致失措、逐宕失返的人,还能配得上这百年的琴和千年的曲吗?

待师父抚出铿锵的琴音,因着通晓音律的体质,远梅的心神不由自主地转向古琴。也因着她与古琴的血脉相通,那《幽兰》之中的明媚、优美、释然、高贵,像一幅清晰明澈的画,跃然眼前。而左侧的烟味仍缭绕着鼻孔,清凉的热浪还在蠕蠕侵蚀皮肤,耳中的音符却一遍遍向她冲刷而来,眼中的画又越来越近,越来越大,那棵兰草就要变成一棵巍峨的树,凛然矗立在她的额前。远梅的五官分崩离析,各自撕扯着她,一并袭击着她的胸口,直叫她头昏脑涨,坐立不安,羞愧难当。一时胃中翻江倒海,几乎要呕吐出来。

她正无法忍受,预备起身离席。不料一个天塌地陷的琴音将她打回座位。而台下早已下意识地惊起几声尖叫和一片骚动。金师父呆呆地坐在那儿,定定地注视着自己的双手。远梅定睛望去,师父的拇指上,半枚指甲已不知去向,一滴鲜血正脱离指尖,被蛋清色的鸟羽屋丝弦拦腰折断,痛苦地跌进那早已绝情百年的木头里。小吴连忙扶起师父,彦少奔出发动汽车,人群也跟着拥出山房,关切目送。一时间人声鼎沸,熙熙攘攘。远梅惊魂未定,纷乱中,一只手钳住她的胳膊,逆着人流,没入里侧的休息室中。

　　他仍旧那么直接、迅速,一进屋就贴到她身上,咬住她的嘴唇。他像是受了牢狱之灾,像被从头到脚抢劫了,像生了大病。他体内像有一股崩裂的岩浆,他完全不能掌控,仿佛要从他的七窍中奔涌出来,却还不够,还要手舞足蹈。他的肉体困住了他的灵魂。远梅在小说里经常看到这样的句子,这次她算是亲眼看到了。如果第一次是猝不及防,这一次她完全有机会大叫、呼救。远梅几乎看到一个理智的自己,拼命挥舞着双臂,瞪着眼,张着嘴,却发不出声音。她背过脸去。一滴泪哗地落到她的唇上,像一个闪亮的钻石注脚。她羞愧地感到自己的每个毛孔都在张开、渴望、迎接,这羞愧竟然让它们更加迫不及待。他和她的身体都发酵得刚刚好。他在台下注视、窥望、回味、酝酿。他坐在陌生人中间,那些燥热的肢体,沸腾的笑语,从里到外,焗得他骨酥筋软。而他怎会看不到,舞台上那心弦悸动的应和,那虚荣的光,炽热的爱……她也已经烘烤得当,焦嫩多汁。他们都借用别人预热了情绪和身体。而现在他们同时关闭了理智。刚刚好。他搂紧她。一股无名的暗黑力量压着他,他像是要哭,像是饿不知耻地乞讨。他的脸沉成深灰。烟草变成火药。他滚烫,危险。他需要尽量吮吸,吞噬……

　　直待彦少的车蜿蜒出道口,大家方如释重负。稍有顿滞,他们却不约而同,快步反身走回台前。孙祖宜一边在恋恋不舍的目光中,将古琴裹起,搂于臂弯,一边带着些高傲的悲伤,向大家表示遗憾。他阳刚尽失,沮丧得几乎要哭出来,默默悼念着自己的这番心机与抱负……

　　正当他预备怀抱古琴离开的时候,媒体记者冲破人群,一跃而上。他们的热情不减反增,将孙祖宜团团围住。除了咔嚓咔嚓的快门声,各种殷切的追问此起彼伏。更有几盏射灯像机械手般贪婪地伸进孙祖宜的臂弯,像是要剥掉那半裹住琴身的织锦囊,好把那块颤巍巍的木头看个精光。最大胆的那位,竟然想要确认,金师父的那滴热血,是否与百年朽木发生了化学反应。大家一片哗然。噢,百年古琴,断甲泣血,风雅得让人发狂!

孙祖宜恍然大悟。或许《幽兰》的未尽全篇,或许金师父的意外受伤,都在层层叠加古董琴的神秘。它的惊鸿一瞥,借着《幽兰》的魂魄,牢牢勾住了茕茕众生。谁又真的在乎那坑坑洼洼的琴声呢?他茅塞顿开。随即带着伤感的微笑跟大家商定,务必在不久的将来,安排一次金师父的专题演出。只待金师父的指甲长好,一定奉送大家最雅致优美的《幽兰》。地点可以在国家大剧院,甚至人民大会堂。当然,这架明代古董琴也一定会如约而至。这琴这曲,这一整个中华民族的华丽和荣耀,必定会成为本年度京城的顶级文化奢侈大餐!大家热烈鼓掌。日光灯亮得像要进裂一般。

他带着快活的轻蔑望向下面的人群。他喜欢那一双双空洞的眼睛,像钱币一样狂热而明亮。他看到了他们缤纷外套下面干枯的身躯,身躯里贫瘠的血液。他们又饥又渴,等不及要掘开庞大的文明,吮吸滚烫的文化。一切都可以拿来享用、充填。哪怕一滴血,半枚指甲,都不放过。他终于明白,他怀里金贵的古董琴,更像是一个复活的古典美人儿。她高贵华美,满身装饰着传奇。她高高在上,不识烟火,却分明八面玲珑,暗流涌动。她微露着香肩和脚趾,却早已撩起了燥热。她万古流芳,却根本是个娼妓!他恶狠狠搂紧了古琴,心里暗自消遣这个猥亵的比喻,算作对这古怪的木头迟来的报复。不知道为什么,这比喻让他满眼是远梅的面孔，是她刚才聚光灯下涨红的脸颊，脸颊上兴奋的茸毛，在皮肤上摇晃，在光和热中舞蹈……他发现他恨她。正在为别人兴奋的她。而对比这恨，他发现他更爱她，爱得想要毁了她。一片如火的阴影笼罩着他，他黝黑的血在奔腾逃窜。他的手指触到织锦囊下面，下意识地用力摩挲着油润细腻的琴面……她雪藏的肉体格外让他发狂，他来不及掀起她的衣服。他只将手从旗袍的开气儿处伸进去。他听到吱吱的声响，像琴弦的喘息和呻吟。他用手指嵌着她的肉，攀着她的皮肤，往更深处够去。他佝偻着身体，他将脸埋在她脖颈。而他最想听到她血管里的心跳，他听不到。他又贴得更紧更近，他将呼吸灌进她的耳朵，他用舌头舔着她的脸颊，他再听，再听，他听到了心跳！但那是他自己的……他停在那里。

远梅的房间里，早已剩她一个人。方才的大汗淋漓，让满屋充满了湿漉漉的烟味。是为了平复痉挛的神经，或是隔离门外的噪声，她神清气爽地坐在琴前，毫不费力地弹着《白雪》。她几乎毫无意识，她放空了脑袋，双手像是被一段虚空拦腰折断，它就那么自己弹着。像困顿的巧妇的编织，像吞吐纸张的打印机，像落雪覆盖了地面。音符却也兀自澄清，空气像整个调亮了一度，平时总嫌不暖的木头房子，此刻竟然觉着热。她忍不住把木窗微微推开了一个小缝。呵，白雪。

调皮的冷气机灵地笼过来，像扫描仪般，刚刚舌头濡湿过，或汁液流逝过的皮肤，都陡然地凉了起来。这才感到胯下的一条仍偷偷爬行着，踽踽流到了大腿，就要从旗袍下摆蹿出来。远梅羞红着脸，拿起一片纸巾侧身擦拭。

人群在陆续离开。胡桃木门被推开，合上，推开，合上，痛苦地吱吱,椒图门铰砰,砰,砰。风与雪,在呼啸地交媾。雪疯狂地与地面亲吻,敲打,渗入,倾覆……

有一个嘤嘤的哭声,在耳朵里冒出来,远梅不禁微笑,像吃着一颗甜而不腻的糖果。她决定这么含着它,就着红茶,直到缓慢溶化。

松针

　　幻净把铁壶递于师父的时候,并未立即离手,他另捡了一条预备好的湿毛巾,用右手兜着壶底与师父借力。冷湿的毛巾与那铸铁吱吱叫了一回,吞云吐雾间,那股滚烫黏稠的水艰难地注入黑陶大碗。碗底铺的茶唤作松针,惨黑,暗淡,仿佛枯枝败叶,支棱疏散,又像一个灰扑扑的雀窝。见水冲将下来,一时大难临头,遂上蹿下奔,随高逐低,七歪八斜。稀奇的是,过不多久,它们却似绿林点兵,只顺溜溜、傻愣愣地一根根垂直悬于水中,此时此景是幻净最爱看的。那茶果然似针,而那针竟真也是茶,它们优游在透明的水中,渐次在周围呕心沥血般地沁出些绿色。不期须臾间,又溶蚀溃败,随即化成一潭乌黑去了,再无看头。想来不是什么好茶! 幻净心叹。师父早已端起它来,于嘴边轻轻地抿一口,并幽幽地舒口气。不知是茶汁颐养,还是热气笼过的缘故,师父面目额上,每每为之一振,似有笑意。幻净心中照例升起一股挟有妒意的钦佩。那笑他看得明白,师父又沉浸在美妙深邃的禅境里了。

　　更叫幻净难堪的是,这碗粗茶便是师父整晚的吃食。

　　师父一开始默默饮茶,幻净就揣着些羞愧轻轻转过门边,在外头的一个木头小凳上坐了。将打好的饭菜从墙角端起来,捧着米饭默默地咀嚼,不敢出声。即便如此,那米粒与牙齿的胶着碾磨,那碾磨之下米粒的软韧香甜,倏尔就让他将钦佩羞愧之心抛之不顾。方又用筷子拈了一团放进嘴里,一时口中四壁津液皆出,肚里很不受控地咕咕叫了几声。幻净急忙竖起耳朵,还好师父正低头啜茶。于是幻净只听着,若师父将茶碗放下,默默坐着,他就只管轻咀米饭。若师父端起陶碗啜茶,他就迅速将菜就饭扒进嘴里,快嚼几口。今天他做的是生拌藕带。藕带四月初新鲜上市,而吃它的时令不过半月,寺院用度有限,不常下山采买,前日去集市,竟叫他撞见,赶上了这鲜货的最后一拨儿,甚是欢喜。用泉水洗净了,不必过水,即切成小段,沾点咸淡油星,淋几滴醋,拍几个带籽的红山椒一拌,就爽脆甜蜜得喜人。可惜藕带嚼起来格外响亮,幻净生怕骚扰了师父,只得囫囵大嚼几下,于是那菜汁裹着米浆一路滚进腹中,咕咚,倒像一颗落胃的定心丸。可不是,不吃总是心慌意乱的,吃过才可气定神闲。还好师父今日的茶也喝得颇久长,他也算美美吃了一顿。

"铁壶的手柄到底要不中用。"幻净一怔,急忙放了碗筷进屋。听师父这般说,他知道师父是感念他刚才托住铁壶那番细心的好意,只答道:"那环扣眼见只剩一丝牵连,壶又沉笨得很。我惯常看别人都用个紫砂壶沏茶的,待下月去料理那古茶树途中,在集市上给师父买一把去,换了这老壶吧。"

师父道:"不必不必。紫砂虽称手,但铁壶最称心。"说毕只微笑不语。

幻净怏怏的。师父极少言语,今儿个好不容易发了话,幻净本预备说完紫砂壶,还要将前日集市上的见闻,以及上月古茶树边新开的野紫薇都一一与师父欢天喜地地说上一通呢。不料师父仍旧简短几个字,就让他哑口无言。有道是,谨言慎行。他又自吞了一个羞愧。

　　这里的寺院和师父，都是两样。幻净调至此地已一年有余，却总忍不住回想鹿门寺的时光。鹿门寺是远近闻名的东汉古刹，院落称不上宏伟，却古朴沉静，精巧利落，自有一番气度。这里却根本算不上庙。不过如普通农家院落，横竖三间，只是神色更破败荒凉罢了。鹿门寺里与幻净年纪相仿的弟子有十数人，惯常挂单的居士，虽来去流动，却不曾虚位。于是又有十数人。每天寺院里熙熙攘攘，好不热闹。特别是清晨时分，赭红的墙壁上刚晕抹着一汪淡黄的阳光，鸟雀们毫无遮拦地在铜铃缓笨的响动里炫耀着灵巧的音调，大家都穿着青白长褂，肩上搭着毛巾，聚在石井前取水洗漱，有说不完的话。幻净天生是个话篓子，就是在他低头刷牙时，也要包一嘴泡沫咕噜噜回上几句。

　　还有那寺院外卖斋饭的老婆子。逢初一十五，都推个板车，支在院外的梧桐树下卖素包子。请神拜佛礼毕的香客们，踱出门，刚好闻到她推车上的香气，一时入世步尘，骤然饥肠辘辘。她只卖两种样式，馅儿都清一色的粉条雪里蕻。一种是普通的白面，一种是黄色的粗面。那时幻净并未见过黄面，捧去问师父，道是叫个黍。传说是从老祖宗神农氏就开始吃的东西。

　　他虽天性活跃贪玩，却也爱读书参禅，鹿门寺的几位师父商议，幻净勤思善问，颇有慧根，又心思纤巧，善解人意，恰好选去陪那边的老师父。于是叫过来交代道："这个真武山上喝松针茶的师父，原也是我们这里的。只是他早年起修头陀，就去僻静山阴里独自住去了。这年代下恒心修头陀的，别说我们寺院，就是本市，就是全国里头，也找不出几人。我们都敬仰他。如今那师父年迈了，需一位弟子去有所照应。我看你平常是求精进的，好孩子，你只过去好好与师父学习几年吧。"

幻净虽恋恋不舍,却也心向往之。见到这边师父纤瘦风骨,更觉肃然起敬。平日里师父也并未显不悦之色。可恰如今日师父的茶壶之说,他觉得自己对于师父,莫不也是称手不称心?这会儿他也吃饱了,气定神闲起来,于是竟越想越真,羞愧懊恼全又回来,心下料定师父一定对自己非常失望。据说师父三十岁发心,就开始穿破衣,住兰若,常坐不卧。他独自一人在此山阴破屋修行,距今已逾四十年了。每每想到"四十"两个字,幻净都忍不住打个寒战,头晕目眩。他又哀伤,又钦佩,几乎落泪。那是多少个孤寂的日日夜夜啊。时间像渐次落下的青灰,不知不觉,却累成密不透气的青冢了……然而幻净何尝不明,师父不过是肉身在这潮湿的山阴破屋中,他的精神却是一颗清凉透明的气泡,他出神入定,禅思的芽发枝散叶,开出繁美的花,结出五彩的果,一抹祥瑞的光在额前幽然悸动,一个温暖明媚、平安喜乐、妙不可言的新世界正在眼前。

于是每天睡前的榻上静思,幻净都决心明日也如师父般克己砺行。但背着自己,他竟又知道,这番赌神发咒的决心,常常在清晨就被醒来的活泼味觉所打破。他烦透了自己对食物的依赖,怨恨到了时候就会从舌底渗出的口水,特别是还会咕咕乱叫的肠胃!凡夫俗子,羞煞人也!还正愤愤,晚餐藕带的酸脆像一个轻灵的小虫,从喉咙里跳出来。幻净强迫自己不去回味,回味又是一层放纵的享受。他蓦地起身,发狠地从师父茶罐里抓出一撮松针来,用半温不开的水冲去。只等那水染成乌黑,一径灌入口中。啊,好苦的茶!幻净心里叫骂,却攒眉蹙额,强忍不吞,只待苦涩像针尖一样侵蚀舌尖,渗进味蕾,才整口吞将下去。大军压来,那轻灵的藕带小妖,早悠悠荡荡,魂飞魄散。幻净立即闭了眼，四大皆空入梦去。

又到初一，幻净与师父吃过早饭，就辞过师父前去料理茶树。正转身，师父道："怎把袍子脱了？"幻净一怔。他只当师父在打坐，不曾留意，本想混淆过去，却被抓个正着。幻净不善撒谎，早红了满脸。师父不等他辩解，只说："料理茶树要奔走攀爬，僧袍却不便当。往后你就这般穿便服去也好。"

再辞过师父，幻净就一路欢欣下山去。他今日脱掉僧袍，倒果真有一个不好出口的缘故。上月初他收到俗家舅母的一封信，道舅爷旧疾发作，总无起色，得知他调至真武山，早听说那里香火极盛，许愿极验，托他千万在真武大帝那里烧一回香，磕一回头。幻净苦叹一声，这舅母想是听岔了。也难怪，这真武山上，人人都知道有个真武道观。他们俗家人哪里分得清孰佛孰道，说我调至真武山，就料定是那一处知名的真武道观了。幻净不好辩解，又感念舅母幼时的照顾，不敢敷衍。只准备今日侍茶途中，溜出些时间去磕头为是。既是去那边磕头，怎好穿这边的僧衣？阿弥陀佛。

绕过机器轰鸣的采石场，就转到山前。不过九点，这边竟已阳光普照。而此时山阴寺中，露台上刚漏进一个碗碟大小的光点吧。幻净为这暖日不均默默惋惜，远远又见白石栏杆的山道上，熙熙攘攘，人头攒动。有彩旗、条幅、高香等星罗其间，也有着装统一的香会，敲锣打鼓，阵仗整齐。再往上眺去，那青山翠柏的山脊上，鳞次栉比地建一排飞檐镏金的屋宇，果然大气磅礴，山峰处的那幢主殿更是高雄威武。幻净走上白石栏杆，就觉不妙，这里烧香也赶初一十五，上山之路水泄不通，人群摩肩接踵，此时想回转也是不能够了，只得耐心挪动。

半晌走到一座桥边，竖有一牌，上书"钟响如意有求必应，钱鸣吉祥心诚则灵"。只见桥下悬着一口钟，两边各有一枚大铜钱，标示道，如能将钱通过钱孔扔到钟上，发出声响，就会有神灵庇佑。于是多数人选择停留，到旁边去排队掷钱。幻净急忙趁机绕至前方，总算能夺出脚来迈腿前行。再待走到同心锁栏杆，又有去排队买红绸锁头，求婚姻天长地久的，于是又甩掉许多人。前方渐次松散起来，他连忙一步三级地奔了上去，来到殿前。先去请了香，就去香炉旁的长队上排了。

宋元以来，真武观香火就长盛不衰，别说这同山小庙，就是古刹亦望尘莫及。也不知襄阳人什么缘故，代代相传，偏爱笃信这位深目厚耳、龟蛇一体的真武神君。心中正有些风凉妒意，幻净见一位着绀青色道袍的道长款步而来，忙警惕地低了头。却见自己脚上灰白系带的运动鞋，方记起自己的打扮与旁人无异，又大大方方地抬了头。才觉奔跑得有些胸紧气闷，长舒口气，放松神经，自在地往两下张望。回廊下满是小贩，一人一个带遮篷的小柜，外侧都用明黄镶红边的绸布裹了，用统一的隶书写着揽客招牌。所卖物件都大同小异，不过是八卦旗、树脂金顶、刻字葫芦等纪念品，或是黑木耳、高香茶等土产山货。侧殿下阳台处已辟为茶室，十几桌租住寺院的游人正打牌搓麻，全然人间景象。他们虽然喧哗聒噪，却难得"心中无事不徘徊"，无须麻烦神君操劳。

排在这头等待的一伙却是焦头烂额，如火如荼。呆滞地举着香，都凝眉望着香炉。就在幻净脚边，一副担架歪歪扭扭挡在道前。担架上怕是位非要亲自求神的病人。亲人多半请香排队去了，先丢她在此。许多腿脚从她身边挤过，带起满地腌臜；也有眼不看路，绊着那架子的，哎哟一声，跳起跨过。幻净只看着，就实在替她局促不安。她裹一条煤竹色相交格子的被单，忽而掀起一角来张望，忽而又遮着脸。可见神志尚明，只是肌体不便。就在这担架下方，就是一个两米开外临时圈起的碎纸池。炮仗皮、细香杆和饮料瓶、包装袋不可计数。贴墙的却是一米开外的高香杆子，堆得倒齐整。都用半米高的山石围着，红椒椒一片。就在那角落，不知谁懒得排队，偷偷点了个火堆。几个人围住，伸香去点，一个妇女背着孩子，也半蹲着伸手过去。一阵风来，全都捂着眼。一色的满面愁容正与那一片烟雾缭绕贴切地混在一起。那孩子也要躲烟，叉腿骑在花布上，直把头向后仰去。扯得妇女的仿皮夹克的领子快拉出了肩，露着猩红的毛线衣。

幻净点毕香，复进正殿排队行礼。队伍倒不长，只是其间多有妇女强行插队，于是总也见不到头，再有不依不饶的，与她们口角几句，更白白耗时。幻净只悒悒候着，并不多言。轮到他正欲跪时，一个着入时短裙的狐媚女子双手将他一钳，嗔笑着推开他，水蛇腰一闪，就跪了下去。幻净正要分辩，却恰见她俯身下跪，腰间露出一片白肉，再有一抹股沟。一团寒气咻溜上来，噎住胸口，直羞得他哑口无言。只得紧闭双唇，紧锁双眉，去注目那位高高在上的黑脸神君，却仍有些不自在。只听那女子磕完头，对着神君说："你说你，我去年也不是没拜你，怎的叫我今年这般狼狈！也罢，今儿个我可又来了，还给你磕头，往后你可得多关照关照，多谢多谢了。"随即又弯腰扭胯地猛磕几个头，方一跃而起，拍拍手走出去了。

幻净却还在发呆。真轮到他行礼，对面并不是家中佛祖，一时竟认生，手足无措起来。听得后面的人咂舌催促，幻净只硬着头皮，按礼佛的章法，行了三个齐整的头面接足礼。想着这一趟的种种不易，起身之前,也想将所托之事告诉了,却无论如何羞于出声,只得多磕几个头了事。

走出道观,但觉一阵心凉。夜色似来非来,灰纱般的天光下,人也还熙攘,却都行迈靡靡,全无午后那勃勃振奋之态。心下思量,侍茶的正事却给耽误了。此时走去那山麓沟中,还得大半个时辰。纵然如此,幻净却无论如何不想放弃。他受不住师父的一再失望,他受不了自己离那片境界越来越远。当下横了心,急急赶着步子,顾不得举止,飞跑起来。

松针茶本为此地土产,因成茶修长细密,颇似松针而得名。价格低廉,四处有售。师父的松针却并非买来,就产自此山,就产自幻净将去每月料理的这棵百年老树。听师父说,早在他如幻净这般年纪,那棵茶树就号称有两百岁了。说来它与这寺有段渊源……师父就是这么开始讲这个故事的。这破庙陋室里讲得最多的,或许就是这个故事了,怕是每一寸房梁瓦片都听得两耳生茧,昏昏欲睡:那是师父的师父的师父的时代,一日他行至山涧,只见山麓上斜倚着一棵古老茶树。扎根深固,枝干粗壮,虽倾于坡上,却笔直生长,气度凛冽,好不巍峨!却再看时,这树竟已被那唤作菟丝子的寄生草钩住多时,满满地爬了一身。那菟丝子自无根系,却攀附茶树,刺骨吸髓,长得一派生机,彼时已层层叠叠地覆于全树,并无毫厘幸免!师父见那茶树沧桑百年,却要毁于一蔓,忽一念起,悲从中来,泪如雨下。他遂住了脚步,静心将满树钩刺的藤蔓细细剥下来。师父细致而专注,饥渴全忘,剥了整整一天方净。而树干上刺痕斑斑,已似掏空,树梢上遍结枯痂,了无生机。并不知能否回转。人事已尽,只待天意。师父只一声叹息,遂举步前行……

"然后呢？"

幻净明知结局，却最喜欢听师父明明白白地讲出来。他觉得，故事纵曲折蜿蜒，引人入胜，但还是终点最为重要。一切不都是为了这结局？最后的时刻，拨云见日，水落石出，爽朗痛快。就像苦修之后的光芒万丈。况且幻净自听这故事时，就存了个私心。而这结局却遂了他的私心！那也是第一次，幻净仿佛与佛祖有了个私密而甜蜜的默契，阿弥陀佛！

"过了几日，师父又去看时，茶树果然起死回生！树皮之下，绿色的经脉里，活血已畅通奔涌，从里往外透着清润的生机。树皮之上，泥土和甘露的滋养像温柔的手，把钩痕的伤痕抚去，连同那疼痛的记忆也抚去了吧。四处冒出的新芽，应接不暇。干净脆弱，像熟睡额上的亲吻……"

"再然后呢？"幻净微笑追问。

"只是师父欣喜之余，却也见到，那剥掉的菟丝子种子遍地，也偷偷新发了几条卷毛似的细藤，早已又攀上茶树去了。"

这便是幻净的私心。

终于跑到地方，还有一丝微光。这老树就斜生在这山沟的侧坡上。跟那些茶园里成片的小矮树相比，它高大几倍，果真像成了精。跟它同时代的茶树早已化成了泥，它却还颤巍巍活着。还缓慢生些叶子，那叶子还被人摘下、侍弄并哑摸着。平时幻净徒手就跳下沟去。今天这沟在天色的晕染下，仿佛深不可测。有虫子簌簌在草间穿行，鸟叫声像从高空骤然跌倒，失魂落魄的。日月交换的时候，天地似乎无人看管，倒比黑定了更空虚。幻净蹲低了身子，抓了一把草，想往下窜时，却根本使不上力，心下焦急，干脆松手一溜到底。幻净顾不得疼，翻身起来，左手攀住老树的主干，右手去剥那缠绕的藤。夜色压下来，哪里看得真切，只胡乱拣紧要的枝干撸扯几下也罢。嘴里喃喃道："是你前世作孽，变成这种没根没叶没着没落的东西，活得人不人鬼不鬼。任你蒙头长，使劲抢，那树死了，你不也死了！"他跳下树来，再去爬沟，又记起师父交代，藤蔓有用亦要带回，只好又回到树下，与杂草落叶一同揽起，塞进背包。也不吝抓了些什么借力，跟个野猫野猴似的爬了上去。

往上看时，树枝在天空的灰底子上，像张人脸，森森地笑。幻净吃了一惊。

"妈的！"幻净不留意骂出一句。面皮倒薄，兀自脸红，羞愧难当。为着这羞愧，他更气了，又下力狠狠地在心中咒道：这老树精，被缠死了才好呢！

第二天，师父果然向他寻那些藤蔓。他把昨日地上揽起的一堆递过去，忐忑不安，自觉揉得很不像样。师父也不看他，接过就说："不妨。"幻净心里登时一亮，师父像是总知道他的鬼祟。他讪讪地跟着师父，走到寺院后头的晾台上。说是晾台，实则是一处天然的大岩石，也只西边恰好有一片方桌大小的地方能晒到上午的艳阳，想是从山中哪个缝隙漏过来的。这会儿它还未到，师父和幻净两个人四只手，把缠绕的藤蔓一一解开，不想那胡乱团起的一堆，除了菟丝子，竟还有几个螃蟹脚一并挂在里头带回来了，真是惊喜！螃蟹脚虽也是寄生，却不比菟丝子，算作高级药材，想是寄生在野紫薇上的，甚是难得。师父也看到它们，两人相视一笑。光跳出山谷，悠然而至，扫过幻净的脸，稳稳落上岩石。

山道上转出个人来，幻净定睛一看，是宗教局的陈科长。待他走到近前，住了脚，喘着气行了合十礼，向师父道："今年第一季度的例会，改在真武观开，就在下月。局长特地要我来告知师父，务必拨冗出席。"说完这套辞令，他气息方平，见身旁恰有一块圆石，就抱歉地作揖坐下，继续说道："例会挪至寺院开，却是稀奇，据说袁市长要来现场办公，携统战部、宣传部并旅游局、环保局等，将帅尽出，似有大动作，议程也延长半日，明天中午就在真武观里吃斋饭。"幻净捧来一杯松针茶，陈科长恰好口干舌燥，欣然呷了一口，不想苦涩袭来，面有难色。然见这寒屋小寺，茕茕师徒，心生恻隐，便觉不可造次，只得一饮而尽。他复张口眉飞色舞起来，便是这新市长的一番大刀阔斧，一番心细如发，一番温柔谦和，一番令行禁止，如数家珍。幻净插不上口，便觉厌恶，去向师父也讨一个厌恶的默契，却见师父极投入地微笑聆听，越发激励了那位科长。陈科长终于在说到景区招商引资，跨越性整合发展……方缓缓停下口来。本待有孜孜好奇之间，却并不见师徒发声。于是他只得呵呵一笑，递还了茶杯，方行合十礼下山去了。

这位叱咤风云的袁市长连幻净都有所耳闻。他倒记不得来源是宗教局的科员或是菜场的村妇，抑或是电视收音机里的新闻。袁市长是土生土长的本地人，这水土是旧相知，可宦海上他却是独木舟。他的升迁正是得益于本市几年前震惊全国的政坛大地震，大换血。上上下下都急需一个耳目一新的政治明星。于是最年轻、最高学历，同时最无根基、最无经验的他被推至此处。他一路名校，学而优则仕，虽说官至名校掌门，可那里的水木清华之境，哪里比得了这年深岁久之渊。老派政客屏气凝神看他笑话，不想他行事干练，举措务实，毫无学院乖戾之气。不出两年，已有根深叶茂之势。

此番应对这位学院派的袁市长，宗教局显然做足功课，有备而来。首先就是局长的汇报材料。他们先是请来大学教授，把古城的宗教传统、历史沿革梳理通透，文员们手捧密密麻麻的笔记蓬头跣足没日没夜地写了三天，才算勉强通过局长的要求：既有历史文化之厚重迤逦，又有俚语乡情之甘甜亲切，还要有党政理论之清晰明畅……于是文章左顾右盼，牵五挂四，反而成星离雨散、计穷力竭之态。局长念得额上冒汗，口中咽痰，听者却都似闷坐于一面大鼓之中，耳鸣脑涨，昏昏欲睡。

袁市长正对面便是幻净师徒。他抬眼顾盼之时，几次与那小僧四目相对，好不尴尬。倒是那旁的师父垂目微笑，一般禅定姿态。袁市长暗忖，这倒省了事！世人皆道，双眼乃心灵之窗，可见极是。不必面面相觑，就暂且保全了心中平静。于是在局长的长篇累牍里，他得以自由地游目骋怀。先抬头去看条幅，"真武山景区引资合作建设座谈会"，红底白字，撑得平整利落，他虚眼去看，竟水平于墙线，又定睛细看，只"区"和"引"之间，却比别处宽出半寸见方，顷刻水平之心颠覆，抓挠不着，冒了一身鸡皮。据说这也算一种癖病。于是他低头看人。见两侧与会人员皆谨小慎微，垂下首，于是那不平之感复归一线。

你一眼看穿他们，他们绞尽脑汁也猜不透你。这是绝对的一种安稳。这就是角逐权力的规则。他也不介意他们近乎神经质地去揣测、演化他的想法。他在校园的半辈子，受够了知识分子的傲慢。那仿佛理所当然高人一头的傲慢，是哪来的呢？他的体质却对傲慢有预警。也许因为父亲恰恰是个"郓城小吏"。他知道并没有普罗大众因为你知道"曹操家族的 Y 染色体基因突变类型"或"从历时和共时的动态角度观察正反问句",而对你顶礼膜拜。

相反,在这条权力的走廊里行走的人,他们或许真如传说中那般丑陋、虚伪和狡诈,但如果还想举步维艰地前行,他们却时刻都在关注别人的感受,甚至有时还必须俯身低头,从这个意义上说,至少他们懂得谦卑。从父亲的身上他更知道,其实他们大多并非野心勃勃,虽然他们看起来有一种让人作呕的费尽心机。而他们获得的远远抵不上他们的费尽心机。他们多是些性格谨慎、胆小且有耐心的人。

在这个被学院里的教授们视为肮脏的走廊里,他没有水土不服。他何止没有水土不服,他精神焕发。今天出门前,他还望了眼镜子,他额上发光,肩臂挺阔,体重虽未增减,身体却显圆实,想是之前闲置的气力都潜移默化,各得其所。连常年伏案落下的腰痛病,都自愈了。他理理领带,下意识扬起得意的嘴角,可就在收掉笑容,转身扭头的瞬间,他忽然从镜子里看到了一抹熟悉的神情,让他头皮发麻。他定了定神,他清楚地知道,他长得一点也不像父亲,从小到大,远近亲疏都这么说。在叛逆的青春期,他甚至深深地鄙视过那张刻着面具的脸。他头皮更紧了,他遂领悟,与其说他看到了遗传的痕迹,倒不如说,他看到的是自己的灵魂。

此时此刻,袁市长的眼光掠过对面。他虽极力克制,但他知道,这一桌子的人,只有对面的这个和尚,叫他捉摸不透。也是对面的这个,扯翻了他的水平之心。但见眼前这位,虽双眼紧闭,却面目清明,每每局长语义转顿之时,他都缓缓点头,段落激昂处他也适时鼓掌,仿佛闭目只做沉静深思之用,丝毫不显傲慢隔绝。袁市长暗忖,呵!他倒观照着我的心神!再端详他的齐整僧袍,如此简朴淡漠,却依然有英武潇洒的气派,甚至那姜黄色的肃穆沉着,更衬出他面貌之清朗干净!世间果真有此等冰魂素魄?

待局长念完,袁市长带头长时间鼓掌。然而他却不发一言评点,只亲切地对大家说:"民以食为天,大家一起去后堂吃斋饭吧。"

绀青色道袍坐了一圈,幻净和师父显得引人注目。师父只吃半碗粥。幻净随师父而来,别人照样也只递粥。幻净心里欢天喜地。为着别人拿他如师父般看待,少吃多少美味也值了。他默默地咽粥,却也禁不住往桌上眺去。原来虽说是工作简餐,但为着招商引资,宗教局自然吩咐妥当,除了一般素菜,另将本市的名产小吃,但凡素的,都拿精致小碟盛了,穿插在素菜旁点缀,幻净只这么两眼,就看出,十几个小碟并没有重样。

别的倒无甚稀奇,幻净远远地见那方桌侧边,盛在一个灰钵子里的金黄小饼,他却认得,那可不是金刚酥。因他读过一本介绍本地小吃的杂书,说这马蹄形的小点心,滋味极美,却不愧"金刚"之名,一般牙口却应付不得。今天一见,它果然饱满金黄,墩胖可爱。

正巧一个科员走过来,目光掠过"金刚酥",又掠过一圈道士。遂从盘里取出一个,递给一位道长。那道士先端端正正用门牙尝试,无奈那酥竟纹丝不动。大家一笑:"这货刚强,师父仔细牙。"又有嘻嘻的声音冒出道:"他们道士金银仙丹都嚼得,这算什么。"

于是又歪嘴侧脸,将酥放进口中,用大牙较量,呲牙咧嘴的,只听咔嚓一声,咬下一角来。只没料到这货虽硬,内里却酥松空洞,一旦坏了"金刚身",牙齿便势如破竹。幻净但听那道长口中一阵轰轰隆隆,噼里啪啦,一面那焦香扑鼻而来,一面见嘴角唇边迸出些星星碎屑。

幻净看得痴痴的,那滑进食管的薄粥霎时枯索无味。他却也不沮丧,因着他的思路到了参悟的那边,摇头晃脑地揣度:金刚确是金刚,酥也保管要你酥,这不正是先贤们教诲的相反相成、相克相生的道理?幻净双目一明,他极爱去推敲这种打着转儿的谜语,以他的慧悟,世间的高妙禅机,就像正月里的汤圆儿,这么着在脑里辗转,就这么着溜圆甜蜜起来。

彼时师父已吃完粥,从胸口掏出一个布袋,布袋里一块火纸包着的,还是那黑不溜秋松针状的茶。幻净忙接过来,去讨了开水,要为师父沏茶。一个科员觑了一眼那茶,恭敬道:"小和尚且住。师父既也带了体己茶,一并去后头露雨亭玩一回吧。"说着看看腕上的表,即迈步又扭头道:"师父稍坐片刻,等这边斋饭收了,就随大家往边道一路下去,遇见太湖石山子转西,穿过鲤鱼池子,从女贞树奔北向右,那四角攒尖顶带个游廊的就是露雨亭,这会儿怕是还在布置茶席……"幻净只顾讶异他魁梧身材却搭配个尖细的嗓音,却不曾听清路径,那人早已没影儿。桌上还在慢悠悠吃,轻飘飘聊。倒不如趁机先去探明道路。

这道观年前刚翻新,据说是 1949 年以来独一无二之大修,果然有些俗怯。好好的娇黄墙上,哪个书法家榜书四个字"养生长寿"格外碍眼。原来这墙壁后头却是熙熙攘攘。养生院、中医院、书法院,走了半天,并未见什么太湖石山子,倒是一股风像愉快的醉汉,撞到他,再望过去,垂花门棱外,明明是一番开阔风光。想必时辰还早,幻净忍不住走过去。正好看到太湖石后,一股香烟正狐媚缭绕,在石头缝里亲昵了几圈,才恋恋不舍隐进天光。石头背后正是两个旧相识。

幻净却认得,一个竟是前日他烧香排队时遇见的那位风度翩翩的道长。想来正是真武道观的住持。抽烟的那个西装革履,虽小腹微凸,拜托那剪裁利落挺括,倒是春风得意,熠熠生辉。再一对号,可不是上首坐着的那位"招商引资"的生意人喽。原来他俩正是旧日同窗,今日槛外槛内,狭路相逢,却不知从何说起。

"还以为你不认得我了。"

"只有你们神仙不认人。"

两人都顿了一下,像是都压下了千万句疑问。幻净见那夹烟手腕上的金表,与那绀青袖间的菩提子,各自传递出一份傲慢。他来了兴致,顺接"金刚酥"的机缘,何不接着把玩这往复环圆的禅意?于是偷偷坐在山石上,面朝江水,将神志交给耳朵。

那两位也都转而面向山下,看汉水蜿蜒,蒸腾。正午时光,满城烟火。孟浩然的诗里,襄阳清丽明媚,而眼下的汉水,简直是一锅鱼汤。咕嘟嘟,咕嘟嘟,又香糯,又靡费。耳中仿佛总有歌声,似笑似哭,一般黏腻缠绵。食色的潜移默化是骇人的。

"你抽烟?"

"抽烟是一个习惯动作。你不觉得,人在慌乱的时候,手里若有个东西拿着,会好看很多。"

"乔张做致。"

"还是读书的时候好。"

"我记得那时候你也愤懑得很,老跟父亲作对。"

"你倒是潇洒,女友也多。"

"还是针锋相对。这样能混商场?"

那人果然红了脸。这话却说到他痛处。他天性锋利,却将曲意承欢、点头哈腰给玩转了。这又未尝不是他遇到坎坷时的动力:干脆征服了它,才算摆脱了它。

"到底是神仙不知人间疾苦,想必山中如此岁月静好。"

"却攒出这么两句酸词!你之前也是浩然文学社的社长人物,最厌恶长发翩翩白衣飘飘的'岁月静好',我倒是没忘,你的志趣不是艰深奇绝的哲学?"

"你心里在嫌弃我庸俗功利,我却敢嘲讽你!洁净虽美好,污垢却能救人的。冉·阿让可是在下水道里得了救。"

"你有确信,自放手去做,你攀附神灵,心有戚戚,也是善意。你却不要得寸进尺,非要寻个确信,我这里决计是没有!"

"我可不敢寻神仙的示下。我只是偏偏认得你,事实胜于雄辩!"

"你太小看神仙。真神不怕亵渎。倒是你愤怒起来,却越发是原本的你啊……"

说完拍拍肩膀,时空忽然一个宁静的轰鸣,两个人一时热泪盈眶。

一声汽笛又将他俩拉回当下。

却都不吭声,看江水。那人的烟吃尽了,双手空下来,插进口袋,灵魂像是制服了西服的兴奋,一并地松懈下来,就势倚着山石。变成他自己的他,倒是显得年轻很多。

"襄阳好风日啊。风物最宜人,宜人且移人。孟先生为此都丧了命。满江鲜鱼,满山野味,满城巧妇……李白、王昌龄,皆为美酒美女而来。"

"今天还来了个修头陀的和尚。"幻净耳根一热,听得更专注了。

"我也见着了。心里早就在嘀咕,襄阳人哪里受得了苦修。苦修也必得远离此城。襄阳人只知释道安,不知诃罗竭。说来也奇了,这道安祖籍非襄阳人也,来了就不走了,与襄阳情投意合。莫非襄阳人的气质感染了他?让他将生吞活剥的印度佛学,在这滑溜溜柔媚媚的江水里脱胎换骨。至此通经亦可明理。出世入世在襄阳这里,竟然穿梭自如。"

"诃罗竭确实生在此地,却叫他水土不服,到别处去了。"

"襄阳人能说会道,坚忍善谋,心向功名,却又情系诗才。一大早吃面就酒,全天又茶不离手。筑城府能伏脉千里,撒性情又玉山倾倒。还是像这汉水,如有平坦且悠悠,如遇险石尽奔流。"

"也是这水土,孕育你这样的风流人物!"

"我算哪根葱,怕是这袁市长倒是称得上这样的水土……"幻净似懂非懂,但觉咀嚼有味。两人却被一道叫去后庭喝茶了。

幻净随即跟了过去。远远可见几丈大幅的手工素纨在露雨亭两侧婀娜飘浮,清风明日的光景中,帷幔缠绵,那红白绿蓝的雕梁画栋,欲盖弥彰的,竟越发醒目。再有四面的竹影、花影、树影、人影渐次攀着蓬蓬灰尘的光束落上来。或专注凝神地贴面而至,映出个笔力遒劲的《枯木竹石图》;或如玻璃上呵出的半口暖气,映出个湿漉漉的暗香疏影;或叶落纷飞,它们和它们的影子真幻交叠,翻滚跌撞,与这白绢只一瞬尘缘,滑脱下去……

或帘卷西风,空愣愣转出个人来。

那人正喜滋滋坐在蒲团上,矮几上一套小巧荷口描金的杯碟玲珑可爱。一个缠枝莲纹椭圆铝盒摆在桌角。她先告饶道:"我只喝咖啡、奶茶的,爱甜爱奶,实在抱歉。却非要掺和进来扫你们的兴。只是我这套梅森茶具,倒是留学时候从古董店淘来的,为此禁足两个月,为了不买新衣。"说话间,她往荷口杯里专心致志地挤了一团炼乳,再举起一旁的长嘴瓷壶,注进半杯砖红色的茶水。一时奶香四溢,虽然离得远,幻净却早已嗅到一股融融甜意。

"好了好了,快收了你的旁门左道,你捣乱完毕,我们就要开始啦。倒是说说,你用的什么红茶?"

"倒是还有这点觉悟的,并不是锡兰红茶,就是今年的滇红。你来试试?"说着将那铝盒打开,但见那茶条索修长,身骨紧实,乌黑之中每每泛出金光。

"如此说来,你的奶茶也不算俗气。我们不是不捧场,只是喝了你的奶和糖,将个舌头肠胃都糊住了,再好的茶也难开窍。多有得罪!"

"多谢宽容,你们就丢开解数,大展拳脚,妙茶共欣赏吧!"

下首的中年人坐起身子。张嘴要说什么,不料没发出声音。他愣了一下,想是自己被这高悬的风骚素纨给点了穴。喝茶对他来说,是每日每时的老相识,如此大费周章,煞有介事,倒让他不知所措。他推推眼镜,从怀里摸出一个红泥西施乳紫砂壶。有窃窃私语,夸包浆沉稳的,说色泽内敛、器形端庄的。他心里苦笑。他是个粗糙实际的人。这壶用了好几年,成天用,也不清洁,特价场子里一百块钱买来的。他们号着他资历级别的脉,一味地想当然。官场之事,大略如此。他吞下一个爽朗的不屑,索性一言不发,专心泡起茶来。锡罐里倒出一把铁观音,手掌一卷,恰似一个漏斗,茶粒叮叮当当落进壶底。滚水注入,蜻蜓点水般分入三个小杯,壶夹像拔草似的啪啪啪将三杯水倒进渣桶。第二泡时,被水浸透的锈边大叶刚好膨到壶口,茶汁在白瓷品茗杯里碧绿明亮。幻净看得眼花缭乱,那黄茧累累的大手和那玲珑小壶,颠鸾倒凤,好不欢腾。而他也早有留意,近旁那位斜睨的眼神里,分明是鄙夷不屑。

原来这位消瘦清雅的家伙,平日里有好古之癖,对于唐宋茶道,研习得很深。他安心今日大展奇才,将众人压倒。不想先头的两位,奶糖红茶土洋杂糅倒罢了,那简陋腌臜的西施乳最叫他沮丧。那夹烟的脏手和那陈垢的脏壶将他心中纯净神圣的茶道,玩得如此黏腻庸俗!四座竟然连连赞叹,越发叫人心灰意冷,斗志全无。他只得在心里默默演了几回伯牙子期,知音难求!幻净见他懒懒地环视全场,微微点了头,深呼一口气,端出一个一尺见方的盒子。那盒子乍看起来黑乎乎不起眼,定睛再看,却似幽幽地递出一份独特的光泽。如同它消瘦清雅的主人,细看也确实有一股书生的英气。他轻轻地揭开盒盖,脱离的这一刻,顿觉前一刻的严丝合缝,如同手起刀落的巧克力。盒盖端端正正放在桌边,正中有云纹螺钿镶嵌,熹微斑斓,悄无声息,正与那澄澈清亮的大漆,互不侵扰,又相濡以沫。

盒子里风炉、铁壶、橄榄炭,一应俱全,朴素精致,却傲慢得紧。他一样样取出,摆定,竟无端带出一片宁静的气势。美则美矣,雅则雅矣,而这安静太干净,着实有些诡异。这安静像是这书生布下的一群家奴,生生挟持了场面。素纨飞舞的空洞景致,本是风花雪月的助兴玩意儿,即刻仿佛落地生根,就势言之有物起来。袁市长强压着几分烦恼,赞许微颔,忽而脑中胡乱想到史书上的事来。那些无孔不入的意识,今天还是一丝微风,改日就能悸动人心。想来真是防不胜防。日本人将茶艺谋成茶道,就果然出了个权倾朝野的千利休。人间哪有什么悠然南山,处处是伏脉千里的心机。他再去看那炉前摇扇起火的家伙,竟忍不住蹙了蹙眉头。院校时光一下翻上来,那帮阴魂不散的知识分子……

一个声音洪亮直爽，径直击碎了这团宁静。

"文调研员这个厉害了！"大家都应声而动，刚才的屏息凝神松懈下来，笑吟吟地只管听他娓娓道来，"白泥风炉取出来，想必是要煮了。能盘起炉子煮茶的都是道地老茶鬼。咱们今天算是长了见识。我猜您那金贵的莳绘茶枣里必定装的是白茶。今儿个又非比平日，我再猜那白茶必定是超过了七年的白毫银针！咱们且优哉游哉，坐等好茶喽！"随着他解谜般抽丝剥茧的讲解，气氛热络起来，瓜子、花生和蜜饯也熙熙攘攘吃了起来。

那书生原本对此人的聒噪无比愤慨，不想他虽看起来脑满肠肥，形容器物辞藻浅俗，但总归算个内行。况且他言语紧随他的动作，带着一种追逐明星的好奇神色，引来众人的眼球，也深深满足了他的虚荣心。于是之前的颓丧倒退去了，动作更是做得有模有样起来。袁市长心下感叹，也是如此不值一哂！

白茶在"柿柿如意"铸铁壶里咕嘟咕嘟，如粥似药，沁人心脾。香气弥散了整个露雨亭，大家斗茶的情绪渐渐高涨。有拿钧窑茄皮紫釉壶配信阳毛尖的，有台湾老岩泥手捏侧把配冻顶乌龙的，有德化猪油白瓜楞壶配武夷岩茶的，有胭脂红地轧道花卉纹罗汉杯配茉莉香片的。景德镇的万花不露地，端的广普民间，竟然有三人同款，一时大家来了兴致，摆起擂台较量一番。"我看宋江在江州琵琶亭用的'朱红盘碟，齐楚器皿'，就是景德镇瓷器，真所谓千年瓷都。今儿个我们还在这里打转，倒也不算冤枉。"三个品茗杯一溜排开，画工釉彩，真真一目了然，并无辩驳的余地。于是胜者得意扬扬，败者挂笑自嘲。

"大家看这金丝，我已养了五年，专泡明前龙井，也只有这等青色，才让金丝黄亮不污。"那人吹嘘的是一款哥窑米黄釉金丝铁线盖碗。"好是好，却不成套。"一个顽皮的声音跳出来挑衅，怕是知道盖碗主人的脾气，挤眉弄眼地故意去逗他。那人果然赳赳道："你这是何等露怯！我这粉青玉质扳指杯与这盖碗一样，也出自龙泉，又称弟窑，哥哥细密婉转，弟弟敦厚明朗，兄弟情深，怎么就不成套？"

嬉笑间茶令已转到绀青色道袍的真武住持面前。他一开口，倒是沉着亲切，将沸反盈天的热闹局面又平衡了一些。不忘替自家神仙代言，他开宗明义道："道家和茶密不可分。所谓'神草延年出道家'，那我就回到最原本的碗泡吧。"幻净觉得他颇有师者风范，言简意赅，温润而泽。原来最早的茶并没有精确地从饮食里分开，更不用说今日这些花哨的各色泡法了。最早的茶就在饭桌上。所以也不叫饮茶，就叫吃茶。因此碗泡就是"饮如食分，一匙一汤"的真实场景。他一边娓娓道来，一边利用长柄匙背倚着碗口将沸水间接滑下。"这是前年的老班章。"幻净看懂了这动作，必是避免茶叶被高温灼熟。阔口灰色粗陶茶器渐渐渗出热气，默默静置几秒，便用茶匙舀出，分到同色的粗陶乐口大杯里。

他那成功多金的同学急忙捧场，端起粗陶大杯一饮而尽。他显然也是有备而来。幻净原是听过他们闲谈的，此时就越发关注他们的神情。于是越发眼睁睁见这家伙为自己妥帖地戴上了面具。他哪里还有彼时的半点傲慢，他俨然一个憨厚爽直的土老板。他一脸无辜，像是发财只凭运气，无关人事。时事坦途，神仙专要宠他，凡人倒懒得生气妒忌了。他撸撸袖子，带着微喘蹲下，俯身打开一个金灿灿的旅行箱。里面横七竖八的木盒布袋若干，一幅人仰马翻景象。他一件件随机拎出，不料包装最是繁文缛节，拆起来只一味地不耐烦，恰似为女友剥衣服般急不可耐。然而显露之际，竟件件光彩照人。

有翡翠摘藤梁锤目小银壶，有曜变紫光油滴天目盏，有天青色汝窑青瓷壶承，有手刻郎红撇口观音瓶……那些物件虽杂乱地堆在桌上，风格材质也都云树遥隔，却都看得出人力的精心或天工的神奇。或人力天工，切磋琢磨，缠绵悱恻，很是经看。此刻他将它们都剥了皮，拍拍手合上箱子。待他再起身，双手撑着桌角，竟不顾这浩瀚靡费的风雅，只开始恶狠狠一路报价。"我不能跟在座的文化人相比。这一桌子破烂玩意儿，我并不知道名号，我只知道价格，估计都是我上了当，就这么被骗了几十万。"大家愕然听他一个表白，又见他木呆呆摊开两手，甚是滑稽可爱。"我看不懂它们，却阻拦不了我的家人朋友并衣食父母们附庸风雅。风雅如何附庸，也还是价钱够惊心动魄。一把土变成一个容器，跟树叶子们一道浑水摸鱼，就神乎其神地变成大把的钞票，好也，妙哉，我们做商人的天生有附庸需求。我就万分渴望，我们襄阳，我们真武山，我们的陶瓷，我们的茶，我也想卖出这种王八蛋高价。"

他俗得如此坦白淋漓，倒并不讨人嫌。他将道德优越感捧出，他们也甘愿给金钱几分薄面。满场欢声笑语中，他只跟绀青色道袍递了一个得意的神色。幻净看不到住持的神情，只见那边茶碗的热气已散尽，茶叶的气力已溃入水中，陶土恢复了枯槁的本色。而这边的精美茶具，沉着而无奈地拥挤在他身后，高贵、精致、空灵、桀骜，却正被众人注视、把玩、唏嘘、赞叹。幻净心头忽然一惊：不出意外，它们都将比我们遇见更多的时间。

幻净正出神，却见袁市长径直过来，穿过嘈杂的人流，向师父恭恭敬敬行了礼。"我看咱们全都是俗人。只这位修头陀的老人家,我心里敬佩得很。能否借你的茶杯一看。"师父谦卑地点点头。只见袁市长借来一个小碟,将师父喝过的茶底倒进碟中。"我虽愚钝,但看得出,师父的茶叶是野生古树。"幻净心中骄傲,不禁欣欣然接话道:"两百多年的老茶树。"大家闻声而来,袁市长接着说:"茶的好坏最直观的就是看叶底,这倒有点盖棺定论的意思了。"他顿了顿,恰如其分地让全场若有所思。"一片树叶聚集了一份天地精华,借一杯水向一个人吐露全部的心声。师父这松针叶底修长丰厚,主脉舒展,侧脉坚韧,细脉密集,丝丝分明。真是全情投入又了无牵挂的一生。这才是今日可遇而不可求的好茶。"

众人醍醐灌顶,都打躬作揖向师父讨来几片松针,再回座位屏气凝神,煞有介事地泡起来。幻净心中既欢畅,又好奇。更目不转睛地追随这黑苦的松针,如何让一干人啧啧称赞,如何将艳羡崇敬的目光送往他和师父的身上。幻净感念自家的松针,竟让自己第一次出这么大的风头,连师父都有些坐立不安。

待大家都散了,宗教局陈科长走过来,满脸狐疑,也不管谁的茶杯,偷偷把剩下的松针茶又喝了一口。登时眉头一紧,急忙四下确认了,并无他人,方狠狠啐到地上。抓着手下科员抱屈含冤道:"我先头去过那庙,喝过一回师父的松针,就觉苦不堪言。今儿个被他们一再吹捧,我还以为师父又拿了别式儿的好茶呢。不想还是那丧货!""管他呢,如今的人,都喜欢自找苦吃,只管说得天花乱坠。反正山上寺庙的玩意儿,少不得让人稀罕。过几日再带个民俗专家,帮他们拾掇拾掇,这一景儿就齐全了。""那老和尚总不吭声,也不知真脱俗假脱俗,跟他说话总没个抓挠，心里荒唐得很。这事我就不插手，全交给你吧。"

白日里喝了五色茶，闹得幻净一直不困，辗转反侧，四更后却又睡迷了。清早起来，仿似记得师父深夜里咳嗽了一阵，忙溜下床去看望。屋内竟听不见一点动静。幻净知道，调他来与师父修禅，实则是众人见师父这几年越发瘦，有防他归西的意思。幻净心中一紧，拨开门去。床榻不见师父，更惊了一身汗。一时心急如焚，眼泪抹了一脸。正怅然若失，却见师父从侧间走来，早穿戴停当，踱至幻净身前。拍头恍然大悟，今天可不是采茶的日子。

师父脱了僧袍，端端正正的，穿戴成个农民模样，戴着一顶印着"金鼎文化有限公司"的宽檐草帽，正是昨日配给的纪念品。师父也不计较款式，戴起来甚是清爽有趣。幻净哈哈一笑，释放了刚才的担忧，只满脸还挂着泪儿。"你哭什么？"幻净语塞，便蹦蹦跳跳往山下走去。

露水晨曦，杂草莽莽。油菜花一丛丛冒出来，一群小学生在樱花沟里叽叽喳喳，提着各色小水桶，跟着老师挖野菜。

幻净老远就能从一大片绿色里辨出那棵老茶树。也许因为倚在沟边，它的身姿倾斜蜿蜒，倒比周围挺拔的紫薇树林更显婀娜。别处的春茶早已采尽，它却刚把叶子慢悠悠长妥当。真难想象，这样的春日，它已历经二百多遭了。幻净和师父望着满树健壮的绿叶，忽而丰收之感笼上心头，两人不约而同地深呼吸，跃跃欲试。一整年繁复不弃地照料，肥厚新绿的它们就在眼前，无论如何值得仰头大干一场。

他们一边采摘两叶一芽，一边轻轻地剥掉寄生蔓。师父并不生拉硬拽，只轻柔有序地将它们顺着枝干绕出。菟丝子们也刚脱鹅黄，微微晕出些绿来。有一枝青翠矫健的，用尖刺触手钩着树干，像跟幻净角力似的，再拽一拽，仍旧不放。幻净觉得它可怜，叹口气道："你倒抓得紧。谁叫你等不自食其力，偏去亏损别个性命！"说毕扑哧一笑，望向师父。

半个钟头默默地采摘，额上都出了一层薄汗，肩上的竹筐里却还觉不出什么分量。不觉已到十点。

幻净在树下铺了油布，和师父坐下休息。又解开一个棉布包袱，将缠裹的餐盒打开。热气到底溜得无踪，反倒把馒头蒸溽得颇不像样。幻净有些沮丧，急忙掰开馒头，将那精心准备的孔明菜夹得满满当当，递给师父。照说家常里吃这孔明咸菜，只用于佐味生津，盐味厚重，断不是这个吃法。只是幻净侍弄起来，比别人多一番心意。他将这褐黄的芥菜疙瘩切成细丝，用泉水不厌其烦浸过三回，去除多余的盐分，恰好咸甜爽脆。他只想在严苛的头陀戒律下，尽量让师父吃出一份丰足来。

师父从怀中取出一撮松针茶，撒进暖瓶，与幻净一人一杯，捧着暖手。清风衍衍，草木芬芬。师父将剥下的菟丝子编成花环，送给挖野菜的小学生们。

幻净拿起竹筐，低头去闻叶芽的清香。

- 对话现代生活
- 数字化的孤独
- 自由的表象
- 走近文学故乡

码上发现

● 对话现代生活
● 数字化的孤独
● 自由的表象
● 走近文学故乡

码上发现

小男友

"说真的，就算是要找一个小男友，我也没想过是这样的。"

"那倒是，打架斗殴进派出所，够刺激的啊。赶紧说说，怎么认识的？"

"就是那个网上录歌软件。我喜欢一首 Pink Floyd 的歌，就胡乱搜了一下，还真有个人唱得特别棒，我就点了关注。后来他说，看到我的头像是个卡通脸，觉得我肯定是一个女码农，他想想自己也是个学计算机的，就跑来私信了。"

"您好！我叫温士元。你是学生吗？"

"我是老师。"

"啊……老师好！你真好看，你应该不到三十岁吧？"

"三十多。你呢？"

"我二十一岁，上大学二年级，计算机系。"

"小朋友，你好！"

"你肯定也翻了他的朋友圈吧。嘻嘻！"

"翻还是翻了几下的，疑似富二代，爱好音乐和摄影。"

"哇，那不是你最喜欢的类型吗？"

"可惜被我翻出一张对镜自拍照啊。"

"不难看啊他,还那么高。"

"但和摇滚乐太不搭了哇。白白胖胖,圆眼红唇,满头卷毛,像留了洋的贾宝玉。"

"哈哈哈哈,人家嫩嘛。你就喜欢被酒精啊烟草啊熬夜啊思考啊给摧残过的男人,换一款嘛。"

"我也这么想呀,不然哪有这一档子打架斗殴啼笑皆非的事。当然了,我装作一无所知,还是用师者的庄重态度继续聊天。"

"老师,你不会又开始长篇大论了吧?"

"嗯……也差不多吧。但赶巧了呀,人家正是个嗷嗷待哺的好青年,不像你这么不爱听讲。他很喜欢跟我讨论那些大而无当的哲学。什么康德啦,萨特啦,尼采啦,你说他一个学计算机的家伙,能是我的对手吗?我可是一个有着半年执教经验的业余作家,还不被我说晕喽?"

"主要是人家年纪小啊,你刚才这句话太老气横秋了,简直老奸巨猾啊。"

"老则老矣,还不充分利用优势嘛。反正我开始逐渐掌握节奏,从我很皮毛的哲学话题,慢慢转到了音乐的话题上。"

"干吗啊?音乐你也不专业,为啥不转到文学上呢?"

"音乐适合恋爱啊。聊康德怎么能聊出荷尔蒙呢?聊文学,麻烦请先去看《战争与和平》,就第一卷末尾娜塔莎被阿纳托利诱骗私奔谈一下感想?拜托,谈恋爱要即时反馈嘛,一首歌两人听,简直就是拨动心弦。"

"《意大利罗曼史》的片头曲,*Les Passantes*(Iggy Pop)。"

"我听过这首,他还有另一首也好听,*I want to go to the beach*。"

"*Lucky*(Radiohead)。"

"*Wish you were here*(Sparklehorse)。"

"快(七八点)。"

"*Gone*(The beta band)。"

"*Oh my love*(John Lennon)。"

"*I'm your man*(Leonard Cohen)。"

"这一波英伦骚浪贱啊。你们是不是中国人啊,你们是不是觉得自己特与众不同啊。"

"别急呀,有中国歌呢。只不过,嗯,谈恋爱确实需要有一种劲儿,一种互相吹捧,互相讨好,世界很傻 ×,我俩特牛 × 的意境。"

"你真是一个油腻的文艺老妖精。"

"还没完呢。发歌的时机也很重要,比如清晨,就发一首窦唯的《窗外》;比如夜半时分,聊得轻盈欢快,就来一首猫王的 *Moonlight Swim*;比如忽然下雨,来一首 *Over the rainbow*;比如忽然天晴,来一首《第二道彩虹》。几天后感觉很有些默契和亲密了,我就发去一首 *I'm sticking with you*(The Velvet Underground)。"

"咦,听起来就很腻歪。"

"你猜他回了什么? '姐姐(张楚)'。"

"呀,这个好,点题啊,和小姐姐谈恋爱,大幕正式拉开。"

"哦,二十一岁! 拥有了一切必要的力量,却没有任何防卫的壳。二十一岁正是爱情最好的宿主。"

"你没有陷落? 不要摆出运筹帷幄的死样子,我还不知道你,一恋爱起来，傻笑挂在脸上，像个神经病一样。"

"这次对方是个小朋友，我多少有点怵。只可循循善诱，不可咄嗟立办。现在谈恋爱不比二十几岁，我还是可以端庄好几天的。一周后，我转给他一首 *Unintended*(Muse)。"

"现在正上映一个电影，《你的名字》，你愿意跟我一起看吗？"

"好呀。"

"啊！你答应了！你竟然答应了！太好了！但是得到下周末，我现在在新加坡参加一个考试，等我回去咱们就看电影。"

"不是已经大二了吗，去新加坡考什么试？"

"哦，这个说起来有点复杂。北邮的宿舍实在太差了，那种床我根本睡不下，又乱又脏。其实我高中本来就准备参加出国考试，都怪我爸，你知道我爸是什么人吗，他就是那种只会斩钉截铁地说，考什么外国学校！中国的就最好！他就是只会下简单判断的人，他就是这种蛮横的土老帽儿，他害我耽误了一年多的时间，现在又考。"

"那你退学了？就因为宿舍条件差？你可以在附近租一个房子啊。"

"当然还有那帮同学。他们排挤我。还有老师。那个宿舍真的是糟糕，那不是人住的地方。"

"这话说的，大家不都住得挺好，你太娇气了吧。"

"你了解我吗你这么说，你知道我具体真实的情况吗你就这么说，你凭什么这么下判断？谁给你的权利指责别人？"

"……"

"忽然翻脸？哇，表示看不懂'90后'。"

"嗯哼！这算我第一次遭遇到他的'病'。"

"病？这也算病吗，少爷病？被父母惯的吧。"

"你等我慢慢讲啊。总之当时我还真是无话可说，和他又不熟悉，还没见过面，就算我是一个恋爱战士吧，也不能硬撑着不是，恋爱氛围都灰飞烟灭了！那时候我要就此删除他，能省不少事。"

"可不是，也不用大半夜来敲我的门，哇，两点了。"

"两点？已经进派出所两个小时了，还没有消息。"

"接着讲吧，着急也没用。"

"到了傍晚，他发过来一张照片，算是讨饶。那是一张他和机场巨型皮卡丘的合影，眼睛里满是一种说不上来的光芒。"

"于是你就心软了。"

"算是吧。可是后来我常常能在他眼里看到这种光芒。再后来我知道了，那是他吃过药之后的神态。"

"吃……吃药？"

"我一年前就办休学了。我用一年时间去了十几个国家。大多是一个人，有时候会有几个伴。很少有伴，旅行我很在行。我也玩过超长骑行，不过那时候特别瘦。"

"我听到过你一边在富士山脚下溜达，一边录的那首 *Stairway To Heaven*（Led Zeppelin），说起来那好像是我第一次听到你讲中文，还带点口音。"

"我讲中文是不是很土鳖？唉，所以我不喜欢讲中文。我在国外，他们都以为我是美国人。"

"带点口音也没什么啊，很亲切。到一定年龄，你就会想要认领你的乡土情结了。"

"我特别不喜欢这种语气，好像你大的那十几岁，一定会长到我头上一样。你和我又不一样。我跟你讲，我是个病人，我有抑郁症！你对待抑郁症的人不能这样说话！"

"抑郁症？"

"是的，没错，我在北邮上了半年，我烦透了，我会成天去想'死'这件事。我上不了课，交不到朋友，我浑身难受。我爸跟你们一样，跟你一样，总想教育我，好像每个人都应该跟他那样，喊几声口号就打起精神了。他们那代人，他们总在打起精神，像是他们的精神取之不尽用之不竭。也许因为他是苦出身。哼，苦出身简直成了傲慢的理由了。他们那种打包生产的精神，生不了血肉，也生不了蛆。他们也许连挨饿的痛苦都忙不过来，我挺羡慕他们的。他理解不了我的痛苦。但……总之最后我爸终于带我去见了心理医生。医生经过一番检查，对我爸说，恭喜你，您儿子得了跟许多天才一样的病，抑郁症！"

"那你是喜提抑郁症喽，天才小朋友。"

"你还要讥讽我？我都告诉你了我是抑郁症患者，你还要用这种口气刺激我。你可以看看这些药，你可以去百度搜搜，这是我每天都要吃的量，你好好看看！"

"……"

"这么脆弱啊！"

"也未必。那时候适逢我调迁落户，我去行政大厅办理繁杂的事务，受理我的办事员冷若冰霜。一会儿缺一个印章，一会儿缺一份文件,焦头烂额,我和他抱怨了几句,他说,你等我来。他穿了一身笔挺西装。西装真是他这种高胖子的战衣,他大步流星牵着我到窗口,用极其彬彬有礼又义正词严的口吻指出了事件的不合理之处,你知道发生了什么吗?刚才对我颐指气使的那位,真的开始重新受理,不一会儿,事情竟然解决了,我拿到了那个折腾了我好几天的红印章。那小子一脸的恃才放旷,走出行政服务大厅,金宝街一派摩登爽宕。他摆了一摆额边儿的一缕卷毛,指点江山。"

"我爸说了,一定要自信!要理直气壮,还要故作神秘。他们会觉得你这么大胆,说不定是什么大官的儿子。"

"嚯,教得这么实战。那他爸并不是大官喽。"
"他爸……让我再卖一会儿关子。再说了,这套路也没那么厉害,后来我发现,他常常用挺拔身姿、洪亮声音去争辩,百分之八十都没有什么好效果。说到底装腔作势这种招数只能碰运气。"

"你终于来了。"
"那人是谁啊?"
"我家的厨师,他帮我拿耳机过来,我家就在这附近。"
"你好好写出国文书,我看书。"
"还有什么好玩的?"
"天寒地冻的,就在这里待着吧。"
"我们去另一处吧,这里的座位不舒服。我骑了小电车来,我载你。"

"好可爱的车。可是,今天真够冷的。"

"你可以把手插在我的口袋里呀。"

"哇,出发! 好冷啊,你怎么样?"

"我没事的,你躲好风。"

"还挺罗马假日的。只是季节不对。"

"对呀,他是强行浪漫。那小牛电动车是一时兴起买的,好久也没骑出来了,这会儿专为了这一出。"

"那么故意先去一个不远不近不咋样的咖啡馆,也是故意安排的喽。"

"大概吧,他无法忍受常态平凡的生活。一定要搞点事情。那天我可能冻木了,我贴着他雄厚的背,插兜抱着他肥韧的腰,穿行在五道口起起伏伏的路上,还是有些相亲相爱的意思的。"

"然后就在咖啡馆里泡着?"

"连个单独的座位都没有了, 和两个捧着电脑的理工男挤在一起。我靠在他肩上看《大师与玛格丽特》,他戴着耳机练习听力。"

"晚餐我没法跟你吃了。又是我爸! 他总是不顾别人的安排擅自做主。但他说有个大刊的首席摄影师在,我需要让他看看我的作品。"

"没问题,你去呗。"

"你真好。其他的女孩一定又被我得罪了,吓死人了。"

"你之前的女友们? 得罪之后呢,你怎么处理?"

"我会先说,你滚蛋吧,来一通永不相见的狠话。然后我就会后悔。我会疯狂地打电话、发短信,最后去她楼下堵她。唉,这都是蠢招,对吧。"

"啊！那天我跟你耍脾气,你深夜跑来我家,我倒是还蛮开心的。哈哈,我喜欢见面！手刃,肉搏。而且越快越好,披星戴月,立即马上,怪不得我的闺蜜说我是最作的那个。"

"那天深夜我出门再回家,我爸都不知道,呼噜打得震天响,太好玩了。所以只有我们是天生一对喽。那好,我答应你,我们吵架,我都立即去到你的面前。"

"咳,这种赌誓就算了。我们都反省反省,少吵架为好。"

"戏剧性的事情就在那天发生了。他晚饭放了我鸽子,我微信里兜一圈, 决定去参加一个高中同学的小型聚餐。我真是一恋爱就上脸。我走进餐厅,他们几个一起说我面泛桃花,于是我吹嘘一番,告诉他们我正和小自己十几岁的小朋友谈着恋爱。几句闲扯,忽然提到他爸的名字。我一个同学拉拉我的衣服,低声问道,是不是科学家,我说,差不多,又问是不是住在五环边的那个别墅区,我说是啊。她一拍大腿,让我等会儿。我一口涮羊肉还没下肚,她一把扳过我的肩膀,让我和她一起低头看手机。"

"我刚让老公拍的今晚饭局。是不是这个人?"

"还真是。"

"我的天,温总的儿子。我见过几次,人家都叫我阿姨的。"

"温总?"

"嗯哼！项目总工程师,大名鼎鼎的 DAJ 全球首席科学家,加拿大工程院院士！我老公近期的合伙人。老奸巨猾狠角色,他不知道你在搞他儿子吧？"

"呀，应该不知道吧。再说了，别说搞不搞的，我们很清纯的，我们就是一起上自习。"

"到了你这个年纪，无论是吃饭、看电影，或是逛商场、溜公园……还是什么上——自——习，末了都是跳上一张床。不要跟我说不是这样。"

"……"

"这也太巧了！这就叫常在河边走，报应随时有。"

"我也有点慌。好死不死竟然撞上熟人。还好她不是大嘴巴。但周围几个同学早已听到了些端倪，上学时总像跟屁虫似的跟着我的那几个，贱兮兮地围过来，一口一个小男友地撩闲。"

"芳草地怡亨酒店，1508房，速来。"

"我今晚一起吃饭的同学的老公是你爸的合作伙伴喔。"

"什么关系这么绕。快点来，有礼物。"

"刚刚跟你一起吃饭的人里头，有一个就是她老公。"

"知道了。这里还有露台呢，快点过来吧。"

"……"

"你过去了？"

"待着被他们问来问去也是尴尬。我干脆说，小男友呼叫我，先走一步。就来到芳草地。这家伙绝对有酒店搜集癖，这是他带我去的第三个酒店了。当我愁容满面走进去的时候，他正在捣鼓那个台灯。台灯遥控器做成手枪的样子,对着它来一下,它就亮了,再来一下,它不仅灭了光,还整个耷拉下来。无聊的设计师和装逼的大酒店。他发出三腔共鸣的笑声,玩得不亦乐乎,简直吵死了。我就对他吼说你能不能坐过来听我说啊。"

"说就说呗,老要求人坐在面前,一本正经地说,这也是老师你讨嫌的地方。"

"说就说呗,你说,我听得见。"

"我同学的老公和你爸在合作,她说你爸很凶。"

"我爸?我爸拿我没办法的,你放心好了。今天我开心极了,他们说我拍的照片可以出作品集,还可以办一次展览。"

"这些拍马屁的话你也信。"

"你说什么!"

"他一下把那把枪对准我!那架势,如果是一把真枪,他真能崩了我。"

"又吵起来啦。"

"这种有你爸在场的时候,别人夸奖你你还孜孜不倦乐在其中?你不用这么气得发抖,还是说,你再扔出那些可怜的小药片?拿着一把假枪这么来劲,哟!面前的这一幕刚好是一个完美的隐喻。一杆花哨的冒牌枪!"

"你,你,你看过我拍的东西了吗?你们这种人,你什么都不知道就开始讽刺我!"

"好吧,拿过来看看。"

"他拍了一组有关蓝色石棉瓦的照片。工地,或者废墟,那些蓝色又锃亮又破败,一种很直观的冲突性含义以很幽雅的形式弥散在照片上。毫无疑问他是有才华的。那种带着兽性尾巴的才华。如果不是他,我会华丽丽地称赞一番。但是他,算了吧。"

"那些马屁精早就称赞过了。"

"是的,一定夸大其词到让人作呕的地步,他也早就听下了肚。"

"不夸奖他,这吵架……怎么收场呢。"

"不用收场啊。一起看看照片,两个人的气焰都逐渐熄了,愤怒带来的温热体温,加上高级酒店的宜人氛围……我一把夺过他手里那枪,撂倒了台灯,我说还是玩另一把枪吧,于是两个人滚进软糯的被子里。晚上我醒了好几次,他睡着的样子简直就是一个婴儿。我睡着的时候他也爬起来一次,我迷糊着。"

"你吃的什么?"

"我饿了,冰箱里头翻出一罐八宝粥,你要不要。"

"我摇完头立即又睡了,一头栽进梦里。我看到一只大熊猫坐在床角,背对着我,孜孜不倦地低头吃着竹子,身上的黑白纹像一个巨大的白裤衩,又萌又脏。"

"到底也没有讨论关于他爸的情况。"

"法治社会,公民自由,他还能怎样?最难堪不过当面被骂,我还好奇他怎么来骂我呢。"

"当爸的也是粗心，儿子整夜整夜不回来都不过问吗。"

"他有个常用的幌子。一个穿 Aape 的大胖子，我管他叫'留学保姆'，他会跟老爸说，他去大胖子那里学习并留宿了。"

"留学中介？"

"算是吧。那可是个人虫，书不入脑，但见多识广。别看满口洋腔，但绝对是个老辣的中国魂。混在留学考试圈，专挑小朋友这种客户长期跟。长线大鱼，精准投入，这样的家庭，又没有个管事的主妇，两个单身汉被哄得舒坦得不得了，早就干爹干弟地叫上了。话说回来，也只有所图明确的骗子，才有耐心和能力忍耐和化解那种臭脾气。不出半年，温士元从穿 AF 的好青年，变成了穿 Vasace 的纨绔德性，这家伙绝对是罪魁祸首。用资本主义那套腐蚀人，简直立竿见影。"

"我喜欢钱。"

"你家又不缺钱，你又不是人蠢成绩差，干吗学败家子说这种话？"

"我家没钱。我们家来北京太晚了，我爸只是级别高，分到一所大房子罢了。我要去美国学金融。赚好多好多的钱。李叔叔也有钱，但土里土气的。开药厂的武总身家十位数，只舍得穿优衣库。米总每次来我家都换一个女人，庸俗不堪。我怀疑都不是什么女友，像是临时雇来摆阵势的。我还是最喜欢林叔叔那样的有钱人，做金融，有气质。"

"呵！那是当然，金融圈挣钱全靠气质。"

"你这是典型的仇富心理。"

"是吗？我还以为我只是对骗子敏感呢。打住，今日的吵架已经用完了。那么……这么说来你爸爸有这么多好朋友哇？"

"我爸社会地位高，能唬人。反正房子大，他请了老家一个厨师来给我俩做饭，周末的时候就请朋友们到家里吃饭，既亲切又省钱。"

"这位父亲倒是没有知识分子的傲慢哦，看来是要登上县志名人榜之首的那种。"

"科学家和文化知识分子还是不太一样。你看那些政治风云里，科学家都还蛮安全的。他爸又是工程学，就是谢耳朵看不上的那种，更接地气一些。"

"这不只接地气啊，简直就是社会活动家诶。你说吧，我们老是对象牙塔里的自恋翻白眼，但眼见象牙塔里的人这么烟酒缭绕八面玲珑，也觉得不是个事儿。"

"人家出身乡野，寒窗苦读，忍辱攀登，一路披荆斩棘，特别懂得人情冷暖的。身段很匍匐，志向很远大，成功典范嘛。"

"他妈妈呢？"

"你妈妈呢？"

"我妈可是城里人！"

"……我只是在问你妈妈在不在北京。"

"哦，她不在，我爸妈在我高中的时候离婚了。"

"呀，事情不妙哦。凤凰男和孔雀女，被女方一路嫌弃，忍辱负重奋发图强，如今志得意满，孔雀女年老色衰，重点是还要喋喋不休地讲自己的原生优势，居高临下，颐指气使，殊不知对方羽翼已丰……"

"哈哈,一句'我妈可是城里人',几乎可以看到一部百集家庭伦理长剧吧！如今女方很想复婚。"

"我妈那班飞机晚点了。"

"接到人了吗？好好招待客人,要大方、大气,去吃最好的,不用怕花钱,要让客人满意。你最棒了,你做事我放心。"

"他爸称呼他妈为'客人'啊。"

"嗯哼！我也吓一跳,这比破口大骂还奇特。"

"还要狠！哎,不是小姐姐的爱情故事咩,咋变成中年通俗剧了,转回来转回来,五星级酒店,清晨起床,又当何为？"

"当然是阳光明媚,心事雀跃,人生初见,风光无限呗。我又陪他去漫咖啡上自习。他继续写美国高校的申请文书。他也会介绍我认识他的朋友,一般来说都是他爸手下的马屁精,因为他自己交来的朋友超不过一周就会跟他闹翻。起因大都是有关于某个事件的深度讨论。他常常以处女座的谦卑假象介入话题,一副彬彬有礼的乖宝形象,然而忽到论点的险要之处,得了天才病的温士元会骤然灵魂出窍,一通机关枪似的喷出观点,又臭又硬,姿态君临天下,极尽轻蔑之能事,羞辱之能事,什么阶层歧视,种族歧视,身高歧视,自己与生俱来的任何一丁点优势都值得他在其之上旋转着跳一支小步舞曲,那傲慢劲儿简直活该被枪毙三次。"

"真是富贵闲人,闲得蛋疼式的聊天。"

"还没完呢,待他爽过之后,想起自己的交友初衷,他又会立即沮丧起来,立即投入地哀悼自己所有的缺陷。他所不拥有的任何一丁点属于他人的优势都值得他在其之上天荒地老地恸哭一个下午和晚上！甚至之前的优势也变成了劣势。他会觉得自己高得很苕，自己肥，自己没有从小就出生在北京以享受优质的教育资源。"

"这都是什么鬼，他这样的家庭还享受不到优质的教育资源？"

"这就是病态的屁话呗，我都习惯了。一个从自傲到自卑的钟摆，和事实无关，纯粹是心理的空虚。道理是讲不通的。他有交友饥渴症。他会又钻进一个群里，用同样谦逊乖巧的方式开始，再以同样的步骤、同样的速度铩羽而归。这个时候，他发现，他怎么那么那么那么地爱我啊。"

"啊哈哈哈，不好意思，我想到一句台词，'奶妈疼你'。"

"我也懒得疼他啊。这种乐此不疲，和半岁的公猫差不多。不吃打，也不记仇，因为他总要做点什么，和这个世界，和这帮人。我只好说，你赶紧学习吧，文书都还欠着呢，这么白白休学两年！"

"两年？"

"第一年他号称要走遍世界，自己去了十几个国家游玩，今年他的同学都上大三了，他才重新申请留学美国。"

"怎么样，他行不行呢。"

"行还是行的，倚靠的还是天资。偷懒耍赖到极点之后，爬起来学几下，进入专注的状态，也可以不眠不休的。反正就是那种摇摇欲坠的状态，没有什么疾风骤雨，他倒是可以一直那么晃悠着吧。"

"TOEFL:105,SAT:690CR+800Math。很一般，胖子让我再考一次SAT,希望再提升一些分数，冲一下前二十的学校。"

"就是之前在新加坡的考试？"

"对。就是我们认识的那几天。也许你救了我的命你知道吗？那几天我颓得想死，我想要恨点什么，于是我准备恨那个前面谈了五周的女友。我偷偷去翻她网上那些乱七八糟的账号，我看她在知乎里问了特别傻×的问题，什么'室友都是热衷于看韩剧看星座爱陆琪的女孩，我在她们面前总是有一种优越感，而且总想卖弄一番自己每天逛知乎学来的知识，我该怎么办？'，我就去下面留言'你应该去整容啊'，我想要激怒她，她也不理我。我成天去吃油鸡饭，我通常要一份油鸡饭一份油鸡面，一份吃不饱，但把它们全吃了我又会撑得心烦意乱。每次我都决定再也不吃这些垃圾了，但第二天我还是去，而且仍旧点两份，吃光。新加坡是个非常无聊的地方，穿 Aape 的胖子无非是个卑劣的寄生虫，而我爸只为有个人能陪着我，他可能是真的怕我出意外或者自杀吧。而我和你，我们就是那时候认识的。你睡前发了那首 John Lennon 的 *Oh my love*，我一边听一边睡了个好觉，第二天我带着许久未见的清朗心情走进了考场。"

"说了这么多，是不是今天出成绩啊。"

"你又猜到了。你太聪明了。我爱你！上次我们一起看《黑镜》，你次次都猜得到故事走向。你比我聪明啊！"

"那我告诉你缘故吧。因为脑洞再大的科幻剧，也要文科生来写剧本的。就像你真的了解一个人，你就不用听他在说什么。"

"你说话太带刺了。估计又要吵架了。"

"不不不，早些时候，我亲眼看到他吃了那些药。"

"能管用吗？"

"嗯哼，我叫它'忘忧丸'。他笑嘻嘻地听我挑衅，眼里满是那种光芒。那是个半地下的花园式咖啡屋，我们点了两杯酒——太阳和暖气，欲仙欲死。傍晚的时候，他开始忧心忡忡，忽然觉得我和他恋爱，他无论如何安排不出个地久天长的结局。后来他灵机一动，捧着我的脸看了半天。"

"干脆你去追我爸吧，你们结婚了，我们不是就可以永远在一起了？"

"不要。你爸养不起两个游手好闲的人。你爸还是留给你好了。"

"你之前的男友都养得起你是不是？唉，我真没用。"

"哈哈。"

"哇，这个解题思路值得一杯泡面，给你，赶紧吃吧！"

"饿死了，不要忘记我今晚可是战斗的一晚。"

"今晚到底怎么回事？"

"今晚……得从上个月说起。我不是跟你说了，他的朋友要么是有求于其父的马屁精，要么是好不了三天的新朋友。他倒是有那么一个还算持久的好朋友，他高中的同学，寒门子弟，极其小心懂事的那种，在附近上一所军校。他跟我预告许久要我见他。"

"雷小军下周来，我早就跟他说要带他见我的妹子。"

"好的，我请你们吃饭。"

"哎哟，你搞什么，你是妹子，妹子不用请人吃饭的。还有，你不要总穿那样的衣服，太像我们的一个老师了。"

"啊？哪件衣服？衣服的品位我还会错？我可是个时装精。"

"你去看看网上的图片嘛,她们都不那么穿。"

"我忽然明白了。他说的她们是二十来岁的小姑娘们。我忽然噎了一下。但好胜心还是战胜了愤怒。我果然跑去搜了搜年轻女孩的穿衣风格。再跟他见面调整了几次,很快我就抓住'她们'的穿衣法门。简单来说,就是穿得便宜一点,日系最讨巧。"

"结论这么形而上啊。"

"平安夜那天,我穿了蓬裙,日式系带长靴,白色棉服,戴了一顶亮片女巫帽。他见到我开心到飞起,我们去福楼咖啡吃饭。他让我选一个口袋里的礼物,我说右边,他掏出一支口红。而还没等坐定,他又迫不及待地把左边口袋的香水也拿出来,放在我鼻尖前。"

"和迪拜帆船酒店同款。"

"明天咱们带着雷小军去逛一逛颐和园吧,故宫也可以安排半天。"

"啊,要去公——园——景——点——吗?也太……"

"人家来一趟北京,这些地方要去的。"

"我问问他吧。稍等……啊,他还真想去哦。你真厉害!有你这样的女朋友我真有面子。"

"明天不要迟到。"

"我保证,我订十个闹钟。"

"结果还是迟到了?"

"十点钟还没有动静,打电话不接。我打给雷小军,他笑着说,叫不醒的。干脆改成下午一点吧。我说好吧,但你跟温士元说,一点不在北宫门那里见到人,就别再找我了。"

"哎哟,淘气妹子上线了。一点总按时到了吧?"

"你猜。从一点开始他就屁滚尿流地发微信说,立即马上立即马上。毕竟有雷小军在,我也就算了。一点半左右,一辆保姆车飞速停下,他跳下车跑过来,一面点头如捣蒜,一面掏出手机要我看他订的十个闹钟,并当场改掉铃声,使其恢复爆发性叫醒能力。作为客人的雷小军则慢条斯理地拿好他的包、围巾和手套,从车上下来,很有礼貌地和司机挥手道别。"

"你先跟我同学吃饭,我得去应付一个阿姨,她八成是看上我爸了,百般讨好我。这次实在推不掉,我去去就来。"

"你……"

"还真是时刻给你惊喜啊。哈哈,怎么着,你还得领着另一个小朋友去吃饭啊。"

"唉,以我们这个年龄的处事原则,不能撒手不管啊。雷小军又不是他那种熊孩子。"

"今天玩得怎么样?"

"太好了!就是温士元不肯爬山,不然能在山顶拍张全景就更好了。"

"我记得你说想给老爸买生日礼物?"

"嗯,我想买一块手表,也不用太贵。三千以内能买到吗?"

"买得到，没问题。那咱们先去买手表，再去吃饭。"

"他攒下军校津贴给父亲买一块手表……"

"哎哟，这人物变了，像是表述的腔调都不同了。"

"可不是嘛，我陪他选了好久，他左思右量，还是看上了一款三千出头的。他算了一下，卡里少五百多。"

"我先借你好了，你回头还我。"

"不用的，我跟我姐说了，她现在就打钱给我，我俩先去吃饭。等吃完饭钱就到账了，我们再来买。"

"就去这家吃吧，咱们也吃好的！温士元放我们鸽子，让他后悔去！"

"太贵了……"

"没事，我请你。你跟我爆爆料，你说他高中是不是也成天迟到啊。"

"迟到？不不不，他从不迟到。他压根儿不上早自习。他算得上是我们学校的一景了。每天第一节课铃声响起，就见校门口驶来一辆车，一个大高个子丁零咣啷地跌下车，冲进教室。"

"嚯！比我想象的还要讨人嫌哦。"

"他不怎么参加学校的考试，经常请假，高考前一个月，他爸请来各科名师，集中辅导，他也考到了北邮。他确实聪明。他英语一直好。"

"你多吃一点，我减肥。"

"好。温伯伯对我很好。我上军校后想转系，温伯伯还帮了忙的。昨天温伯伯去航天城讲课，带上了我们，我还和航天员合了影，你看，还有好多将军。"

"你们吃的什么？这个阿姨带我吃了一家法餐,故宫这边,下次我带你来吃。"

"你快点,晚上还有篮球赛呢。别迟到！"

"她果然是想当我后妈。刚才我爸还问我,怎么样,我跟他说,不怎么样,吃法餐的人跟你这样的土老帽儿过不到一块儿的。嘿嘿,我还是选你当我后妈吧！"

"再跟你说一遍,你不要给我迟到！"

"温士元真的很爱你啊。他很少能听人教训的。他总在教训别人。比如他们家里那个司机,大概跟你差不多大吧,他常常用很难听的话吼别人。就说那天他们去火车站接我,司机弄错了南北广场,他劈头盖脸地教训,带着侮辱性的语言,很伤人的。"

"这些毛病他倒是都跟我说过,不过他也吹嘘,到过年过节吃饭的时候,他很会敬酒赔罪,他搞得定。"

"哪能那么容易啊。那个人跟我前后村的,和我聊过,他说他早就不肯在温家干了。你帮忙劝劝温士元,他哪里知道人家心里多恨他啊。其实……其实我爸以前也给人当过司机的。"

"瞧这顿饭吃的。这两个孩子,一个太跌扈,一个太幽暗。"

"晚上我跟他们看了平生第一场现场篮球赛。什么金隅北京队,什么马布里。"

"就是长得像梁启超的那位。"

"散场的时候,我早已累得眼冒金星。我们约好了第二天去故宫的时间,雷小军骑车先走了,他今天住另一个朋友家。我们则完全叫不到车。他的手机忘记充电,已经关机了。"

"你下载一个滴滴。"

"我有两个约车软件了,不用再下载了。"

"冻死了,还没有车?我跟你说你下载一个滴滴。"

"再等等,这里球赛散场诶,哪个软件也救不了你。"

"我跟你说了多少遍,你给我立即马上赶紧下载一个滴滴,你怎么回事,愚蠢,傻×……"

"一团乌云在头顶爆炸,风雨冰雹下刀子。一头怪兽从他本来就庞大的身体里释放出来,三腔共鸣,一个能把 Pink Floyd 唱出歌剧味儿的傻大个,一个能把污秽之词骂出高八度的忘记吃药的疯子!我转身跑开。我叫的车刚好到达,它在路口掉头,转弯,车灯划出一道戏剧性的光环,像一只舞台。我的余光里,他正在那舞台中央,佝偻着巨大身体,拖着同样巨大的影子,追向我。我跑进车里。门被一把拽住。他气喘吁吁地钻进来。"

"那么冷,你也不能见死不救吧。"

"我只是心灰意冷,这倒是让我理智,我没打算冻死他,冻死这要着单,只穿一件 T 恤和一件死胖子留学保姆从香港败给他的 Moncler 羽绒服的肥猪,他以为金钱和商标可以保暖?这种只长阴茎不长记性的傻×九○后,没错,我没打算冻死他,我只想赶紧囫囵个地把他塞回五环边的大房子里,塞回他成天抱着黑色丝袜撸个没完的被窝里,

塞回他爸怀里，最好塞回他爸卑微年少的那颗圆润饱满娇艳欲滴的
睾丸里去！那些'忘忧丸'被胃酸轰碎，被他从肛门拉出，被马桶冲走
了。是的，我不至于要冻死他。我只是送他去和他的药好好会面。我
面无表情地对司机说了我家地址，交代司机在我下车之后，再送他回
家。"

"不是说好了一起去我家的吗？我好不容易支开了我爸的。你别
不说话啊。你生气了？啊，我看出来了，这次你是真的生气了。我该怎
么办？我错了，都是我的错。我说秃噜嘴了，我吼人成了习惯。但过后
他们都不怪我，他们都会原谅我的。也许他们都当我是有病，我是有
病的你知道啊，你看过医生的诊断书。我有抑郁症。完了，你真的生气
了，我不是又拿这病在压迫你。我爱你。我错了。都怪我爸，你知道吗，
他说发脾气没关系，只要脸皮厚，过后再去补救就好了。这是他的行
为模式，他一笔一画地教给我。他说如果没有愤怒，就无法点燃激情。
就是他纵容我，他让我认定做了蠢事，只要过后弥补就可以了。我都
是被我爸惯的，他也不是惯我。有时候我看得出来，他在不把自己当
作我爸的时候，他有多么看不起我。他自己是个可以恶狠狠践行戒律
的人。但是他血管里流的是那种血，农民的血，你知道吗，在他穿着裤
衩拖鞋抠脚吐痰的时候，我知道他流着特别农民的血，对他来说，他
要传宗接代，他就算是买的，他也要这个儿子留在他身边。其实我也
看得懂这个。我完全明白，从他们离婚开始，我就看到他在一步步实
施这个收买计划。他太忙了，而他必须得到我。于是收买是最便捷有
效的。爸爸那边有更好的游戏机，爸爸那边可以帮我请假翘课，我趁
机愈演愈烈，我肆意干些个混蛋事，爸爸那边不会数落我。爸爸毫无

原则地原谅我,帮我收拾烂摊子。爸爸那里有更体面有钱的朋友,他们还轮番地夸赞我。我讨厌他们离婚,说起来我两个人都不爱,我不爱他们任何一个。我爸把我变成了这样的混蛋。我爱你。你现在骂我好吗,随便你怎么做都可以。都是我的错,我只是惯性地骂出口。你就当我在放屁。我错了,这并不是没什么对吗?这很严重。你真的在生气,完了,我完了。因为我脸皮厚,我就意识不到这样不好,对不起好不好,我真的脸皮厚,我不知道你会这么生气。我很早跟我爸出去吃饭,他和他的那些朋友吃开心了,他就会叫,温士元,你过来,你不是会唱歌吗,给叔叔们唱个歌!我爸说做人一定要大方,要不要脸。要自信,要底气十足,要厚脸皮,温士元,你过来,你过来,来给这些成就非凡的叔叔唱一个歌……"

"那么,你唱什么呢,不会是那些英文歌吧?"

"唱英文歌不会有认同感的,我唱《国际歌》啊。我唱雄浑高亢的《国际歌》!"

"他见我终于跟他开口说话,忽然大哭起来。我则笑出了泪。我像是看到那样的饭局,那样的一群恶贯满盈的成年人,那位揠苗助长的温院士醉人心魄的笑。他全力注入的爱,浇灌出的温士元,在车里发着抖。我又生不起气来了。我觉得他可怜得像一只猫。"

"……"

"我终于'登堂入室'。我和他都精疲力竭。他和他爸的宽敞豪华的家,几乎是照搬了五星级酒店的陈设。玻璃橱柜里展示着各种奖杯,以及放大裱好的合影照片。温院士站在各国政要、明星以及其他我看不懂的大人物身边,面容质朴而富有情感,是那种最让百姓热泪盈眶的逆袭命运的宠儿。我躺在沙发上,揉着小腿肚。他去洗了澡。不一会儿,他像一只鲜肉包一样热气腾腾地出来,只穿一件 T 恤,白花花地在屋子里走来走去。不时地俯身亲我的额头、我的嘴唇、我的鼻尖,营造一幅绝境虐恋的情境。"

"你离'死'最近的一次是什么?"

"是我的猫吧。一天晚上它忽然开始呼吸急促,送去动物医院,医生说猫是个很奇怪的动物,也许是遗传了同门狮虎那样的强者特性,它们除非命不久矣,绝不将虚弱显露。它们知道死亡来临的具体时间,那个时候,它们会钻进黑暗的角落静静死去。"

"意思是已经治不了了?"

"大多数猫来到医院,已经治不了了。我看着我的猫咽气。一只很好的猫。"

"啊。我也想要主动去和'死'打交道,这念头过不了多久就会让我兴奋一阵子。"

"也许这只不过让你显得与众不同吧?啊,算我求你了,我们不要讨论这个话题了,今晚不行。对了,你回来还没吃药吧,听话,把药吃了,然后咱们到楼下吃火锅。你是不是也饿了?"

"也许是'忘忧丸'带来的胃口。他吃饭如风卷残云。吃饱之后,他会浮现一种无欲无求的眼神,是的,他的眼睛里又会出现那种光芒。这可以让他漂浮一会儿。就像先死一会儿一样。清醒的时候,他觉得每一分钟都理应充满惊喜。盛宴永不停歇,美好的人,美好的物,源源不断地出现,从热泪盈眶到欢天喜地,再加上一点点的悠然平静,就放在睡前吧,一个完美的勾勒,而后进入梦境。梦里倒是可以受点罪,毕竟一张开眼,全都变成有惊无险的好故事。这才是值得一过的人间嘛不是？"

"我看理想主义就是抑郁症的病灶。"

"是那个'我'字。在躁狂和沉郁之间,轴心是那个'我'字。对啊,那个光芒。'忘忧丸',能让他眼中露出那种光芒,那一定就是'忘忧丸'的作用。那药像是带给他一种绝望的柔情,就像是……"

"什么？"

"就像是从透明棺材往外张望的那种柔情。看着与'我'无关的纷扰,露出一种类似于笑的温柔。没错,那药正在稀释那个'我'。在它发力之时,我想它杀死了温士元至少三分之一的'我'。"

"电话！"

"喂,雷小军？怎么样,出来了吗？"

"现在把他俩单独关进一个房间了,我们全都进不去,温士元进去前让我一定打给你,要你放心,他检查了全身,他没有受伤,对方反倒挂了彩。他说我们的架是打赢了的,这算初步胜利,他要你先睡觉,等你醒了就会听到他凯旋的消息,那时候咱们再一起去吃饭庆祝。"

"他爸还陪着呢？"

"温伯伯在这里,他也进不去。"

"今晚到底发生了什么？"

"见了宇航员,吃了大董烤鸭,今天又逛了故宫,这次北京真没白来。"

"咱们三个去唱歌吧,小军知道我俩是因为唱歌认识的。我们唱给他听好不好?"

"先生,北京室内不允许抽烟。"

"啊?怎么呢?"

"这里还有女士在呢。"

"啊?怎么呢?"

"墙上贴着禁止吸烟!"

"啊?怎么呢?"

"请你把烟熄了!"

"啊?熄不了!"

"我还没反应过来,温士元已经愤然起身,对面三个人一齐冲过来,我惶恐无措,只得去一个一个掰那些死死扣在他肩膀上的手指头。他的眼镜歪在脸上,他一边以一敌三,一边大喊。仍旧是三腔共鸣的男高音,这声音多少有些威慑作用。"

"雷小军!雷小军!过来揍他们。雷小军!快过来为民除害!"

"我这才想起雷小军来。他也听到动静从卫生间猛冲出来。而这时保安们已全员到位,把架拉开了。也许是个头大的优势,至少看上去,温士元完好无损,对方的脸上倒是有几道口子。"

"太危险了！报警了吗？"

"你看，咱们说到底都是好孩子，就想着报警。我也报了警。我们三个正义凛然地看着对面三个小混混，等着警察叔叔来主持正义。雷小军则接通了温院士。"

"现在怎么样了，士元安全吗？你怎么在这里给我打电话呢，你去保护他啊，你快去，你快去保护他！"

"爸！已经打完了，我没事，没事，我打赢了。我跟你讲，我在主持正义，北京最强禁烟令是不是发布快一年了。刚才三个人屡劝不止，爸，你说我是不是在主持正义！爸，你把你那个好朋友叫上，对，就那个张叔叔，让他带一队人过来！"

"呀，家长来了，那你还不赶紧躲一躲哇。"

"按说这样的情境，我得开溜。然而我转念一想，我见见这个家伙，不是挺好玩的？你不好奇吗，你猜不猜得到他会怎么做？"

"猜不到，确实好奇。"

"你爸爸要过来？"

"对！他带好多人过来，你别怕，我跟你说，这就是劣根性！这些人该受鞭刑！"

"我想陪着你。"

"好啊，你要觉得累你就回去等我，我怕你累。"

"你怕不怕你爸看到我？"

"我不怕，我爸拿我没办法的。你想怎么样就怎么样。那你留在这

222

里陪我,我喜欢你陪着我。我爱你!"

"于是我趴在他怀里。他额头冒着汗珠,嘴唇越发粉红,他把Moncler解开,歪在藤椅上,神情激扬,正是一副少爷模样。警察先到了。那是个颇有经验的老警察,看了看这场面,走过来对我们直摇头。指着我们的眼镜,又摇摇头。原来只要双方动手,就叫'互殴',要么接受调解,要么拘留。显然这对书呆子们不利。温院士来了。他比照片上更黑更瘦,和肥白高大的温士元相映成趣。"

"见到儿子完好无损,还多了个女朋友,哈哈。"

"温士元紧紧抓着我的手。他爸稍显诧异地看了我一眼,就去和警察交涉一番。显然这不是可以虚张声势的时候。'权倾朝野'的大院士也不过是一个絮絮叨叨的焦急家长罢了。对方用拒绝调解讹住了我们,只好一锅端地回派出所。警车在灯红酒绿的夜三里屯呼啸而至,温士元被带上车。温士元看不出他爸的心疼、心痛,只管扭着头拼命找我。"

"宝贝,别怕!我没事,宝贝,你去找我爸,你去坐他的车过来!"
"我……"

"不等开口,他已经被塞进车里。警灯闪烁,警笛和鸣,温院士心疼地看着警车开走,几乎抹着泪。我并没有识相地离开,我慢慢走在他爸身后,带着些冒犯的恶趣味。警车走远,三里屯恢复了它闷愁惺忪的嘈杂,他停了一下,想了想,又往前走。然而走了几步,他还是忍不住回了头。"

"啊！太吓人了。温院士来教训你了？"

"他从阴影里走过来，刚好在光里看到我。一群衣着璀璨的女郎嬉闹着从地下室钻出来，从光里走过，像一团噼里啪啦的糖果花束。"

"这里！这根本不是士元该来的地方！你！你就不要再跟过来了！"

"喂，温士元，你爸刚才跟我说，让我不要跟过去了。"

"啊，宝贝，我爸说？亲爱的，你不要生气，我爸是不是说你了？他跟我一样也是个口无遮拦的蠢货。我爱你，你千万不要生气。我爸！他，我爸是个农民，他不是绅士你懂吗？你别看他穿着中山装，人模狗样的，他不是个绅士，他是个农民，他就那个样子，你不要生气，你千万不要生气！你回去睡觉休息等我，我跟你保证我能处理好，你不要跟我爸一般见识，他是个农民！我爱你，他们要收走我的手机了，我的天，你不要生气！我爱你，我明天去找你，明天一切都好了，你放心，我爱你……"

MK 女孩

"这火锅还上不来？"

"等着呗，拿号排队都熬过来了，这会儿还着什么急咧。"

"嘿，看那边一个女的。"

"哪个咧？"

"瘦瘦高高，长头发，灰色大衣，挺好看那个。"

"哦，好看吗？嘴唇太薄，有点土，而且……哎哟，背的 MK 咧。"

"是哟，为什么都背 MK 呢？"

"可能因为便宜，说起来也是个奢侈品，价钱只要三分之一咧。"

"同等价位也不是没的选。Furla 也不贵，图案鲜艳，俏丽可爱，特别是果冻包，背起来心情很愉快！"

"拜托，唉！你让人花两三千买个塑料的咧？"

"那就买 Kate spade 呀，很有设计感，有童趣，显年轻！"

"更不行，那样的包上班不能背，奇形怪状，不正经咧。"

"Tory burch？"

"也不行，像个游手好闲的主妇，随时准备搞外遇的那种咧。"

"哈哈，那就 Coach 呗。"

"哎！你这回可说对了，她们买完 MK 之后，肯定就轮到 Coach 了，毕竟 Coach 有点老，不如 MK 看起来时髦咧。"

"看起来时髦？还不是因为……嘿嘿！"

"全是抄的咧！"

"哈哈，不要这么心直口快啊，小朋友。"

"真的，看着都想翻白眼。简直是一个丧心病狂一路抄袭的牌子。抄 Valentino 的铆钉啦，Celine 的囧脸啦，Prada 的杀手包，真是寡廉鲜耻咧。"

"远不止这些，Dior，Chanel，LV，YSL，都有和它相似度百分之八十以上的包，谁红仿谁，可以说仿得又快又好！"

"看你这口气，冷冷的，幸灾乐祸，蛮讨嫌，你还表扬它啊咋的，胡乱给经典设计改改边边角角，狗尾续貂，东施效颦，鹦鹉学舌咧。"

"哎哟喂，小朋友可是进益了，进出这么多成语。我倒不是表扬它，像我们这样的时装精，确实能理解它玩的名堂嘛。"

"什么鬼名堂，与其这样为什么不直接买高仿货，还不用三四千，一千多就搞定，而且还能享受纯正的款式，你也知道好的设计都是一丝不苟的吧，一丝不苟的一线品牌加上一丝不苟的本土轻工业 copy 能力，完美咧。"

"人家不像你脸皮这么厚，胆子这么肥。人家背假包怕被看出来，丢脸。人家是要背着去正经社交的。Jet set！You know？"

"哦哦哦，不是自己爽，是背出去给别人看的，对吧老师。哇，还蛮妙的！这倒是很能摸到一些女孩的心。老牌奢侈品吧，不是雍容华贵地摆在金光闪闪的门店，就是岁月静好地躺在天鹅绒沙发的宴会厅，毫无动感和斗志，倒是这种 Jet set 更直击心灵啊！虚荣的战场已经开幕，是骡子是马拉出来遛遛，可不是嘛，管你王公贵族明星网红，就在各种公众场合，来来来，斗法，攀比，赢！厉害了，我发现时尚圈的这个搞法是防止阶层固化、贯通社会关系的妙招咧。"

"孺子可教！所以说，MK女孩想的才不是设计啊，美感啊，更不是这个皮质啊，那个金属件啊，Naive！人家买一个包，是用来敢打能胜的。也难怪这些年就数这个牌子疯卖。你想想啊，那些有点虚荣心，但又有些保守老实的三线城市出生的女孩，怀抱着扎根北京的愿景，需要进入大城市的社交圈。她每个月六七千的工资，坐地铁来到三里屯。D&G、GUCCI那些店，她估计进也不敢进，Ed-hardy、TsumoriChisato、Y3这种看起来很不上台面的嘻哈潮牌，价格也贵得吓人，逛得心灰意冷之时，MK映入眼帘，它的门脸不会做那么高，也不会冷冷地关着门等你自己推开。它不做那种造作的幽暗效果，它的灯光明亮，视野宽敞。它的包包由于多数'借鉴'了国际一线的爆版，因此它们不仅时髦，还看起来高级感十足。哈！它们看起来顺眼、熟悉极了，像是她们翻看的时尚杂志里那些贵妇明星的show、party、周年庆、颁奖礼上的包包，都跟变戏法似的一个个跳到面前。MK像个老奸巨猾的老鸨，一眼就看穿了小镇女孩的心。它们也不会被摆得云水相隔，在精致的软装效果中做顾影自怜状，它们乖巧明媚地整齐排列，虽算不上熙攘，至少也有一目十行的欢乐气氛，说真的，欢乐气氛无论如何需要一点廉价的感觉，一点起哄式的热闹，但是注意了，这不能太多，毕竟我们是一个奢侈品牌，right？而这时候，导购员走过来啦，他们有着高级店面那样稳健笔挺的水准，却不会吐出那种纡尊降贵的欢迎。他们的笑容舒展亲切，却不失距离感，他们随着你的眼光轻轻地又清晰地为你介绍。那些用词听起来蛮厉害，却又好懂易记，你可以轻松载进脑子，日后也可如此这般地变成闺蜜话题。哇，你一下子就觉得自己被视为贵客，感受到一种前所未有的尊重，你甚至一下子就觉得自己upgrade了，你简直像电影里入城讨生活的奥黛丽·赫本,觉得在这里'永远不用担心会发生什么不好的事情'！"

"哎哟,都说到《蒂凡尼的早餐》咧？"

"嗯哼,重点是,享受这种梦幻惬意的成本,并不需要花费 Tiffany 的价码。MK 价格四位数,大多不超过五千,据说这个消费门槛叫作 sweetspot,你先松了一口气,再仔细看,暗暗掂量一下,倒也不是一笔小数目,在你犹豫之时,那位稳健笔挺的会贴近,用貌似不经意的语调告诉你,这款竟然还有折扣,简直沁人心脾。"

"还不行，还不行，我怎么知道我买的是不是人人看重的大牌咧？"

"品牌代言人呀!这也是对付虚弱心态的最好方法。你想一下,MK 用的明星,哪个不是那种女神未满,带货力强劲的。杨幂！"

"哼,我还是不想买咧。"

"那是因为你还在读书,没出社会,你哪能理解 MK 的实战作用！我问你,如果我是个部门总,需要交代事情给一个下属,现在你背着西瓜造型的 Kate spate,人家背着 MK,你说我放心交给谁？"

"哼,那我背小香咧？"

"老娘是主管,我都还没钱背小香,你背？你是不是讨人嫌？"

"也是咧。"

"职场上谁管你品位不品位。你没有去背 H&M、Zara 这种快消品牌,说明你是个不甘现状渴望爬升的女孩,有欲望就会有干劲;你没有去背 LV,说明你懂规矩,不好高骛远,想晋升但肯努力;你没有背那些设计感十足的小众潮牌，说明你不会恃才傲物，也不沉迷于文艺,不会给我突然递个辞职信,说什么'世界那么大,我要去看看',搞得我手忙脚乱还不能发飙！所以我绝对要选择 MK 女孩,这简直就是我千挑万选的优秀员工嘛！你说她们是不是可以很快升'经理'呀？"

"嗯……萧伯纳的卖花女，萨克雷的女家教，进城都得先买一只MK 喽，那么老师，我就问一个很简单的问题，它这么个'借鉴'的招，那些被它抄的大牌，为啥不告它侵权啊？"

"或许 MK 的律师团队很厉害。要我说啊，就心态而言，你看，它对原版设计的改造，无非是变窄一点，加高一点，它的仿造不加入智商和设计，它不狡辩，不欲盖弥彰，以至于几乎所有人看到 MK 就可以立即说出它母版的名字。这也很妙了，和那些明明拿了大牌灵感却加上小聪明非要拧一点原创细节的仿造相比，似乎反而不那么不可接受。原设计师看到 MK，会有种被崇拜，而不是被挑战的心情。它在设计上看不到野心，它的眼里都是钱，它 low 到抱你大腿混口饭吃，你还能说什么呢，随它去喽。"

"你这样说我倒是想到，很多小人发家都是依照这个路数。嗯，这就是姑息养奸哇。等爬上位了，再摇身一变咧。"

"最近这宫斗剧是太多了，跑偏了啊！哈哈！"

"MK 进入中国市场的时机也很鸡贼喽。如果它和那些国际一线品牌一起进入中国，根本没人会去认它吧。早期购买奢侈品的人只会去买最贵的或者有大 logo 的那种咧。"

"它是 2010 年左右进来的吧，嚯！那时候北美和欧洲的 MK 每年关店上百家，销售额狂跌，中国真是它的救命恩人，一直到现在也只有亚洲区在狂飙突进。"

"中国断手党拯救全宇宙咧。"

"确实也是那个时候，中国的市场化指数大幅提升，古旧的中国熟人社会模式开始转换成现代陌生人社会，像我们父辈那种一生扎根一处，缓慢深久的职场关系越来越少见，频繁跳槽、跨界谋生都很稀松平常，为了更快地相互熟悉高效协作，我们不得不迅速地找到辨识路径，于是'物'的标签开始起作用，短平快嘛。"

"我表姐在上海陆家嘴上班，她说她只要从头到脚打量一眼，就能算出对方的身价，我赶紧夸她，哇！这就是传说中的势利眼本眼咧！"

"哈哈哈，犀利的目光！包包、西装、手表、眼镜、钢笔、皮鞋、袖扣……你表姐看的肯定是这些东西，而不是灵魂。"

"灵魂个头啊，又不是十九世纪，还托尔斯泰如炬的目光呢！但还是太可悲了，连颜都不看了咩，我还是会先看看小哥哥是不是很靓仔咧。"

"没有时间呀，小朋友！"

"唉，真的没有时间，这个我懂，这件事不只在职场，谈恋爱也一样，时间成本太高，约个会路上就要一两个小时，累都累死了咧。"

"是呀，所以在大城市谈恋爱也不会像以前那样，慢慢熟悉，慢慢了解，慢慢磨合，见一次面不容易，所以很难不去从外在之物开始评头论足。这个表象也是被真理逼出来的……"

"快看，快看，男主角来咧！"

"不够帅嘛，主要是肥。"

"迟到了不说，一坐下来就开始打游戏，漂亮女朋友晾在一边，这种男朋友要来做什么咧！"

"要来结婚呀！你是天高皇帝远，不记得过年回家的事了？爸妈催婚要不要命的，你心里没个数啊。"

"这个这个这个咧……"

"你看看，要是你就立即生气走人了吧。你看看人家 MK 女孩，安心地坐在那里，还时不时去看看男友的战队，他打累了，一抬头，看到一张文静美丽的脸，多舒服。"

"哇，背 MK 和结婚也相关咩？开玩笑咧？"

"在这个城市结婚，难道不是一项必须完成的高难度企划案？"

"天哪，还在打游戏呢，头也不抬，一身肥肉，看样子就是惯出来的咧。"

"长得倒是不难看，只不过懒懒散散的。没什么本事但工作安稳，不是公务员就是国企 A 类工；自我感觉良好，有点小脾气，看不上领导同志，也见不得劳苦大众。父母不是大富大贵，但肯定能匀出一套房子来给他结婚。"

"你的意思是，MK 女孩的结婚企划书就是这样写的咧？"

"差不多吧，这企划书可行性很强的。非如此这般的男方，不如此那般的女方，知己知彼，方可领证啊。"

"一个不咋样的有一套房子可以结婚的本地男孩，和一个长相甜美但毫无根基的外地女孩，这算盘珠子拨得叮叮当当的咧！"

"这男的也本想找更好的，可是他被父母惯出来的坏毛病，心气儿高的女孩受不住，赖过三十岁，又无事业可谈，他还想怎么？MK 女孩召之即来挥之即去，摆在那里乖巧，见好基友有面儿，实在是自己太浑惹了人家，赔礼道歉，买个包也就哄好了，也不用太贵的……"

"MK 就可以咧！"

"哈哈哈哈！"

"嗯，找一个这样的男友不就像养个儿子一样咧。"

"只不过有人给抚养费，顺便还能管你饭。"

"这牌子这么了解中国,特别像一个早年离家的逆子,暗暗跑回来报复自己的父母咧。"

"哟,你以为基督山伯爵呢! 人家可是一个歪果仁。"

"哼,反正那种稔熟,那种讨好,有点像花烟馆的掌柜,拽着你低级趣味的辫子,骨子里并没有尊重你咧。"

"这个……一个包包哪里经得起你这种文艺腔,你还不如就说万恶的资本主义嘛!"

"哼哼哼,妒嫉让我面目全非,好了啦,我承认了哇,老师,我前男友就是被一个 MK 女孩抢走的咧!"

"哈哈哈, 我要是有些个只知道玩游戏散德性的表弟表哥的,我也替他们找个 MK 女孩。"

"这么说来,还真是,那个谁就爱背 MK 咧!"

"对啊,还有那个谁……"

"对对对,还有那个谁,不也是咧!"

"是不是喽? 那个谁更是,上周刚去见了未来婆婆,拿回来的见面礼,一拆开,还是 MK!"

"MK 就是一个北京婆婆用精算师抠出的儿媳妇价码咧!"

"这话刻薄了啊!"

"不是刻薄,是佩服啊。这叫棋逢对手将遇良才,各取所需棒棒哒! 老师您倒是不买 MK,您快四十了您也没嫁出去咧!"

"哎哟喂,扎心了。你小子也不买 MK,那是你一边啃着老买大牌,一边舰着脸买高仿。至于谈恋爱结婚,嗯……说不定你最后只能找个老乡一起从北京滚粗!"

"唉! 我现在开始培养对 MK 的喜好还来不来得及咧。"

"你培养不出来的,这叫作各安天命。不是有了 MK 才有了 MK 女孩,也不是有了 MK 女孩才有了 MK,芸芸众生,花花万物,皆有定数。说到底,我们的表象就是我们的本质。"

"老师,听不懂了咧。"

"老什么师,我胡说八道逗你玩呢。"

"我却丧得不行了。像是被抢走男友完全是活该,MK 女孩气定神闲,无可厚非,还说什么! 完了老师,我有点理解暴力革命了,此刻完全不想讲理,就想打架咧! "

"咳! 别啊,她们确实无可厚非,她们不做虚假的梦,她们没有跳跃的心,她们很牢实地挂住了这个世界。她们只是缺乏……嗯,美感嘛。有点无趣,用多克特罗的话说,她们缺乏悲伤。"

"挂不住这个世界……显得我好悲伤的咧。可是,咱们非得这么阿 Q 精神哪,悲伤又成了什么好东西咧。"

"这个嘛,要是一个朝气蓬勃的年轻人,没有蹦跶蹦跶,挣扎挣扎,就和这个势利眼、假惺惺的大城市和解了,无论如何觉得挺丧气。MK 无非是一条安稳的捷径,MK 女孩不过是快速落停, 不美也不爽,有什么好妒嫉的,只不过是结结实实的现实主义嘛,噫——! "

"噫——! 太好了,终于找到可以继续对 MK 翻白眼的原因了。开心咧! "

"翻白眼还要原因啊,真真好学生! 今天我请你,为了你痛失前男友,哈哈哈! "

"这火锅终于上来了! 吃饭吃饭咧! "

大师

"这人也太难搞了，还真以为自己是大师吗？你非要这么惯着他？"

"嗯……也许是因为认识了他,我常常可以这样开始一段谈话。"

"您好,幸会！哇,北大哲学博士？那我猜你应该喜欢德意志精神。"

"算是……"

"当然我肯定不会误以为你喜欢茨威格,对哲学博士来说,它肯定太过通俗。况且,他选择自杀,这在我们看来颇具勇气的决绝做法,托马斯·曼却觉得无比失望！"

"嗯……这个,不过,当然,托马斯·曼无疑可以代言德意志精神。"

"《魔山》？没错吧,'这可不是一本像《在路上》一样能夹在时尚杂志里阅读的小说哦！'"

"哈哈,布鲁姆的话。"

"厉害！但我更愿意聊聊《死于威尼斯》。曼的私人写作,有趣吧。我很庆幸及时遇到了这份告诫,处理私人题材你得等自己有足够的心智和技术,而不是在一边抠着青春痘一边敲着键盘的青春期就贱卖了它们。"

"这本……"

"当然,如果他看过这本,我就可以再和他聊聊海因里希伯尔,如果《莱尼和他们》里的玫瑰花同样燃烧过他,那可以立即加他高分,直接跳过君特格拉斯,跟他聊一聊《惊马奔逃》,通常到这里就少有回应。还好菜也上全了,大家就乐滋滋聊些星座罢了。"

"看把你嘚瑟的,我看你是没碰到高手。"

"嗯哼,一开始我也这么认为,况且在我和大师学读书的时候,我离这个圈子很远。也是近两年,我提着我的三脚猫功夫,脸皮很厚地四处和人比画,我才发现,我从他那里学来的这些玩意儿,竟然还蛮能打的。"

"你还真是又无聊又大胆儿。"

"大多数人会从女作家聊起,算作对我们'第二性'纡尊降贵的示好。"

"或者是想泡你吧!"

"有这个心思的人,常常会提到玛格丽特·杜拉斯。但无论是谁,我都会在他试图聊到梁家辉的翘臀之前调转话题。没错,我一定会抛出尤瑟纳尔。因为杜拉斯一出现,我脑子里就会蹦出大师第一次提到这个名字时的场景。"

"杜拉斯?玛格丽特·杜拉斯?或许还不配给另一个玛格丽特提鞋。"

"另一个玛格丽特?"

"玛格丽特·尤瑟纳尔。"

"尤……瑟……纳……尔？"

"一般来说我很会辨识这些从他口里吐出的名字，虽然他那极其浓重的曹魏口音和不成功的矫正腔调，让纵使是他同乡的人都难明语义。但'尤瑟纳尔'这个名字也太奇怪了。"

"但你还是记了下来，并且买到书，一口气读完，且做了详尽的读书笔记。"

"不不不，阅读尤瑟纳尔无法如此顺畅。那时候只是买了东方出版社的《尤瑟纳尔全集》，看了诗歌集《火》，就束之高阁了。这些放在后面再说吧。抛出尤瑟纳尔对付杜拉斯，我倒不必真的去侃《哈德良回忆录》，《东方故事集》就足以应付这种以吹牛为乐趣的饭局交流。如果在场有那么一两个有识之士，或许会提到同为民间故事大集合的《精怪故事集》，哇！安吉拉·卡特降临，正中下怀！我会开始危言耸听：这个女人得了莎士比亚的真传！我干脆会直接念出《明智的孩子》中的一句话。"

"欢迎来到错误的这一边。"

"这句话听起来确实有趣，我都想去看看这本书了。"

"至于我会不会告诉你 2017 年诺奖得主石黑一雄是安吉拉·卡特的学生，就看我的心情了。"

"我猜您通常都心情不错，兴致盎然的。"

"嗯哼，可本来人家还想聊弗兰纳里·奥康纳的矮鸡、伊莎贝拉阿连德的春药以及苏姗希尔的怪邻居们呢，石黑一雄会把话题引向日本文学。要命的是你总能碰到几个村上春树迷。不过也不用太沮丧，我会一边赞许地点头以呵护粉丝们的心情,一边诱敌深入,迅速跳过这位长不完青春痘的老作家,开启一个更合我意的正经话题。"

"我最近看了村上春树作序力荐的《蒂凡尼的早餐》,他说自己年轻的时候看到它,差点被吓破了胆而放弃文学创作! 哎哟,因为卡波特,你们差点就少了一个偶像哇! "

"《蒂凡尼的早餐》? 我只看过赫本的那个电影……"

"于是顺势夸夸对方的观影品位,哼几句'Moon river, wider than a mile……',然后就可以愉快地开聊卡波特的《冷血》,以及他从文体革新到题材投机的既天才又势利的热闹人生了。"

"嚯! "

"但我也可以不这么聊。"

"说起来,我倒是和你们的村上春树有共同爱好呢! "

"是吗,是什么? 跑步? 意大利面? 还是花猫? "

"侦探小说啊,雷蒙德·钱德勒,《漫长的告别》,愤世嫉俗的马洛,狮子座,纯正的男子汉,绝望的正能量。"

"为什么不是福尔摩斯呢? "

"为什么不是福尔摩斯? 你们好好反省反省,你们是不是村上的真粉丝? 福尔摩斯或许是你生病时谈笑风生的好友,而马洛却可以让你坠入爱河。啊! 《漫长的告别》,小说的名字就像一首二十年代缠绵舒缓却又骤然敲击心弦的 Ragtime。在流泻着爵士乐的街道上,马洛的烟一刻也没停……"

"够了够了，这一套嗑也太文青范儿了！"

"啊!? 唉，这真是本性难移。女作家啊，女作家……真的，还得感谢大师教我读书，让我从与生俱来的矫情里多少迈出去了几步。"

"但是我很好奇，你说他教你读书，怎么个教法呢，一本一本地教？这也太奇怪了。在这样一个便捷的当代社会，你们真的用耳提面命、言传身教的搞法？也太做作了吧。"

"我看你还是更想听八卦，而不是让我天马行空地跟你聊书。好吧，让我想想，我和他的第一次见面……"

"十年前？"

"不止不止，十五年前了！我的天，真不想回忆往事，太显老了！那时候我刚工作不久，来北京参加一个小型作家培训班。同班的一个女作家是他的同乡。后来我才知道，她无私地带我去认识京城的各位名刊编辑，其实是想让我与她共同分担社交经费。"

"丁一禾，明天中午我们和《昆仑》的林编辑吃饭，就在马路对面的湖南菜。我们争取先去他的编辑部聊聊天，再和他一起出发。嗯，上次好像是我请客……"

"今天我请！没问题！"

"但大师并没有让她到编辑部，我和她等到中午快一点，眼巴巴看他从带着门岗的院子里快步走出来。他和她点点头，却一点也没放慢速度地向右转，走过斑马线，走上天桥，过街，左转，再走向街道深处。我和她紧赶慢赶跟着他，都气喘吁吁的。"

"不好意思,让你们久等了,我刚才在看麦克斯·珀金斯,实在太有意思了,就多看了一会儿。看了这书我才知道,我靠,原来那些所谓的天才作家,也许不过是碰到了一个伟大的编辑!你们知道吗,沃尔夫的原稿有一马车那么多,是珀金斯从这一马车里看到了闪光点,帮他改成了四十万字的《时间与河流》。"

"……"

"以我俩那时候的水准,也就读过几本张爱玲。他见我们露出尴尬又不失礼貌的微笑,顿了一下。"

"沃尔夫,就是写《天使,望故乡》的那位。也许你们不熟,但你们一定知道菲兹杰拉德、海明威。他们都是珀金斯编辑的作家。"

"我想是海明威救了我们。我们赶紧点点头。但他显然不愿意聊《老人与海》。"

"要说海明威的传记,最有意思的还是伯吉斯的版本,但要说伯吉斯写的传记,还是莎士比亚的那本更有趣。而要说伯吉斯本人的小说,倒不如去看库布里克拍成的电影,然而这家伙的眼力又颇毒辣,《现代小说佳作 99 种》,也是让人服气的。喂喂,是我,我正在外面吃饭,那本书啊,不卖,少于八千不卖。"

"林老师,你卖书?什么书这么贵,要八千啊。"

"八千他也有的赚。只不过那是一本医书,对我确实没什么鸟用,卖给他们得了。"

"林老师业余爱好,收藏旧书,非常厉害的。"

"你们看,八十年代的书,这样的开本,这样的封面设计,拿起来称手,如果再配有版画……"

"他随身还带着书呢?"

"嗯哼,我记得是一本《好伙伴》,封面是一个芭蕾舞女孩。大概几年后我才知道,那是普里斯特利的小说,而普里斯特利就是让格雷厄姆·格林尊严扫地的那位。总之,他又开始滔滔不绝地讲版画。显然他看出我俩的斤两,于是只管开始讲各种文坛趣事。也许同样是考虑我们的接受度,他一开始大多讲的是中国故事。什么鲁迅收集的浮世绘啦,林徽因的坏脾气呀,太太的客厅和大小姐的书房啊,什么丁玲和胡也频、冯雪峰三人同居啦,穷邻居对杨绛夫妇的扰民吐槽呀,胡适夫人威风凛凛的正室范儿啦……香辣的湖南菜第一次在我鼻尖儿下黯然失色。他像是在跟你对话,又像在自言自语。他一面大口吃菜吃饭,一面滔滔不绝,不时露出一种轻蔑的笑容。再往后,他已经顾不得我们了,他自己开始随意地转换话题,大多是你闻所未闻的外国名字,一头雾水之际,他会再讳莫如深地讲些个不可思议的八卦,听起来简直像他亲眼所见,事实上却发生于十九世纪。说到底,这都是从书里看来的。"

"这顿饭请得还蛮值的。"

"不不,等我忙叨叨赶去买单,他早已经把单买了。理由很简单。"

"我年纪比你们大,工资比你们高。"

"虽然这家伙做着挺爷们儿的事,可说这话的时候,很有些对待阿猫阿狗随意打发的劲儿。回去的路上,他忽然聊起了雨果。"

"雨果这家伙，二十岁就是桂冠诗人，领着缪塞等一帮小马仔大闹戏剧圈，大仲马是个马屁精，直接抱着他入座，倒是被圣驳夫给抄了后院。三十岁写《巴黎圣母院》，四十岁当院士，六十岁写《悲惨世界》，七十岁还在热恋之中……"

"我们仍旧插不上话。走过天桥，又走到那个有门岗的大院，我还是鼓足勇气在最后时刻颤颤巍巍地把自己写的一篇小稿递给他。他用手掌一卷，揣进衣服口袋。在我记忆里，他经常穿着可以塞下一本书的大口袋帆布衣服，那口袋像机器猫一样神奇。但再想一下，或许他并没有穿什么带着夸张口袋的衣服。这可能只是记忆里对他随身总带着书的一种错觉。你常见他迈着习武之人的稳健步伐远远走来，脚步生风，书页在帆布褂子里扑腾，哗哗哗，沙沙沙，他走过的地方，故事和人物颠鸾倒凤地一路滚跌……"

"有点世外高手绝世武侠的感觉咧！"

"是啊，等我们回到学校，我拉着那位野心勃勃闯荡北京的女同学来回地打听林编辑。她耐心地跟我说了一些小事情，他幼年习武，早年当兵，做过炊事班长，战士考学，上了这个艺术院校，他人很孤傲，但很看重同乡之谊，因此非托她之福，我休想见他一面等等。但对她来说，林编辑是她社交计划里的一个小驿站，远不值得这么驻足不前。而我却已经一头扎进对于书海的想象里去了。没过多时，她看我懒懒不想出门，一副很不上道的样子，便果断弃了我，自己忙去了。"

"读书教学就这么开始了？"

"没有没有，远没有。你如今不也多少知道一些大师的龟毛个性？

他像是会谆谆教导的人吗？那次饭后一周，他打来一个电话。电话里头他似乎更刻意地在矫正口音，无奈他的口腔就像一头蹇驴，这让他的声音越发不自然。"

"丁一禾吗？我是林彦。稿子不太成熟，但作为初学者，你显示出一种蜿蜒躲闪的叙述能力，可以留用。"

"啊！谢谢林老师……"

"好！再见。"

"啊？这就再见啊。"

"是啊。电话早就挂掉了。我蒙在那里，我其实是给自己按了暂停键，努力回忆他的那句奇怪的评价。我回想那评语，就像有滋有味地吮吃着一个棒棒糖。一口一口，每一口都那么甘甜。我爱死了他这种下评语式的句式，像个暴君，像个神祇，像个张着得意扬扬鼻孔的蹇驴，像一个意味深长的额前点化。"

"哎哟喂，我可知道你那种爱下结论的口吻是从哪里学来的了！真的是蛮讨人嫌呢！"

"是吗？哈哈。也是你太不受教。又过了一个月，他说杂志出来了，要是还在学校可以自己去取，如果已经离京了，就帮我寄回去。我当天下课就兴冲冲地来到编辑部。那是一个老旧却不失气派的四层楼，满身的爬山虎。循着楼梯上到四楼。楼道里空无一人，寂静无声。我认真数着门牌号，小心翼翼地敲了门。说真的，到现在为止，那也是我见到的最难忘的办公室。"

"全是书吧？"

"而且是层层叠叠，既庞杂堆砌，但又有一种说不出来的规范条理。怎么说呢,那些书堆得很有……灵魂。"

"太夸张了吧?"

"真的,你就说沙发边的那一丛吧。三人位的沙发,摘掉一个坐垫专门堆书,它们被叠摞得横七竖八,厚薄大小都不同,自下而上,参差纷杂,却又错落稳固。我坐在它们旁边,那书丛刚好遮住办公桌前的他。现在想着,八成是故意为之。我只好抻着脖子去跟他说话。"

"林老师今天又看什么书?"

"《奥斯卡与露辛达》。"

"我也买了这本!"

"你?你有这本书?台版?"

"对。林老师你可能忘记了,上次吃饭,你有提到《凯利帮》。我一通好找,后来发现是一本台版书,因为找到不容易,于是把彼得·凯瑞的这本《奥斯卡与露辛达》一起买了。"

"我提到过《凯利帮》?我自己都不记得了。"

"没错!你还提到了《鱼王》《比利巴斯格特》《纳博科夫访谈录》《月亮与六便士》《福楼拜的鹦鹉》,你还把《沙岸风云》说成了《流沙海岸》,但我通过关键词各种搜索猜测,也找到了。"

"这你就吹牛了吧,《沙岸风云》你一定买不到!"

"原版书是买不到,孔夫子网上有影印本,四十块钱。我又不像您搞收藏,我只要能看到内容就行。"

"都知道在孔夫子网淘书了,孺子可教!怎么样,买回来都看了没?我都不是瞎说的吧。"

"看了看了,简直太喜欢了。我自己又去买了好多毛姆的书,我喜欢毛姆！"

"士别三日当刮目相看啊！"

"那当然了！我可是有备而来，专为给他一个惊吃的。于是他也开了闸，从毛姆聊到辜鸿铭，从辜鸿铭聊到郁达夫。"

"郁达夫可不简单。那也是个读书人，有一年他读了两千本书，真不知道怎么读的。"

"其中有一本是《金驴记》！我也买来读了。"

"啊？"

"三联书店的《郁达夫文集》呗！"

"又从郁达夫聊到三岛由纪夫，从《金阁寺》聊到太宰治，从永井荷风聊到《细雪》，又聊到芥川龙之介和川端康成，从'美丽的日本和我'聊到'暧昧的日本和我'，再从大江健三郎聊到萨特，聊到加缪，聊到纪德。只是我一直需要伸着脖子绕过那堆书去看他。"

"《伪币制造者》的中文翻译实在是厉害……哟，都五点半了。"

"林老师，我叫上您老乡，咱们一起吃饭吧，就在旁边的烤鸭店，让我请您一回，您看，我可没少跟您学东西！"

"于是那位女作家匆匆赶来，我们一起吃了烤鸭，马路对面就是紫竹院，我们三个穿过公园门口的广场舞团，穿过河边的红歌合唱团，大师的步子还是又大又快，我俩几乎一路小跑。显然他非常熟悉地形,不一会儿,我们终于走到一个还算清静的小园子里。他俩用乡语聊了一会儿老家的事，那位女作家似乎在讲一些坎坷情路或不尽如人意的私事,掉下泪来。大师完全不为所动,他甚至有些厌嫌地瞪了她一眼。他快步往前,又开始了自说自话的书籍漫谈。我左右为难,一边停下脚步去安慰她,一边竖着耳朵听他说话,我可是一本书都不想从他嘴里漏过的呀。"

"这位老乡是想强行加戏吧。她估计看出你俩聊得火热,有些插不上话。"

"我也不知道缘故。反正她一直哭,而大师只管径直往前走。也许这是他们亳州儿女的风情,谁知道。也许恰恰因为这个情境很怪异,所以难忘。她抽泣着追赶我们的步子,而他开始用一种审慎的赞许态度聊起王朔。后来我可以判定,他认可王朔。而那种审慎的态度,不过是一种他性格的底色。夏日的紫竹院,天光迟迟不退,和那些遛弯儿的老年人一样。在他聊到《呼兰河传》的时候,天像是忽然灰蒙蒙起来。我听得意犹未尽，连无人喝彩的那位哭泣者也没有要离开的意思。天色从灰蒙蒙到黑定,却似是一瞬。竹林里的雕塑白森森的,而我们也看不清自己脚上的鞋了。忽然一个转弯,公园大门竟赫然出现。"

"哇,林编辑,你是怎么转出来的？"
"哈哈。"

"大师的笑声虽然仍旧得意扬扬,但我们忽然都意识到,世界的光和嘈杂一下箍住了我们。明天就结束培训各自离京去了,我想开口说点什么,倒是她先说了出来。"

"林老师，我们明天就结业，只能下次再见了。"

"再见！好好读书，好好写作！"

"她淌泪的面容很适合说这几句话。我觉得她形神兼备地表达了我的离愁别绪。我们对着大师挥手告别的时候，他早已经扭过头去，大步流星地走远了。第二天，我按计划回到了那个滨海小城。"

"据说紫竹院是分手之地……先等一下，不对。以我敏锐的观察力以及对你的透彻了解，我觉得你隐藏了些什么啊！"

"啊？我？没有吧！"

"必须有。看了《黑色诱惑》就想立即跳上凯菲莱克床铺的那个小妖精哪里去了，这么一通灵魂的碰撞，我不信你能管住你的荷尔蒙？"

"你真烦人！这就是彼此熟悉最要命的部分，亲密关系的症结就是这个，不懂适时收敛，无论如何要冒犯，要突进，要看个底儿朝天！亲密让人不安，让人无处躲藏……得了，我也不瞒你。但是我可以跟你保证，我和大师的关系绝不是你想象的那样，绝不是我在遇到他之前或遇到他之后的任何一段爱情的模式！"

"那就是有爱情喽？"

"这……真的很难定义。让我放在故事的最后告诉你吧，好吗？你提到爱情，我倒是想起来，大师在一次笔会上，给所有人问了一个问题，一个非常古老庸俗却被反复咀嚼的问题：你认为有爱情吗？"

"要不是这么一个难搞的人问出来，我还以为是央视的新年街头采访呢。"

"或许大家也误会了，纷纷带着满腔的爱，大爱或小爱，熙熙攘攘地回答,有啊,当然有爱情。作家们炸了锅,眼睛里满是光,脑子里满是读来的听来的以及自己犯下的爱情,可不是嘛,不仅有爱情,简直遍地都是爱情。"

"你是怎么回答的呢?"

"或许有吧。但它欢乐、短暂,且不高贵……打住打住。我们此刻别再费口舌去解这个千古难题了。还是回到书上来,回到故事上来吧。我在回来的火车上心潮澎湃地读了黑塞的《德米安》,那种质地明媚的浪漫主义和窗外滚滚向前的车轮,像一首狂飙突进的生活之歌。它告诉我,原来我们漫长的人生,总会有几个指路人。他未必是你的亲人或者情人,他甚至未必和你进入持久的亲密关系,他也不一定从智商到见识高你一等,长久地引领你,指导你。他只是被你遇见。是的,你在某个分叉路口,或者某个看起来平坦得一望无际的却没有标识的广场,你遇到了某个人,你说,嗨你好,他说,嗨你好。或者他都没说嗨你好,他只是对你一笑,他用食指往某个具体的地方伸过去。指路人的含义就是遇见你,拍拍你的肩膀说,嘿,往这边!是的,那个食指就像是打开了某个机关。于是就算我离开大师,离开了北京,重新回到那个滨海又偏僻的小城,世界也全然两样了。你要知道,我并不是在这里叙述着一种譬喻的心理状态,我说的是切切实实的现实。世界真的全然两样了。回去不久,我和演出队里的男高音谈起了恋爱。他在单位俱乐部的阁楼里自己做了一个小型录音棚,我被邀去那里玩,竟然叫我发现,俱乐部破旧的南楼里,藏有一个半废弃的图书馆。录音棚就在它隔壁,它们共同分享一排梯形的雕花窗户。那天我们在英伦摇滚里温存过后,披着衣服坐在台阶上。梯形窗户老旧模糊,但刚好看到月亮。而那天的月亮简直太圆太亮,除了照着恋爱中的这对男女,也照到了那个图书馆。具体来说,它照到了通向图书馆的窄长走廊。走廊只一边摆放了书架,几排金装书发出幽然的光。灰尘厚实,蛛网密布,但它们仍旧像一排穿着拉夫领的贵族那样派头十足。"

"你带我探险吧,咱俩去那个图书馆里瞧瞧?"

"好多年没人进去了,只要你不怕脏,我倒是可以舍命伴美人!"

"他举着打火机找到电闸,腾的一声,屋子里的日光灯砰砰咚咚、咚咚砰砰地陆续亮了起来。从门缝里溢出的光越来越多,待到最后一声'砰',我们像是重启了一个旧世界,一个童话,一个游乐场。电流贪婪地吱吱穿行,光向每个角落弥漫过去,像是有窃窃私语之声。连他也兴奋异常,我们推开门,灰尘和光扑面一吻。哇! 就是这里了!"

"好吧,你一开始读书,世界就送你一个图书馆。你赢了,这可够你臭屁半辈子了!"

"而我当时脑子里竟然有另一个念头。八千块? 你记得八千块吗?"

"大师出售的旧书?"

"可不是? 因此我一面如饥似渴,一面也有种寻宝的庸俗乐趣。第二天一大早,我就打给大师。"

"林老师,我发现俱乐部里有一个半废弃图书馆! 像是有很多二十世纪八九十年代的文学书。"

"你们单位俱乐部? 半废弃? 嗯……那你怕不怕脏?"

"不怕不怕,我想跟你学淘书!"

"你要不怕脏,那好吧,晚上我给你邮箱发过去一份单子。"

"并没有等到晚上，午饭过后，邮箱里就有一封来自大师的信件。"

"外国文学名著丛书(俗称网格本),人民文学出版社和上海译文出版社。

二十世纪外国文学丛书,外国文艺出版社和上海译文出版社;外国文艺丛书,上海译文出版社;法国廿世纪文学丛书,漓江出版社;当代外国文学丛书,外国文学出版社;获诺贝尔文学奖作家丛书,漓江出版社;拉丁美洲文学丛书,云南人民出版社……"

"自此,我开始了一段无比欢乐的偷书时光。"
"窃书不能算偷。"
"我和男友先和俱乐部的小战士套了近乎,他本来也没把图书馆放在眼里,于是睁一只眼闭一只眼放我进去。后来他看我爬高上低地忙个不停,还会过来帮忙。"

"丁干事,这些书又旧又脏,你那么爱漂亮,我可告诉你,那些是老鼠屎!"

"没事没事,回去好好洗手。我看它们咔哧咔哧地吃书,连托尔斯泰都不放过,想必拉的屎也不俗气!"

"小战士被我说得哈哈大笑。傍晚时分,男友会带着烧蚝和炒粉来录音棚。我洗洗手，从冰箱里拿出啤酒，三个人一起吃饭。有时候我们会一起溜达到海边，喝一个椰子，吃一碗番薯糖水。我会效颦大师，随身揣上一本刚淘出来的书，在路灯下，海风里，靠着男友的肩膀看上几眼。哗哗哗，沙沙沙，蚊虫吧嗒吧嗒掉在书上。等淘够几十本就捆成一捆，他用摩托车帮我载回家。"

"林老师，今天找到几本品相完美的《德语课》。"
"不错！全部拿回来！"
"全部拿回来，要那么多干吗呢？"
"留着和别人换好书啊！"

"我慢慢开始懂得旧书圈的门道。懂得去看一版一印，简装精装，还有什么内部传阅版。而品相的好坏判断不一，各种残损，大师最讨厌水渍。有时候从图书馆淘到一本，读了喜欢，干脆去孔夫子网买下同作者的其他作品。总之一边淘，一边看，一边买，家里的书开始堆得乱七八糟。我那时住一套破旧但宽敞的三室一厅。于是我从俱乐部搬来一个不加被褥的铁床，将它放在房子中央，把从图书馆偷来以及由此及彼牵三挂四买来的书，一排排摆在铁床木板上。"

"收获颇丰！"

"我给大师也淘到不少书。他当时正在写一个有关捻军的小说，图书馆里恰好有一片黄皮儿的捻军资料。我用寄挂号印刷品的方式寄去北京。说实话，他列出的那几套文学类丛书，他基本都全了，而且他有个极其变态的搞法。他喜欢的版本，他会尽可能读一本，留一本。如今他书架上那本1981年一版一印的《第二十二条军规》，崭新得令人发指。网格本他只稀罕精装版,我一本也没帮他淘到。俱乐部图书馆毕竟废弃太久,又让老鼠光顾太多,缺乏他追求的那种好品相。然而重要的是,他终于认可了我对书的热情和真心。那一天是 3 月 24日,嗯哼,浮士德博士的生日。他很随意,却又很正经地说,你开始读《战争与和平》吧。"

"林老师,你是正式开始教我读书了?"

"少废话。我看你不是淘到了好几套《战争与和平》?"

"嗯,有一套董秋斯,一套草婴。我想看 1973 年人民文学那版。"

"都可以。"

"每天我都读得兴致勃勃。我眼看着美丽的娜塔莎颜面丧尽,大师则为鲍里斯母亲的坚忍勇敢赞叹。我喜欢安德烈,他喜欢皮埃尔,我说为什么最后几章这么絮叨无聊,他说已经如此惊心动魄,那些都不太重要……说真的,看完《战争与和平》,你才算一个真正走进文学的人。"

"张爱玲小姐说它'每一寸都是活的'。"

"林老师,第二部看什么?"

"《静静的顿河》吧。"

"我的天,又是四卷本。"

"嗯哼。这是大师的风格。随时用考验人的方式来交往人。好在它们确实都是千锤百炼的好作品。"

"第三本他说,换个口味吧,看《约翰·克利斯朵夫》。"

"我的天,还是大部头!"

"但这次我向他提出了异议。我看不下去啊!我觉得那种叙述太浮华,也太……不脚踏实地了吧。他一下子就知道我的心路历程,这是我阅读过程里的叛逆期。我天性浮华,就格外地想逃离自己。我不要《约翰·克利斯朵夫》那种辞藻遍地高歌猛进的天才气焰,我想要投身民众,见识苦难,锤炼意志力,我像啃鸡爪那样有滋有味地咀嚼艰深,我希望被现实痛击,我要杀掉罗曼蒂克,我要脱掉猫样的轻浮气。说真的,我到很后面才能重新公正地看待浪漫主义。"

"看不下去算了,那你就看看《大师与玛格丽特》吧!"

"OK,我有淘到一本外国文学出版社的。"

"就它了!"

"你一定猜得到,我就是那个时候开始叫他'大师'的。"

"而你就是那个捧着鲜花走向大师的玛格丽特喽。"

"是捧着'一束黄花'!看看你读书有多么潦草。而'爱情像僻静小巷里平地冒出来个杀手似的'来到面前。"

"还是你厉害,又能背出句子。"

"可惜爱情对我来说,没有玛格丽特的那种肃杀决绝。我承认我的个性造作、娇气、脆弱甚至乖戾。我就是那种典型的城市里被父母娇生惯养出来的漂亮姑娘。我反复换着男友,白猫丢了两次,倒是都找了回来。屋子里越来越乱,最大的房间一直留给书。一个架子床变成两个,单层的摆放变成了多层。俱乐部换了一个野心勃勃的主任,他向小战士质问我的偷书行径。最后的结论是既往不咎,但是'丁干事再也不许踏进俱乐部半步'。这对我来说倒也没什么,该淘的都淘了回来,我再去那里,更多的是一种礼拜的心情。我很快读完了《大师与玛格丽特》,在阅读《奥利弗退思特》《好兵帅克》《喧哗与骚动》《漂亮朋友》之际,我还穿插读了《黑夜的蝴蝶》《巴黎的盛宴》《与大师相约五十年》《名士风流》等杂书,二十年代的巴黎被我八卦了个底儿朝天。大师仍旧不厌其烦地推荐十九世纪,《巴黎圣母院》《呼啸山庄》《当代英雄》,他说唯此才可胸有成竹,而我却等不及要飞起来冒泡。我偷偷放下《无名的裘德》,开始看有着萨特和毛姆双重气质的知识分子小说。"

"大学者如果能摆脱傲慢,并不被思想辖制,就可以更进一步。除了《洪堡的礼物》《赫索格》,你要知道,索尔·贝娄还写了《雨王汉德森》。"

"大师总能看出我的鬼祟。至《雨王汉德森》之后,他再也不主动提供书名了。或许他觉得我已入门,带着一股很难管教的叽叽喳喳的兴奋劲儿。或许他正忙着写他的长篇。终归他是一个'绝不迎合你,你要迎合他更休想'的那种人。但对我来说,我一旦看了什么好书,一定会闹哄哄地去跟他讨论。一般来说他不理我。除非哪一次我读得足够好,能点穴似的说到某个关键点,他回复我一两个字,我会高兴上好几天。恋爱还是说来就来,可失恋却无法说走就走。那一年我又失恋了,照旧痛不欲生。而同一年,我最好的朋友也调去了成都。我心灰意懒,觉得这个城市已空无一人。那个烟雾缭绕、吃喝玩乐的滨海小城,安逸无为得像一个地狱入口。那里充盈着一种反动的欢乐气氛,正默默把死长进生里。我觉得是离开的时候了。"

"于是你就考了研究生。"

"我再一次来到北京。走出西站,走进地铁。哗哗哗,沙沙沙,这次面对北京,我体内已经有几百本书了。我没有偏爱十九世纪,但对于烈火轰雷沾沾自喜的二十世纪,也能保持'审慎的态度'。这是大师带给我的好习惯。这是从《文学讲稿》《普通读者》《怎么读,为什么读》……里带来的真知灼见。看书要认真、耐心,不轻率、不迷信,既有捕捉细节魅力的敏锐感官,又能极目远眺俯瞰全局。没有成见,带点好奇,并不把任何事看得过分严重,情商的宽度一再破戒,道德是个浮漂,可以按鱼儿的大小上下跳动。读书不必胆怯,可以无畏权威,你的看法可以偏颇,你可以不服气,错了可以再改,骨气却值得一以贯之。小说家如果是国王,那么读者可以是一个奇绝的刺客。慢慢地,你可以轻松辨别机巧的魔鬼,最重要的是,你会逐渐看清楚文字背后的那个人。这全都是一种乐趣。"

"无用而美妙的乐趣!感觉你要开始大展拳脚了。"

"生活总是劈头盖脸。我拖着一箱子书进了宿舍,就被拉到一个荒僻的基地开始军训。"

"苦其心志,劳其筋骨嘛!"

"只是站在一排排音乐系和戏剧系的玲珑身材好看脸蛋中间,我显得特别黯淡啊。"

"原来为这个啊!"

"还好我迷彩口袋里揣着一本《鹅掌女王烤肉店》。是的是的,就是那个法朗士。你只看过《红色百合花》,所以你觉得他就是个长胡子

254

的呆头呆脑的老绅士。我可是刚看过《波纳尔的罪行》，原来这个享受国葬待遇的老家伙，内心有这么顽劣闹腾的一面。像一个中了邪的先知，或开了光的傻瓜，书页里密集跳跃着嬉笑声，像是专为揶揄像'军训'这类的刻板生活。"

"你还真是好斗！"

"法朗士眯着眼告诉我，你是'穿着盔甲的灵魂装在虚弱的肉体里而已'，他答应送给我一只气精以及帮助我成为整个学校最迷人的姑娘。"

"喊……说着说着就变成个修辞强迫症患者。"

"嘿嘿，这就叫'在看来与灵魂得救毫不相干的场合里都关心着自己的灵魂嘛'。军训回来第一件事……"

"我知道，我知道，去那个带有门岗的爬山虎满墙的堆满书的办公室喽！"

"嗯哼！读书让我神清气爽。两年不见，大师看到我，就像昨天刚见过我似的不紧不慢。而那堆不怀好意的书仍旧摆在沙发上，玻璃书柜又多了一个，已经被塞得密不透风。我一眼就看到了好几本我迟迟不敢下手的昂贵旧版书。"

"诶诶，注意点，眼里冒贼光！最近上什么课呢？"

"文艺理论。"

"那你可以看看《文学部唯野教授》。"

"旧书？"

"不用抢我的，这是新书，随便买。"

"我还是顺走了一本《硬汉不跳舞》。学校和编辑部很近，于是我常常不请自来，和他聊几本书，有时候顺便吃一顿饭。我还死皮赖脸地尾随他去了几次旧书摊、旧书店。潘家园已经没落，电子书的普及之下，实体书店举步维艰。但每每看他和旧书店主的寥寥对话，还是有一种无法言喻的优雅派头。有些行话、手势，那些只有他们才听得懂的秘语，兴许只是平常交易，但在我看来，那凛凛傲慢光彩照人。"

"大家都开始用 Kindle 看书了。"

"大家怎么做关我屁事。来，这本你买回去看看！"

"艾柯的《别想摆脱书》啊。大师，这本我当然看过嘛。只是他们眉飞色舞地聊到最后，还不是很尴尬？收藏旧书最后的归宿，还是送回图书馆哇。"

"最后？最后的事谁也管不了。"

"那年他出版了自己的第一本长篇小说，而我也跃跃欲试地写了一个中篇。我觉得这才算得上我写的第一篇小说。我得意扬扬地用了流氓加酒鬼的腔调。那个时期，写什么对我来说远不重要，文学对我来说，是一项精密复杂的技艺，我要摆弄它，操作它。我满心激动地想要拿给大师看。但我又急切又害怕。"

"就像钟会面对嵇康一样，哈哈。"

"我紧张极了，在邮箱里点了发送，再给他发短信告知后，我就开始惶惶不可终日。我像个行尸走肉、孤魂野鬼，在校园里打着转。他的电话终于从地狱打来了。还是那个犟驴一样的腔调。"

"丁一禾,小说我看了。嗯,好的方面我就不说了……"

"然后就是一通长篇大论的批评。那语调倒说不上严厉,甚至都不太认真。但恰恰是这种语调,让你觉得,你写的小说简直是一个随地都是废品的垃圾场。我一开始嗯嗯地回应,慢慢地,几乎是不知不觉地,我的眼泪自己涌了出来。我的天塌了,我的世界黑了,我的人生完了……"

"是你的文青劲儿起来了,哎哟,你也太夸张了!人家只是没说好的方面嘛。"

"这就是大师可恶的地方啊!从来觉得任何好话都是多余。现在我基本上已经习惯了,想想那时候气得摔了手机,也有点好笑。"

"你还摔了手机啊。"

"对啊,我哭得天昏地暗,他或许莫名其妙。不过第二天我就重整旗鼓了。因为我又像吃棒棒糖那样吮吃了好几遍他的评语。我觉得他说得极其精准、极其犀利,甚至没有一句废话。随后我就一阵心慌,我不确定他知不知道我摔了手机哇,我得赶紧跑去确认一下我有没有得罪他。"

"哈哈哈,自作自受。"

"于是我又神采奕奕地来到他的办公室。他像是白了我一眼,又像是日常的轻蔑目光,我乖乖坐到书丛旁,悻悻地聊几句聂鲁达。"

"这个场景适合聊聂鲁达吗?"

"不是诗人聂鲁达,是扬聂努达。他的小城故事远比舍伍德·安德森的精彩。他没什么谈兴,说了几句埃梅的《穿墙记》就让我赶紧回去。"

"丁一禾,我跟你说一个情况,我现在和主编尿不到一壶了,为你着想,你把稿子给别的编辑可能更好。"

"啊?那倒不用,我不在这里发表小说不就完了,没事!"

"我后来才知道,这是大师的钓鱼执法。像这样的考验,原来只有我通过了测验,被他认证为'朋友'。其他可怜的作者,对林编辑的劝告深感贴心,都纷纷诚恳地点点头,退出办公室,把稿子拿给别的编辑了。"

"啊……他的旁边全是坑啊。"

"是不是有点理解他的做人风格了?我糊里糊涂通过了测试。大师开始拿我当自己人,我则开始享受这几年被残酷打击之后的红利了。他开始成箱成箱地把多出来的旧书送给我。读到的好书,他会毫无保留地立即告诉我。而我也会在任何时候习惯性地想到他。遇到什么好玩的事,碰到什么有趣的人,我就要跑去告诉他。从我爸那得了什么好东西、小玩意儿,我也想立刻拿给他看,他要是看得上,揣进兜里据为己有,我就会开心地飞起,甚至吃到好吃的火锅,我都想要拉他一起尝尝。"

"你这是孝顺的心态啊!"

"随你怎么说。两个人长期看一样的书,就像一家人从小吃同样的东西,那些字符沦肌浃髓,啮血沁骨,早就把我们变成了亲人。我还特别喜欢去冒犯冒犯他,不时听他几句打击,我会呵呵一笑,有种很踏实的感觉。"

"大师,你说是《迷惘》里的苔莱瑟厉害,还是《我作为男人的一生》里的莫琳更让男人恐惧?你说你们男作家是不是都恨女人啊!"

"大作家都不会轻视女人,都尊重女人。很多女作家是非常有才华的,她们非常迷人。况且在我看来,女人似乎还是比男人善良一点……唉,让你好好读书,读的什么乱七八糟的?你就会自以为是,耍这种小聪明!"

"虽然他一定会矢口否认,但我觉得,我和他还是默契十足的。那天我们同去一个饭局,一位知名作家心醉神迷地聊着远藤周作。没错,就是那本《沉默》。我看到大师的眉头一动,几乎和我的眉毛同时发出了一丝震颤。"

"哈哈,你俩可以当潜伏的搭档了。"

"说真的,我实在很厌烦这本书。这本小说一味地丧,对待宗教,也是纯粹地跪,文学在宗教面前毫无尊严,这算什么?这回让我看到大师的同款眉头,我像是找到了靠山,受到了鼓励,于是我不顾场合,像个炮弹一样发射出去了!"

"为什么非要看《沉默》呢?如果你要看一个基督教故事,布尔加科夫的提督彼拉多,拉格奎斯特的大盗巴拉巴,都比它深刻,还比它幽默。你要说喂还是严肃一点吧,你看的可不是这些,是泛论信仰和人的故事,那么你应该去看《苦炼》或是《权力与荣耀》吧,在这个经历过破碎的当代世界,它们都比《沉默》更有说服力。"

"什么叫'我应该去看'?你以为你是谁?远藤周作可是一个虔诚的基督徒!"

"嗯哼！这就是症结所在，他拿着文学布道成功，你如果承认这是宗教的胜利，那就不是文学的胜利。他是一个虔诚的基督徒，你可不是吧！"

"不要吵不要吵，就不能各美其美吗？"

"不能啊！因为它不美，它的那点美是宗教注入的高贵和悲伤，或者说，是我们给了宗教天然的合法性，让这个枯燥的故事发出了一些虚幻的光。我猜想喜欢它的人，应该是一群极其自恋的家伙，他们或许太清楚自己有多么脆弱，面对真实世界他们有多么无能，于是连苦难他们也要选高人一等的，而事实上，玫瑰色的流亡和简陋的革命同样肤浅……"

"我的天啊，你就是个一争论就上头的家伙，你又把饭局搞砸了吧？"

"那倒没有。中国人嘛，总有和事佬。要么当我是个猫，要么觉得我真有理，总之，大家微笑着任我趾高气扬。大师一言不发，走出餐厅，我兴致勃勃地蹭过去，预备得到他的认可。"

"以后别再这么慷慨激昂了，真傻！"

"啊？我看到你的表情才敢冲出去的呀！"

"哈哈，没事，冲了就冲了。反正你是年轻人。但以后记着，为什么别人总说，半瓶子爱晃荡，明白吗？"

"我气得满脸通红！一种真心错付的疼痛迎面袭来，可惜还没张嘴辩解，就流下泪了。这是我与生俱来的他妈的脆弱矫情的多雨体质,我恨死我自己这毛病了,我特别厌恶我爱哭。但我更知道,就算是这种对自己的厌恶之情,在大师看来,也是无法忍受的。这一通情绪让我心灰意冷,我一下哭到哽咽。"

"怎么又哭了？哈哈哈,这有什么好哭的。净在这种地方逞能,有什么趣儿？好好打基础, 等哪一天真轮到你发言的时候, 再好好发言。"

"我点点头。我立即不哭了。我懂得他这句话里的温柔。他看到太多生活的背面,而我一直摇头晃脑地待在正面。而最值得信任的是时间。我们应该在时间里浸润,修炼,等待力透纸背、刺虎断蛟的那天。那时候,全世界都静下来,听你说,听你说,听你说啊……"

"听你说,接着说。"

"于是我从读书到写作,甚至在生活中遭遇的大小事情,都喜欢去跟大师讨一个示下。他性格里准确、笃定和远见的那面让我无比依赖。他给出的建议通常我都深信不疑。那是一段美好和谐的时光,直到前几年。"

"大师,我想跟你说一件事。"

"什么事？不重要的话等我出海回来再说吧。"

"也不是什么太重要的事,嗯,我问你哈,如果我要跟一个你特讨厌的人谈恋爱,你会不会生气啊？"

"你跟谁谈恋爱关我屁事,净整些无聊的事情,你一边儿去,我忙着呢！"

"他一定觉得我又是在故意冒犯找打击,并没当回事,而我也觉得,恋爱这件小事,无非是吃一颗时令水果,吃就吃了……"

"你等等,你说一个他特不喜欢的人,是什么意思?"

"那时候我觉得,那也就是一个曾经和他有过交往,但过后没有通过他'朋友'认证的人呗,还能怎样?拜托,他对朋友的要求如此之高,他讨厌的人实在太多了,得不到他认证的人也未必不是好人吧……"

"你自己这么心虚,我就不说什么了。在我看来,你爱上再讨厌的人都不值得同情,不是吗,你的那个爱情观,什么短暂,欢乐而不高贵?"

"于是我的这场不高贵的欢乐爱情伴着他的出海同步进行。"

"猴子没了金箍……"

"半个月后,大船靠岸有了信号,我收到大师的第一个短信。"

"远航并没有大家说的那么可怕,建议你下次也可以出海,对时空会有很美妙的体验。我带了一箱书,准备再看一遍《尤利西斯》。"

"等我看到这条信息,想回几句有关约瑟夫·康拉德的俏皮话的时候,已经是第二天,而他的手机已经没有信号了。"

"你一谈起恋爱,就会忽略全世界,这点我也深有体会。"

"一阵负罪感袭来。但爱情还是占了上风。我放下这点愧疚,又走进爱情的洞穴里。你说人在恋爱的时候,也像是走进了另一个时空。也像是出航,离开了陆地,走向了海面。那里软绵绵湿漉漉,摇晃、悬浮、舒畅、明媚,借着海的浮力,游走不费力气,猫咪钻进软毯中,美美地睡。然后是飓风和暴雨,颠荡的舞台,不怀好意的暗夜,呕心吐胆,绝望之际,偶尔的星空,高视阔步,又扫尽阴霾。寒来暑往,变成一支五彩的交响乐。戏剧性凌迟平凡,忽一念起,忽一念落。两三个月后,从'不是在吵架就是在做爱',变成了'不是在做爱就是在吵架'。唉,爱情,无非是一种快乐或者另一种痛苦。你去爱一个人,你基本上就失去了去尊重他的机会。这饱满又虚幻的满足感,是瘾头还是病,我们都不知道。"

"你这个检讨痞子,每次都这么检讨,也没见你改过。管你怎么海枯石烂,我只看到错误反复上演,说真的,这到底有什么意义?"

"这和贪吃一个意思。没意义,有意思,行了吧。就像你说的,错误又不是没犯过,还能是什么大事?然而谁也没想到,这次的结局远比往常更惨。"

"你真是个没心没肺的家伙,竟然可以这么轻松地说起这件事。我看你是忘记你那时候的可怜劲儿了,伤心欲绝,旧病复发,像一片烂菜叶一样躺在医院。"

"'也许我们人类到现在还存在的原因,不过是因为短暂的幸福,局部的进步,以及忘掉一切重新开始的勇气……'"

"都进医院了还能这么掉书袋!我看你的文青气质从未被你自己扼死过,反倒是那些书,让它升级为一种更不切实际的虚妄了。"

"关于我的部分我都能忽略。只是等大师靠岸,他带着两百多天孤寂航行的感慨,准备来和我聊天的时候,他发现我在医院里。"

"随后他也知道了你这场轰轰烈烈的爱情主角,是一个他'不喜欢'的人。"

"我承认我被爱情蒙了心,我故意去降低这个'不喜欢'的程度。我骗自己,骗世界,我想混过去。我就是那种为了吃一顿火锅就翘掉一堂好课的不靠谱的家伙,我就是那只总打碎花瓶,惯用喵喵喵的撒娇逃避惩罚的蠢猫。我觉得我无聊透了,轻浮透了,那人并不是简单的不被大师喜欢的人,他们曾经很亲密,做过多年的朋友,而后交恶,有一番确切深刻的剧情。他就是和大师'再也尿不到一壶'的那个。"

"……"

"大师没来医院看我,但他还是给我打了电话。"

"丁一禾啊,我现在才想起来,你那时候说那通屁话是什么意思……"

"我就觉得,我只是……唔……只是谈个恋爱而已,唔……我们不是都读过好多书,书里的爱情,唔……《寻欢作乐》《爱情的最后一夜 战争的最初一夜》《安娜卡列尼娜》……娜塔莎也犯过这种错嘛,爱情不就是这么回事嘛,既然恋爱的对象和优秀无关,和高贵无关……"

"那是小说!人为什么是人,而不是动物呢?"

"他说完这句话,像是吞下了千斤重的叹息。电话那头一直没说话,这里面有对我的失望,也有他不善安慰的本性。后来他丢下一句'好好把身体养好'就挂了。"

"于是从那时候开始,你把你好不容易换来的金质认证给丢了?"

"其实也没有。心里虽然存了一些别扭,但我们还是很亲密,照样聊书,照样吃饭。与其说这件事牵出了人物关系,不如说这件事牵出了人物性格。共同读过的书让我们的脑袋几乎同步，而与生俱来的血肉感受，让我们互生罅隙。"

"你和他的不合，类似猫和狗的不合。"

"仅就读书这件事上，我和大师简直默契得都有点神秘主义了。在读了那么多的外国文学后，我们不约而同地开始读中国古典小说。他一头扎进乡愁，写了《林寨传说》。而我重新读了《水浒传》。李逵的母亲终于上不了山寨享不了福，武大被毒奄奄一息却还心存侥幸与虎谋皮……水浒的世界像林寨的世界。水浒可以禅定在千年不腐的古中国，我却不愿意大师落寞回乡……"

"说到底，我们的表象就是我们的本质。"

"我和他不合，类似于猫和狗不合，乡寨和城市不合，与时间的感受不合……但这些远不重要。我们互相厌嫌，可以斗嘴争吵，可以翻脸。但总有一天，哗哗哗，沙沙沙，当我捧起一本书，我就会想起他，我会笑，然后开始想念他。我们的争吵，也许我常常是始作俑者，但我也会不顾脸面，再次神采奕奕出现在他面前。"

"这就是你们相处的怪模式，好吧，我有点理解了。不过，这次你别想混过去，你得讲讲紫竹院的事了。"

"啊？你还记得这茬！好吧，算你是个长记性的好读者。"

"说吧，听你说，听你说。"

"紫竹院里那个不合常理一直哭泣的人不是别人，就是我。那次的散步没有第三个人，如果有，算是我的两个部分。没错，那个情境就是如此怪异，如此真实。他完全没有理会我的求爱哭泣，而我也没有因为哭泣而放弃听他聊书、聊文学。他坚毅地顽强地驯化并终结了这次爱情的萌芽。与其说他在拒绝我,拒绝爱情,不如说,他在拒绝那些询唤他,妄图支配他左右他,让他不再是他的所有力量。"

"让我重新再讲一遍那天的故事,那一段初识阅读、初识文学的时光。在我和他第一次见面后,我如饥似渴地将他提到的书读完,被你猜对了,首先启动的,就是荷尔蒙。我读到《月亮与六便士》里,那个艺术保护家木讷的妻子,用惶恐不安甚至厌恶憎恨的态度面对高更,我就知道,她是爱上他了。爱是一头怪兽,失灵的防御机制。我合上书,我知道,我也疯狂地爱上了大师。我要去拥抱他、亲吻他,我要去看他看过的所有的书,我要枕在他的肚皮上听他滔滔不绝地说。听他说,听他说,听他说啊……我要把自己印在他的书页上。我一定要爱他,一定要他也爱上我!"

"那次去办公室,我确实有备而来,除了带着满腹读过的书,也带着满腔酝酿的爱。他确实大吃一惊,我们也确实吃了烤鸭,到了紫竹院。你知道,我从来都不缺乏勇气。刚踏进公园大门,就在红红绿绿的广场舞旁边,我就对着他说,我爱上你了。对,没错,我爱你,我确定,我爱你!我是在爱你的!他木了一下。他笑得很舒展。他又木了一下,再笑的时候,他那惯常的轻蔑的表情又出现了。那一刻我就知道我完了。我已经开始哭。"

"走,我带你逛逛紫竹院,这是一所皇家庭院。"

"我哽咽着跟着他。沿着昆玉河,他开始讲慈禧太后,讲李鸿章,讲袁世凯,他讲得妙趣横生,都和我历史书上学的不一样。我满脸挂着泪,但有些时刻,他那些灵巧的话语还是可以把我逗笑。他又讲了阿切比的《崩溃》和厄德里克的《爱药》,我竟然在伤心欲绝的状况下进行了有关第三世界和少数族群文学的艰苦卓绝的思考。他说看了《乔伊斯与诺拉》就忽然懂了《尤利西斯》,他说他正在看《如此苍白的心》,有的故事不到最后几字不见分晓……我不停地哭,他不停地讲,天色从灰蒙蒙到黑定,却似一瞬。竹林里的雕塑白森森的,而我们也看不清自己脚上的鞋了。忽然一个转弯,公园大门竟赫然出现。空间把时间带到眼前。分别的时候,我仍旧淌着泪,但已经不再抽泣,眼泪和呼吸已经和解。"

"我……我明天,明天我就回去了。"
"坐火车?"
"嗯。"
"这本书送你。"

"他从衣服里变出一本《百年孤独》。是的,那天的火车上,我并没有看阳光明媚的《德米安》。我像小说家那样对整个真实事件进行了重新编排。是的,把一个失恋故事改装成一个成长故事,毕竟文字都是传递情感的伪币。那天的火车上,我拿出他送我的《百年孤独》。起先我拿着它,不过是拿着一个失恋的纪念品。是啊,这是他送给我的,是我爱的他送给我的,是不爱我的他送给我的。我的眼泪止不住地流,我的沮丧和心碎几乎让我无法翻开书页。但终于我还是打开了它。飞驰的车轮像没完没了的裹尸布。不知不觉间,我带着爱情的伤悲走进书页,看完后,合上书,就像走出了一扇门。门外说不上是什么好风光,但物换星移,已经是另一个时空了。你扭过头去,想把那扇门锁好,但它竟然已经不在了。"

"他了解你。"

"我们都想做时空的主人,或者自己的主人。"

"嗯……我心里快有答案了,我还需要问你最后一个问题。"

"什么? 你这个读者有点厉害了! "

"你说大师出过一道烂俗的问题,'你认为有爱情吗? '那他自己怎么回答的呢? "

"哈哈,你这家伙果然找到了故事的 Bug。这个我可没办法告诉你。因为他也并没有告诉过我。说了这么多,我还是得去找大师赔罪。给他磕头或者请他吃火锅,到时候你也一起参加吧! "

"非常荣幸! 我去听你们聊书,看你们斗嘴,不亦乐乎! "

肆 你

- 对话现代生活
- 数字化的孤独
- 自由的表象
- 走近文学故乡

码上发现

一艘军舰的意识

军舰行驶在海面。空间在时间上滑行……

潘岩

潘岩开始第十次回顾人生。

第十次仅限于这一次的出海航程。而这是他第七次护航。要是算一个总账,他已经把五十年的人生翻来倒去回顾上百次了。

在海上漫长航行,就会逐渐发现,回顾人生是一个最经得起反复玩耍的游戏。漫长航行不是几天的新鲜,几周的兴奋,是半年以上的逶迤往复。一群固定的人被扔进一个铁盒子,再把铁盒子扔进海里。空间已死,你得直勾勾地对峙时间。全船的碟片都无死角循环传阅了三次,扑克的技巧以及暗号都谙熟老套,在岸上觉得妙趣横生、奇妙诡谲的游戏像是被海风一吹,都形容枯槁,了无生机。肉和鱼索然无味,连死去的它们也像是疲倦不堪,再也不似岸上那般喷香呛口。为数不多的几个女兵,大家观看、谈论,并在脑子里编造腥味儿桥段……然而不知道为什么,在远航中,一切编造的东西渐渐都变得不可忍受。

虚假就像味精。交谈是饮鸩止渴。走样的感官却是敏锐的扫描仪。听来的别人的家长里短有味精味儿,自己指天誓日赌咒的确有其事,也弥散着味精味儿。正是如此,虽然大家仍旧不住地说啊,聊啊,谈啊,却像填不进什么管事的东西,把悬浮虚晃的灵魂粘回到肉体上。

于是,当那轮老旧的太阳再一次蹒跚地惴惴下沉,大家按时间的吩咐吃过晚餐,许多舰员会换上体能训练服,回到直升机平台。先原地蹦跳几下,舒展舒展身体,而后沿着栏杆,开始启动步伐。先是快走,尽量地甩开两臂,而后慢慢腾起,逐渐加速。当呼吸、心跳和脚步汇聚成一个节奏,你就成功地为自己在这大海上的铁盒子里开辟了一个独立的空间。只有你和你自己。毫无疑问的你和你自己。你畅爽地大口呼吸,向前奔跑的劲势撞开时间的诡计,你会迎着那海上落日的迷茫壮丽,一边奔跑,一边对自己说,嗨,咱们来回顾人生吧。

潘岩比一般人更勤勉于这个游戏。当他一遍一遍地回顾人生,他似乎越来越理解那群看起来呆头呆脑又装模作样的贵族。构成他们傲慢品格的一大部分缘故,正是他们拥有比一般人更多一些的记忆吧。属于他们的时间用一连串持续不断的家族记忆封固留存了。这种对时间的从容,让他们显得典雅,他们回顾起人生来,可以说,"很久很久以前……",一个笑声吓了他一跳。他镇定了一下,是自己的笑声,想必是提到贵族的时候,他自己忍不住嘲讽了自己。这多少有点诡异。前两天驶进印度洋,世界就阴着脸,灰蓝色的云和海一并翻滚咕噜着,今天又换了时区,刚刚调了船时,时间和空间都有些渺茫不定。

护航的某个阶段,远离出发地点,未至任务区,再赶上气象平稳,日复一日,军舰像穿行在整齐划一的空白书页,你将会有一种强烈的疑惑。别的似乎都不在了，每天只剩下时间。起床时间，训练时间，吃饭时间，学习时间……时间已经无处不在，随处都是，时间丰沛得让人窒息，像瘾君子躺在毒品里，像摇篮摇晃在空谷中。像水溶化在海里。于是时间似乎又有消失的危机，有人会跑过来认真地询问，今天是周几？时间像是在被自己腐蚀，消融，滑溜溜地弥散，仿佛时间的任何一个表述方式都不足以牢牢抓住它。

这样的时间让感知走样。新闻里叫它护航迟钝症，用来刻画官兵的艰苦。潘岩想起来，在回答一位女记者的采访时，他下意识迟了好几秒，才从喉咙蹦出一个"嗯"。那位多情美丽的小猫竟然哭了起来，鼻头都哭红了。他既厌嫌她的好心，又欣然享受那嘤嘤的哭声。享受的缘故也是下意识的，仅仅是她的哭无意间划破了时间，呼呼冒出一些奇异的新鲜气味，勾引他津津有味地出神观看。

他也没办法去跟她解释，这或许并不是什么迟钝症，恰恰相反，是时间乘着源源不断的海风，把身体的细枝末节打扫得通透干净，意识被释放出来，自在穿梭，无拘无束，每个反应都敏捷地绕过了媒介。灵魂绕过肉体在飞速对话……

如果长久地航行，灵魂这玩意儿就不再神秘，也不必禁忌。灵魂会经常出现，时来时去。灵魂像一只抓不到却总在嗡嗡嗡嗡的蚊子一样，绕在眉心耳边。有时候你喝口浑浊的浓茶，屏气凝神捉住它，把它狠狠塞回体内。而日炙风筛，颠顿翻覆……灵魂不得安宁。它又漾漾地从身上探出来。于是全船的灵魂都若即若离地悬浮在身体四周。它们彼此看见。只需看每天早餐之后，潘岩从内舱通道至飞行甲板快步绕上一圈，不动声色，就完成了和所有值更人员的部署、调整和反馈，你就知道，灵魂绕过肉体在飞速对话……

但潘岩不可能用这些话来安慰她。况且对于这样一位娴熟的语言工作者,秉承着人类归纳、总结或引申的本领,她多半将心领神会地在采访本上写下"默契"二字。潘岩张了张嘴,欲言又止,像是眼见"默契"被海风吹皱,丁零当啷摇摇欲坠。因为长久的航行,潘岩习惯聆听意识嗖嗖地穿梭,他发现,由于它敏捷的效率,当它在脑中完成千山万水的对弈,将最终的结果送到嘴边,原来所有争辩最真诚而慈悲的答案就是,沉默。

海面平静。

如果长久地航行,你将会明白,语言是多么多余,多么虚骄又空洞的玩意儿。例如新闻里反复报道军舰上的晚间锻炼,大家戏称之为"亚丁湾暴走"。一般性的想象会有这样的画面:坚实的甲板,壮阔的海,喧腾的浪,笔直的汽笛声。一位海军高级将领,他有着蛮横的体魄,鲁莽的肌肉。他迈着大步,在甲板上奔跑。太阳落下来,洗下整个大海的粼粼波光,他踏碎这璀璨匆忙的光,整个大海是他的跑道。他姿态矫健,思绪翻飞,回顾一生血雨腥风的光荣……

潘岩倒并不像年轻军官们那样反感这种"一般性的想象"。某种程度的矫饰所带来的虚假,恰是兽力喘息的空隙。况且,几十年的集体生活,他早就不会用"我"去比对那些骇人的语句。印在报刊上金灿灿的褒扬文字,不过是一种兴奋而粗糙的修辞。他把它们看作一艘军舰理所当然散发出的气味——无数财富和勇气汇集成的庞大而强健、明朗而"非人"的气味。

　　而就在这次出海之前,他的人生出现了一些"特殊情况"。起先他去刻意消解这个意义,把它看成一个无足轻重的偶遇。然而在每一次回顾的时候,这个事件都会突突地想要冲破拦阻线。更有甚者,他逐渐意识到,这事件根本不止于他的自怨自艾,正有许多不相干的旁人在抢着佐证它。就在起航后的不久,董政委"背着他"开了全舰干部及骨干士官会。背着他……还是这幸运的"默契",这舰上难有什么事可以背着他发生。董政委跟大家通气了"他的特殊情况",交代大家不要在潘指挥员身边说有关家属的话题。如果"离婚"是一个失败,他们的煞费苦心加重了这个失败。而他竟然知晓他们的煞费苦心,像是又一次往这个失败上扇了一耳光。不疼。悲剧被反复揉搓,只会让人发笑。

　　他清楚他的"特殊情况"已经干扰了舰员的心理。"谈论家属"是除"独自回顾人生"之外最宜人的话题。这白花花的"特殊情况"横在他心里,像是在嘲笑他一向以来的有条不紊,大局在握。他骤然升起一股寒意:得先把自己拉进条理之中。他仍旧要回顾人生。这人生就是他的,像个破漏的口袋,扔在无数个人生的附近。他只有它。他与生俱来的,在这之上慢慢流逝的,他从外部获取、留存以及复又失去的……在这寂寥的海面,独自一个人,沉进完全的自己,让回忆里每一个瞬间都货真价实的自己重新灌进空荡荡的体内。这是远航的固定药方。

　　他仍旧得回顾。看看失败是什么时候找上自己的。他想要捡起自己。他并不是不接受这个失败。他想看到生命的走向是从哪里发生了偏差。在回忆的口袋里反复婆娑,就像饥饿的人婆娑身上的每一只口袋去寻觅食物般让人羞愧,他如此羞愧,像是被自己诅咒了,却仍旧继续。

他再一次努力掠过"离婚"。这努力让他精疲力竭。他发现他不仅没有一个庞大的家族可以回顾，就连自己的童年，也要跳过。在枯燥和乏味的尽头，孤独几乎要揪起疯狂，他宁愿去推开禁忌的死亡之门，去想想没有他的无边世界。可笑的是，门后的第一道光就照在一个孩子的脸上，乌黑、肮脏，贫穷得像枯萎的秧苗一样。他扭过脸去。因为他知道第二道光就会照在父亲身上。已经成熟的、不可逆转的悲伤和苦难的硕果。如果可以，他想一脚踢开自己。以他现在的强壮，这被海反复精炼的体魄，他可以把骨瘦如柴的自己拧断。现在的他也早已过了父亲那时候的年纪，现在的父亲，已经挣脱了时间……这些比痛苦更糟糕的东西，毫无缘故不容辩白地摆在他的人生里。遗忘并不是消失，虽然它并不站在记忆的对面，遗忘正在记忆看不到的地方无声地凝视着记忆。

这一次的变故，潘岩警醒，在某种被生活偷偷混淆的是非里，他正偷偷把自己忘到脑后。那个被遗忘的自己，一直无声地凝视着他，这凝视如此绝望，冥顽，却也同样洞烛幽微，专诚不渝。它以梦魇的方式袭击记忆的堡垒，带来莫名的焦虑，它侵蚀，侵蚀，悄无声息地诱引命运的步履和方向。他糜骨生肉，寒灰复燃……而如今，那个被遗忘的自己，它已经挣脱遗忘，绕到记忆的面前，直直地看着他：嗨，你离婚了。

"失败"让你撞到自己……

而依照远航的规则，这些栉比字句也在时间的吹拂之下，分崩离析了。

从他当舰长开始，已数不清在这艘船上处理过多少次的离婚事件。他处理起来，那么实际、有效。他不管他们是带着愤恨或眼泪而来，是黑色的沉默还是红色的倾诉。他只陪着他们变成灰色的冷静。事后他们都觉得他处理得恰当、得体。这不过是因为他心有轻蔑。他不带感情色彩地去处理这些感情的事。他毫不客气地为舰员争取利益，他淡漠地无视女人们用绝望的等待和无助的热泪向这份职业抛洒的诅咒。或许换一个说法，他根本觉得这种感情的事并不是什么"感情的事"。它如此浮夸，这样轻易地被时间击败……

他倒没想过轮到自己，虽然他的确生性悲观。由于这悲观，他自认比其他人更精通于防范。防范海盗的破烂小艇，防范官兵的心理障碍，防范印度洋的鬼天气……他像个被害妄想症患者，脑子里全是最坏的打算，整个军舰上危机四伏，每一个螺丝钉都有可能导致灾难。来吧，来吧，一定有什么更糟的在前面。当真的危机来临，潘岩总是镇定地像一块岩石。他像是比平时更沉默，也更舒展。他井井有条，甚至容光焕发，舰员们说，潘指挥员不是在应付危机，他简直是张开所有的自己拥抱它、享用它。

他知道手下的人都怕他。他很少抽烟，也不会喝酒。就算刚刚靠岸，在属于海员最天经地义的放纵时刻，他也没有享受过酒神的眷顾。与他相熟的唯一方式就是工作。通常，他布置任务，你提出建议，他否决你的建议。因为他早已将可能被提出的异议都深思过一遍。他要求自己铁面无私，他有这个天分。他能看到每个舰员的细微变化，辨别得出各种隐蔽的状况。他不和同学厮混，也不进同乡的圈子，他没有爱好，很难被讨好，却也没有多余的偏见。他工作的时候将自己设置成老式机器人模式。大多数人以为这个机器人就是他了。

极少部分的人知道,在机械之上,他还有另一部分。事实上这一部分也非常强大。他无疑是个有灵魂的人。董政委算是感受到了这一点,虽然它冒出来的时刻太突兀,让他这个泡在文献里的老编研室主任都有些惊奇失措。

"当我们回首往事的时候……"潘岩说得很自然。董政委不记得是什么话题招引来他这凛冽的思索。他们之前似乎默默走在舷边,并没有聊什么闲话。老董也知道,远航船上的人,比任何时候都更加拥有灵魂。某种思索人生的欲望,会生理性地袭击胸口,甚至提到喉咙,并敲击太阳穴。他老董如果在欢快的醉酒时刻,背几句奥斯特洛夫斯基的诗句,也算典型的政治委员式的幽默。而潘岩说起这段告白,那么诚恳、笨拙,像是被风送到他嘴边,就这么活生生跳了出来。虽然按照远航的规则,以及他对言语的轻蔑,他说完这句就停下,无声地望着前方,但董政委竟然随着那语调,将那句后面的一整串感慨在心里默默念完。

"当我们回首往事的时候……"

像是惯性。像是身不由己。像是鱼贯而出的祷词。像是早年气焰旺盛的热情年代都没有读出这般的心动。像是天地之间,一叶扁舟,只剩这一句理想的足音在瑟瑟发抖。像是唯有这种远离尘嚣的孤独才是它的容身之地。董政委惶惶的,竟然有些凄凉的感慨,他揣着满心的惊异,随潘岩望着前方。前方无非还是海。

董政委一下懂了他。几乎同时,他在这种火热的誓言中通感到了潘岩离婚的痛苦。那次他们竟如此默默地走了一个整圈。这沉默并不难堪,某种一触而通的媒质在温柔地游历。他甚至忍不住看了潘岩一眼。他简直目睹到,那痛苦远比他们预想中更痛苦。他立即又把目光收回。因为随即他便无比确信,这黝黑的痛苦只能任它艰难地自愈。

天已经黑透。想必早已跑过八圈。因为心脏开始冒出来。身体的韵律正被打破,体内沉静惰性的部分被血液翻腾出来,在皮肤的城堡里加入身体的鏖战。在这个蓝色的巨人身上奔跑,伏在它怀里行进,你逐渐会懂得区别它的心情和脾性。风和日丽下的枯燥清爽,它闲散坦荡,昏昏欲睡。恶劣的暴风雨中,它踉跄着大呼小叫,像乖戾浪荡的醉鬼。这些不过是海的心情。更多的时候,它不那么暴躁,也不那么平静,那一汩一汩不大不小的波澜不规则地碾过,细碎而复杂,混乱而又丝丝分明地刮磨,像大病痊愈之下的隐隐作痛。气象工程师会吞下一个沉闷的叹息,在日志上记录:海面平静。

这才是海的脾性。

潘岩执拗地认定,如果有神,它的面孔应当是一抹淡漠的神情。神的仪式是一种黏稠的静默。就算灵魂在体内已经颠倒反转,也应该有一个体面和沉着的面容。就像,海面平静。

如今大多数人已经不介意这副面容了。他们武断地认定这不过是一副面具。是虚伪,或者蠢笨。他们扬言我们必须在本性里挣扎,让各种黏稠腥臭的体液随意泼洒,像爽口的可乐啤酒一样欢快而廉价,他们袭击、破坏,不是笑就是哭。他们狠狠地撕开伤疤,看到血。这些富有魅力的言论的暴徒。他们忘记了在破碎和顽固中间,在崩溃和虚伪之上,应该还有一片萧瑟的平静,一种可以包裹住混乱的典雅和体面。它颤颤巍巍,却竭尽全力。就像,海面平静。

女儿可爱的面孔跳进脑海,还是十二三岁时候调皮而贪吃的样子。她扬着嘴角说,打死也不来部队。她坚定地说,你没有你自己了!

潘岩惊讶了一下。这句话是个空炮弹！他们不过是自己觉得，他们有一个大大的"我"。而那个我不被歼灭在对某个明星的崇拜里，也会迅速沦陷在一次煞费苦心的恋爱中。他们更懂"我"，于是可以更轻易地丢失"我"。失魂落魄……那纤弱的灵巧的混乱的自由，莫非就是追问的尽头？自由没有绚烂的沸点。自由是没有船的海！如果有装模作样的崇高，也同样有装模作样的堕落……碎片和伤疤里没有真相……

这辩解并无丝毫效用。痛苦让他一阵恶心，骄傲加重了它的程度。他眼泪被一整个眼眶噙满。睫毛紧紧抓着它们，像是抓着一个对的世界。眼泪把双眼浸得生疼，终于退进体内。他又扼住了自己。他依旧步伐平稳。也许海知道，他用多么骇人的理智在操控自己。

他习惯跟情绪较量。他不松口，一点尊严都没丢。他嗅到妻子的妥协气味，却在签字的那刻，仍旧保持一种战胜方的姿态，他甚至耐心地告诉她，在这里签字，那里也要签。那副松弛的派头，那黝黑皮肤上闪着的非人的清爽理智的光，足以让任何女人绝望。

他想起之前自己摆出的家庭权威，怒不可犯。那时候，妻子和女儿常常承受这种暴怒。

他愿意承认他的暴躁。但他有最彻底的真心。他天然地觉得她们应该懂得。一锤定音，一诺千金。他不喜欢反复阐释，不在意过程和细节。她们应该知道，他就像海，卷起的沙石风浪，都会在冷静后沉淀，重新归位。他自己是不会被生活的混乱打扰的。大家都应该跟他一样分得清什么沉下来，什么漂走。

在接到那个威胁的电话后，他只觉得她愚蠢。当她果真搬走，他觉得她残忍。她把孩子也推给他，放弃抚养权的时候，他倒是怀疑起自己的基本判断。这是一起生活了几十年的女人？而女儿则反过来说，你真是个冷酷的人。女儿甚至都没有哭闹。她扔下这句话，傲慢地，像扔给路边的乞丐。没错，她正是这副表情。她认定那乞丐是冒牌货，只为尽快摆脱它。丢下的只有轻蔑，没有同情。

这冷酷的傲慢恰好回敬他傲慢的冷酷。我是一个冷酷的人吗？他问自己。这个问题却像一扇没有把手的门，推不动，打不开。有些事在他的常识之外，现在逼迫他有所感悟。因此这一次的回顾，他偷偷降下一些骄傲，让情感的气体稍微漫进体内，他忽然意识到，自己竟然有能力去感知严酷战局的背面：她说，母亲病危，你不回来，我们就分手。这是女人的无助。她毅然搬走，是倔强。她放弃女儿的抚养权，不过是想用一种袭击性的疯狂做法来刺激他投降。有时候将立场稍作调整，智慧就欣然显现。然而，它无能为力。它不过平添一丝遗憾让他封存。骄傲又升上来，严丝合缝。智慧扳不过它。

他如此紧张地绕着"尊严"打转。可他却正被视作需要被顾虑情绪的人！一个可怜的人，失败的人！

潘岩猛地听到自己的声音。

他听到他在说"不"。

他不敢抬头。但当对面逼迫的空气袭击过来，他屏气凝神，又加了一句："不。"这一次，他笑了。又过了几秒，对面的人从鼻孔里哼出一声轻蔑。

他没防备思路会忽然跳至这个场景。它既遥远又琐碎，悬荡在遗忘的深渊里。果然，遗忘像个复仇的将军，带着毁灭和颠覆的气质，大摇大摆地走来了。

奔跑已经耗尽了太多能量,心跳开始盘旋在耳根,潘岩猛地加快了步子,像是要戏弄疲倦却平稳的心跳和呼吸,像是要轻盈而奋力地出窍于自己,哈!他成功了,身体立即做出了反应,像一部被黑客袭击的计算机一般拼命调整。他在这身体的一片惊叫混乱里笑着,随即又有了冒犯的勇气,他决定在此刻,在海天之间的甲板之上,穿透那几十年熙来攘往绰绰泱泱的人生通道,回望过去,直面那逼人的轻蔑!哈!潘岩抬起头,看到对面的人。

那轻蔑的眼神仍旧停在那里,像一个注脚。它停在他 20 岁时军事院校的一个办公室里。它又似乎穿透几十年熙来攘往绰绰泱泱的人生通道, 照进此刻潘岩的眼中。像是它早在那个时候就看到了现在。而那抹轻蔑的气息,也像是早早就嗅到了此刻的失败。

那抹轻蔑的眼神属于舰艇学院的指导员李洪武。在另一条命运的轨道里,他或许会被誉为潘岩的指路人。

他完全记起来了。"当我们回首往事的时候……"早在舰艇学院的时候,这句追问就从体内单拎出来,高高挂在他命运的飞檐上。以后的风来雨去,这句话就像风铃一样叮咚直响,催促他跳出机械规整的外壳,来履行痛苦的思考。有时候他甚至觉得,他如此这般反复地操舰驶向一成不变、无边无际的大海,这行为本身就像一个庞大恐怖的追问。

他听到自己回答得如此坚决、执拗而不知好歹。对面的李洪武,不只轻蔑,在他摔门而去之前,就已经是深深的厌恶和憎恨。如今的潘岩早已将这位偏执师者的纠葛放下, 他只专注地望着自己厚壮结实的背影。奇怪的是,首先漫过心田的却是一丝爽利的甜蜜。

他正是在那个四年里重新长出了一个"我"。这甚至不是什么比喻,他结结实实长出了几乎一倍的体重。他从那个被父亲震慑的胆怯而细瘦的小兽里脱壳而出。因此,在大四的时候,在对一心想要抬举他希望他留校做助教的李洪武说出"不"的时候,他已经毫不畏惧了。

潘岩遭遇过无数有关骄傲与尊严的言论,仿佛尊严仅仅是精神世界的焰火。潘岩却觉得他的尊严是一寸寸长出来的。干脆说,是一口口吃出来的。他几乎亲眼看见身体之上如何长出了力气、胆量和思想。起先他只是觉得学校的伙食好过老家,胃口大开,直到同学们频繁抱怨伙食单调,他也仍旧每顿都默默吃到最饱。后来他发现自己根本不在乎滋味,他在咀嚼食物的时候,像是能清楚感觉到身体的渴望,它们被吞进胃中,嗖嗖地分解、溶化并被四下里吸收,变成血、肉和热乎乎的气。在清晨到来之前,他会用掉它们,而从早餐开始,食物又孜孜不倦来到身体的各处!食物是值得信任的。身体也从不辜负它。在淋浴喷头下,他检视自己,一条条的肌肉一层层包覆着骨头,饱满的血管,浓密的汗毛。身体的生机汇集成心脏的鼓点,像是一头被他豢养在体内无所畏惧的猛兽。他一天比一天有力、强壮。他常常从图书馆出来,在校园里走着走着,就奔跑起来!力气是属于自己的,他想怎么用就怎么用。高兴的时候,他可以向任何冒犯他的人挥动拳头。

潘岩认定,骄傲必须从一个能挥拳的肉体开始。让身体长上结实的肉,对尊严有最直接的帮助。况且,大脑不也是肉体?它不正是一团血与肉的稍大一点的拳头?骄傲并不复杂,甚至并不自主。在事情的节点上,情绪的沸腾处,骄傲油然而生。骄傲不能婆娑出来。

然而……潘岩的思路忽然回到脚下的步子上。回到这步子下面银灰的甲板上,回到此刻的海上。呵!这甜蜜蓬勃的肉体也许只是他人生的一个陷阱。他想起高中同学的聚会,当酒精逐渐驱离了客套,他们几个服役的军人,开始持续遭到政客的轻蔑,资本的嘲笑,或是"儿女情长"们暗藏恶意的善意同情。他看见他的同袍们无力对峙,他们理所当然地运用那些金灿灿的褒扬来证明自己,他们面红耳赤地讲述艰苦、孤独以及奉献。他们挣扎着表达,声嘶力竭,他们焦虑地斗酒,一饮而尽,却无论如何冲不出隔膜、怀疑或讥讽。潘岩惶惶地发现,这根本不管用。那些一贯戴在头上的光荣伟大,在最需要带来骄傲与尊严的时候,却并没有出现。

他再去回想李洪武的双眼。老辣失望的眼神却升出一种温热的东西。同样的农家子弟,同样拥有挣脱胎衣的天分,他那么执拗地要指导他、引领他去一条对的路上。也许曾经他的血里也有"那个追问",也并不甘心只做一个寂寞的教员,过一份踏实平凡的生活,他也曾背过脸去,躲避自己的命运,去张望更不可思议的世界,去憧憬大海……

他在某一天赫然领悟,骄傲和尊严那么虚假却昂贵,人生就是一场大的失败。于是他看着潘岩,像看着早年的自己,他决心尽早熄灭他那些无用的野心,不想眼见它借着青春勃发的劲头,燎起一片火龙,直至照见伟大不凡的幻影。而当你拼尽全力,精疲力竭将它走成近景,它却随即消失了。有些东西只属于远方。就像有些东西只属于海上。就像……

一颗流星划过海天。这不正是今天的自己?一个不自量力、不服天命、背离自己最优雅的轨迹的人。可笑的伟大在失败上搁浅了。

潘岩肩头一紧,只觉那黯淡沮丧的星,正是一团乘着灰烬的微光,蓬松炽热地降落在他身上,这团滚烫、沉滞的火,缓慢而坚决地沁讲皮肤,像一个啮蚀血肉的深吻。

这啮噬血肉的梦想。

这啮噬血肉的爱。

以为自己还在攀登,原来早已不知不觉翻过了高峰,年过半百,才面临一无所有,孤身一人,就得收拾起心情迈向衰老? 他还不能像年轻人那样懊恼地大哭一场,人们会对青年的失败嗤之以鼻,但对于中年的失败——已经不可能转变的失败——他们连落井下石的心情都没有了。他们会在这里找到最原始的恻隐之心。去欺负一个彻底失败的人,有什么快乐呢。

他几乎被自尊逼迫得发起抖来。如果可以,他宁可要他们恨他。哪怕是最恶毒的恨……他愤怒地停下脚步。

呵! 他立即感受到全世界的敌意。奔跑的惯性,军舰的速度,海的脉动,天的运转……所有的运行在绞拧他此刻的静止。他有些踉跄,一声尖锐的耳鸣嘶叫在耳后。眩晕的头和空洞的脚。他闭上眼睛。天地旋转,他身在何处? 时空就在脚下,四面是无边的海。世界飞旋,只有他和军舰岿然不动。生活不再是线性,命运也没有轨道。故事可以向任何一个方向延伸,结局却全部踩在脚下。美味在嘴里绽放滋味,口水与它狂舞,胃液像喷泉一样将它们燃成焦香金黄的香气;爱情停留在爱的炽热里,放声大笑,泪眼涟涟,熊熊大火燃烧在暴风骤雨里……灰不散,香不灭,雨不停,没有开始也没有结束,一个大大的惊叹号矗立在天地之间,而……

海面平静。

吴靳

你驯服大舰,我驯服你……

吴靳蒙在被子里发短信,指尖还是冻得红彤彤的。她随即又将这几个字删除,改成,你驾驶大舰,我驾驶你……事实上,潘岩是台州人,在都江堰旁散步的时候,她记得他经常说"操舰,操舰"的。哈,吴靳这么一想,心里一笑。

她喜欢跟他亲热。

最初她迎接这个力量的时候,她像是眼睁睁地看到,不是自己小了一点, 就是自己的身体大了一点, 像是之前自己和自己的身体之间,总有些没有完全贴合的罅隙。她被这个力量一推,手机咔地卡进了手机壳里。她至此才算无比妥帖地睡在了自己的身体里。

最珍藏的是亲热之后的那一小段时光。愉快和疲惫似乎让大脑困顿,又似乎让它飞快地旋转。潘岩会把十指交叉背在脑后,斜躺在床上,让喘息平复。直到眼睛明澈起来。他会笑。像躺在青草上看着天空。像少年。语言随即滑出身体,他们胡乱说啊,说啊,无论说到什么地方都那么恰当、甜蜜。她并不记得说过什么,只觉得那种愉快,跟都江堰路灯旁的散步倒是两样。

你驯服大舰,我驯服你……

有的是时间字斟句酌,或者勾画一个情景,在某个脸红耳热的时刻, 贴着他的耳朵说出这句俏皮话。反正那边已经有一个月没回复了。短信在空中嗖嗖地滑行,信号断裂,忽然跌进海里;短信被敌军拦截,折磨了一百个密码大师;短信被一只精疲力竭的海鸟衔在嘴里,跳上军舰的栏杆……

她一边愉快地编造故事,一边把手机扔出被窝,只这么一掀,一股湿溜溜的冰凉击向后肩,没有风,倒像是月光拍了肩膀似的。寒光,可不是冰的?吴靳打了个寒噤,把被子掖得紧紧的。潘岩或许正热得不行。也许因为第一次见他的时候,他那么黑,吴靳总觉得护航的途中只有骄阳似火。她看了那些新闻,天蓝得璀璨迷离,云几乎要落在海上,阳光不住地在青灰的舰体上绽放大大小小清脆闪亮的光晕。枪下的火在空气里,像是烧着什么我们看不到的东西。至少是困住了它,扭打着,那火像贴在玻璃上的人脸。直升机嗡嗡嗡地转,像个聒噪的飞行类宠物,更加重了酷热的感觉。

这么想着,她竟然觉得被子里暖和起来。一点也不困。在给他写信的时候,她喜欢放一首歌。叫《我的失败与伟大》。也许只因为喜欢这个歌名。她喜欢"伟大",她也喜欢"失败"。这些词都充满了重量。通常只有实物是沉甸甸的,但竟然有些概念、观点,一些不可思议的脑袋里生发的莫名玩意儿,也会沉甸甸的。这两个词就是这样。

也是因为在认识的当天,潘岩在表明自己海军身份的时候,那个弥散着潮湿烟草味儿的四川茶馆,正循环往复地放着那首歌。吴靳记得电视机架在房梁上,左上角的一小块屏幕被一张蛛网绕了几圈。像个乡下姑娘的灰色发髻。

这歌其实一点也不沉甸甸。这么重大的两个词,叫一个女孩那咿咿呀呀的声音唱出来,黏黏乎乎的。也因为这样,她觉得这歌妥帖地描画了她的心情。女人总能把男人的豪情壮志从云端拽下来,拽下来。或者干脆用指甲尖戳上一个小孔，啾！

几个最好的朋友都说，她是个有点古怪的人。虽然她的古怪一般人并不能察觉。因为她的喜好并不怎么付诸行动。行动上她随遇而安。情绪上她平稳而空洞。她像是个很好的接收器。自己不发声，但灵敏地接收信号。她的天线却专门喜欢接收稀奇古怪的东西，越与衣食住行不相干越好。

接收了也就接收了。她心里欢喜一番，就把这些又懒洋洋地推开。世界是她的大屏幕。

要不是她忽然嫁给比她大了十九岁的潘岩，也许她的古怪能默默地跟着她一辈子。然而这震惊像一场自然气象，过了就停了。它不是那种巧谋的连锁反应。这场气象实在有点庞大，带来一段惊心动魄的烦恼，但是，无论如何在她想到她嫁给他了，他们一生都在一起，还是觉得无比妥当。

古怪的家伙们都有第六感，谁知道呢。她听着听着就睡了，她也总能在走进睡眠的前一秒，把音乐关掉。

嘭。世界没了。她也没了。

吴靳和世界一起再出现的时候，就是第二天清早。她睁开眼，她的大屏幕就打开了。睡觉如同充电一般，这点她也和潘岩一样。只不过潘岩是机器人的程序调控，她则是无为地将自己交给老天。她抓起身边的一颗钥匙扣，钥匙扣上是一个鸡蛋大小的微缩地球仪。她也忘记是什么时候养成的习惯，她的大屏幕的第一个镜头，必须是一片海。那就是……她翻转着这颗精巧的地球仪，用拇指拨到印度洋板块，再把它拿得更近，贴近鼻梁，用食指将昨天的航线往前移动几毫米,就像她真的看到他了！地球仪上大片光滑的蓝色,他的船就在这球的光滑的蓝色上滑行。那里的空气和视野都无比充足,没完没了的海。

握着地球仪,她觉得和潘岩在一个时间的频率上,这让她感觉很舒服。例如,"想一想",是三天左右。"我爱你……"后面的省略号,足够延宕整整一周。而铭记的长度,她觉得可以很轻松地定义为一辈子。这和校园里那些呼啸而过的爱完全两样。她要的不多,所以预备记得的事情从来不忘。潘岩想要铭记的事情,记得周全而细密。哪一天,哪一个时刻,空气的热度,风与鼻尖相遇的速度:她忽然将手伸进他的口袋找到他的手……

图书馆的海洋故事,她最喜欢康拉德。一条退役的老船,被命运绑上一次可怕的征途。千疮百孔,它也还在。没有一个故事里的船会真的一拍就没影,连个泡泡都不吐一个。船总是会浮上来,至少小救生艇会浮上来,最不济的情况,救生圈也会浮上来。而潘岩就在那当中。她不敢去说这些胡思乱想,或许这些都是海的禁忌。

潘岩经常会对她说,你会离开我的。言下之意是,你离开我我也不怪你。更下面的意思,只有她知道。她也不戳破他。那还是关于他的骄傲。他的意思是,你即使走了,既然在我的预料里,也算不上是我的失败。

以潘岩那样的悲观,将他这场漫长的人生讲给她听,他总会诧异地问,如同傲慢的导演对待笨拙的演员那样,反复地问,你明白吗？你明白吗？你真的明白吗？后来他发现她真的明白。她还会轻描淡写地说一句:"想不到还听不懂吗？"

她懂他。他像她造出来似的。这种一下看到底的愉快,她经常自己默默欢乐。而他并不全看得懂她。她古怪,她不能用经验总结出来。所以他比她惊慌。只有她知道,她根本不会离开他。她也不预备告诉他这个秘密。其实也没有一个方式能让他信服。这确信,任何言辞都无法绕开他的怀疑顺利传达。

只好任他惶恐。

他经常丢来一句残忍的话来伤害她。以她的古怪,起先她是不在意的。她天然地防御人类千万年练就的丑陋习性。渐渐地她发现,若是她不接受这个伤害,这伤害的利剑会返折回去。

她恍然大悟。原来伤害这个玩意儿,不能消解,必须到达。她是在他话语的延宕停顿中意识到的。她通过懂他,才理解了这个伤害。他在伤害或被伤害中获得了解和安稳。就像必须割开外皮,才看到内里。代价是某种汁液流出。

她哭了。为懂得他的方式而哭:他用刺开的方式,她用感知的方式。那些恶毒的字不过是一个口子,要她往里看进去。

她想着这是最后一次社会实践了。去年她还独自一人在这偏僻的小村庄里晃荡,像个没有前世牵挂的孤魂野鬼。如今她已经有潘岩了。她一骨碌起来。

偏僻的村庄和孤寂的远航有一种微妙的对称。像是他在地球仪的顶上,她在地球仪的芯儿里。芯儿通常更甘甜,也更密实。甜腥腥的草味儿和暖烘烘的动物粪便气味都攀着阳光向上生长,她也随它们向上伸了个大大的懒腰。透过阳光的薄暮,世界一晃……咦,又是那个感觉,又来了。永恒忽然造访,万物肃然,甜蜜溜走,她衔到一个尾音。像是一个拈花的手指对着眉心而来,那皮肤的茸毛惊惶瑟缩,巍峨战栗，它又宛然而去。那不足以顿悟，却足以平静地信服。

就差那么一点……

她把衣服往脖子上拢一拢，也许幸好有那么一点，她才有潘岩吧。

去年的暑假，他俩在同一个地方做义工。志愿者的圈子里弥散着一种甜蜜的乌托邦气质。所有人掐头去尾地来到这里，白日里一起挥汗如雨，消损体力。黄昏时分，素不相识的他们钻进一个个茶馆酒吧，享受精神的升华。从生活里抽离，在陌生的安全中坦露。到处是亲切，到处是胆量，到处是自由和解放。吴靳从一开始就察觉，有些肆意的危险正蠢蠢欲动，像《十日谈》里明媚的淫乱气味。嗯，也是某种类似瘟疫的围困，彼处勤勉的主妇此刻披散了头发，男孩把戴着崭新婚戒的手偷偷伸进微醺女孩的衬衫……不问从哪里来，到哪里去。这时间是偷来的，这胆量是眼下的，这自由和解放是用原始的免费气力兑来的。

她看到了他。看到了只有他跟她一样在考量危险。责任和警惕，这习性像海洋动物一样蛰伏在潘岩体内。

军人。"有时候爱情很失败……"远航。"只要是真爱就伟大……"正是那歌。而吴靳灵敏的接收器又让她的大屏幕跳进来一个人，她读本科时宿舍下铺的小娴。那是个很招风的魅惑丫头。想起她，是因为她们曾聊起军训，小娴就用那条修长洁白的长腿踢起了正步。吴靳军训的时候恰巧生病住院，听她们几个聊起来，像是一段鬼怪特别的时光。那里有一群整齐划一的男人。领口上汩汩冒出热浪。木讷，挺拔。小娴的脸颊还泛起些羞涩，一溜路灯在半空和路面开了大朵大朵的光圈。她看着她的笑容在光里出出进进，像一个起伏有序的通俗故事。在半黑半亮的阴影里，也是这种暧昧甚至情欲的氛围。

瞧她想到哪儿去了，吴靳的脸红了一片。一定是那乌托邦的瘟疫，也在侵袭她自己。

那叫风纪扣。潘岩轻轻地回答她。

她懂他。从一开始就懂。从一开始就看出他并不是真的在炫耀。或者说，他是学着用炫耀来吸引年轻人。真傻。他可能到现在都意识不到，他自己做得并不漂亮。

衣服就不对。他刻意穿上短打的夹克衫，而过于挺拔的军人的骨骼姿势，在那个想要诉说"休闲"的衣服里，不自然地耸立，像是一个英雄的鬼魂。那衣服没有将他休闲掉，他却把那衣服训导得全不自在。她知道他在学着堕落，学着泡妞，学着坏。

他倒没第一时间表现出他的失败，他甚至强打着精神，硬撑着欢笑，给她讲述远航的伟大。她的大屏幕先是有了海，随即有了船。船越走越远，就像故事越长越乏，于是船和海一并滑下地平线，变成剪影。近处则升起一群人。军训故事里整齐划一的男人，绿色换成白色，再换成蓝白相间的条纹衫。再后来，他们也都不见了，只剩一个黑亮尴尬的潘岩立在当中，大屏幕也熄了灯。他们就从茶馆走到了都江堰旁。

潘岩想要直视她的眼睛，却心惊胆战地发现，风流需要天分，堕落需要练习。甚至自在地浪费时间也是一项本领。离开了工作和婚姻，他才知道自己如此贫乏。他自己是青白色的钢铁里生出的怪物。有些笑话，他听不出咸淡，只使劲笑着，简直像哭。

每每想到潘岩那黑亮尴尬的脸，就像点燃了引信，一串笑的炮仗就从回忆一直响到此刻。吴靳笑出声来。幸好四下无人,也许吸食晨露的草虫听见了,瞥了她一眼。这个社会实践的地点非常偏远,她却每学期都兴高采烈地来这个别人挑剩下的地方。可也只有她自己知道,这正是她一眼就想要去的地方。也许只为名字:"美姑县。"一个理由不就够了吗?

真冷啊,美姑县。一起来的同学,她不是最热络的,也没有为贫穷和偏远掉泪,也没有捐款。但她是待得最踏实的一个。只有她研究生期间,三年的寒暑假都到这同一个地方。只第一次来,她发现自己无法征服柴火炉子,于是第二次就带来一个小电饭锅。遇见问题,解决问题,就这么简单。她会经常向潘岩汇报她的生活。

小米粥没吃完,非要剩一点点,那么干脆直接加大米做成杂粮饭。怎么又剩下半碗,于是接着放切成片的腊肠,撒一把青豆和胡萝卜丁,按下按钮,吃焦香的煲仔饭。米饭倒是吃完了,胡萝卜剩了许多,不如再加了牛腩、洋葱、卷心菜,去煲红菜汤。细细地把它们吃个精光,那半锅清汤寡水又一副可怜相。她当下就决定,再放米进去,当中放一颗西红柿,再按下按钮,揭开盖子,又是红彤彤的番茄酱饭……最长的一次她这么循环往复地邂逅了七天。她在第七天仔细清洗那个欲仙欲死的锅,觉得自己像个连环杀手,边洗边哈哈大笑。反正没人知道,如果她愿意,每天都可以按下按钮,一切不必重来,不用洗心革面,过去一直黏着未来。

过了一周,潘岩若侥幸收到了短信,他就回她一个字:香。

就算到了选择的时刻,各色小物哗地从袋子里倒出来,大家伸手去抢,她也去抢,却发现她看上的东西总是很安全地待在那儿,并没有人跟她争。她不怎么去拟订计划。如果恰巧进入某种事件中,她就慢慢去处理这件事。她不理解周围同学的那些惊慌失措。好的工作就要被抢光啦,好的手机明天就要开售啦,好的空气都被风吹到海上去啦(是潘岩那里?),好的男人都被将将成年的小妹妹们关进一座大城市的小房子或小城市的大车子里去啦,好的限量版时髦短靴就要被更高更美更瘦的女孩买走啦。他们跟时间赛跑,还要恨恨地先回头把起跑点算上。算上父母,算上祖宗……加上这次清算,他们又得再加快几倍的步子了……

而她还在寝室里对着窗外发呆,静静地看一棵树。树上有一只乌鸦。飞了。

即便是对一般情侣来说,最难挨的是男人的犹豫时光。她也没有觉得折磨。她清晰地看到他最终的决定。她甚至知道这决定中多少有关脆弱和虚荣的盘算。有关他无法接受从前失败的境地,而用她勉强装饰他失败的人生的盘算。他和她之间,他再爱她,也不会让往事一笔勾销。他拖着失败来到她这里,他或许只想靠着她休息,而不是牵着她跳舞。这些一般女人绕不开的痛苦,她只在脑里一晃,就过去了。这无关紧要。要紧的是她要他。他被无数的缘故合力框进了她怀里。

有个同学叫她老人精。那是她为同学缝扣子的时候被命名的。自然跌落的扣子也并不在计划里,恰好遇到,她于是用密实工整的针脚重新让它和衣服相聚。

她其实长得有一种殷实甘醇的美。曾有学校里的知名学长,来向她表达过一点屈尊纡贵的好感,只这样,女孩们就预备发狂地妒忌。她并不理睬,女孩们就更妒忌得发狂。其实她连莫名的妒忌也没放在心上,她不跟世界冲突,也不跟自己冲突。于是竟然逐渐丰腴起来,长出的肉像是长出了保护层,她则很安然而舒适地待在大一圈的肉体里。这种堕落很快挽回了女孩们的心。她也乐得接受她们的好意。

她虽然不计划,但她不防备自己原来在他人的计划里。比如她一上研究生就发现,她已经落入了父母的相亲计划。

或许这是最折磨她的一段人生。她也是在这段没完没了的相亲里,检测到自己的性格的。潘岩说,失败让你遇见自己。她记得那个寒假,她总坐在某个铺着干净桌布的餐桌前。对面的男人让她昏昏欲睡。他们走马灯似的一个一个地来,甚至其中的两个会说出一字不差的同一句话。这时她会稍微振奋一下精神,点亮脑袋,就此把两个人吊悬在这句话的两端,在大屏幕上仔细观看。她发现观点类似的人,长得也有类似之处。穿得更是一样的风格。连点的菜都出奇一致。

男人长到一定的时候,不再有面容。吴靳开始自顾自地走神。人格面具。面具长进了肉里,就像岁月长进了时间里。

所以,他们不再有一张可以描摹的面容。若要描摹这面孔,非描摹他的灵魂不可。

灵魂也许就是一张手写的卡片,从几个简单的字符开始。

潘岩灵魂的豌豆里塞进的一定是伟大,失败。它们分别是它们的时候,都能长出可怕而庞大的东西。但它们被塞在一处,就只能长出……潘岩了。她一笑。那是潘岩黑亮尴尬的脸第一次从回忆里点燃了笑的引信。餐桌对面的男人像是被通了电,他误以为自己的话语幽默了。这误解让他可怜得像条狗。

接着她按照那卡片上写就的剧情,观看那些类似的演出。她知道那人要浅浅地喝口茶了,她知道他要去整理一下腕上冒牌的手表了,她知道他咳嗽一声,要开始向她细数家底了。房子,车,钱权通天的朋友。她并非对它们有偏见,她只是觉得乏味。相同的卡片重叠在一起,长成许多密不透气的墙。这墙让世界变成无声的喧嚣。这墙推她扭头,转身,默默地将思路留在和潘岩一起的短暂时光里。

无非是都江堰边,悠悠地散步。其实他们都很寡言。只是不说话,也不紧张。几个简单的字说出来,像几片茶叶吐露心声般,渐渐把时间浸染成茶色。天光就这么变成灯光,还是那样的距离,那样的步伐,却越走越近似的。有时候他们也会谈兴大发,说上一大通。过后,他们都觉得像是说了谎一样不安。热烈的情绪会鼓动话语变得浮华,虚假,靡费。它们会随着倾泻的惯性跌向谬误。或是随着悲喜盈盈的表情乔张做致。像蓬起的尘埃,像光晕的侵略。话语很难拒绝装饰的诱惑。它的蜿蜒曲折,带来夜晚的辗转反侧。回去后他们都觉得空荡荡的。总觉得许多言语用诡计骗过了真实的意图逃出唇边,词不达意,心神不宁。生怕哪些字眼变成气泡困在对方的身体里。于是第二天,他们就静静地走,说很少的话。像是这些气泡需要在日常的安稳里慢慢消化掉。尘埃落定。

吴靳发现,连这种畅聊之后的修复时间,他们也是一致的。

她知道他应当是那样一类人。无论在一起多久,都会有一点挥之不去的陌生感。世人认定它为某种苦涩的痼疾带来阴郁多疑。吴靳也爱刨根问底。但她有独特的追问走向。她觉得那东西也许缘于前定,比摇篮更早地就挂在时间的山谷里,在肉体孕育之时已经在周遭游弋。它的性质属于不安与惶恐。

她知道,他是这样一种人。他只听到坏消息,只相信最糟糕的可能性。就算事实都不如他想的那么糟,再遇到事情,他还会想,所有没糟糕的事或许都为了下一次的糟糕。一定有一个巨大的糟糕在等着给我好看。好消息轻飘飘的,吹一下就飞了。坏消息则会顺着他的耳道一路沉甸甸砸进他的体内。是砸到哪里,她想也许是胃。他不是常常胃痛?

整个志愿服务期间,他们像是为了什么似的相互磨合着,彼此认真地调整自己,于是越来越自在,熟悉,懂得,却又根本不知道为了什么。也许他们都暗暗明智地认定,这不过是乌托邦的瘟疫。既然这里是它唯一的宿主,离开便会重获健康。存了这种失败的决心,相处倒是更专注。

都江堰边的对话,像猫和阳光的约会。像慢慢搭起了一堆柴草,长长短短,粗粗细细,毛扎扎,空搭搭。凌乱、密集,却又稳固、蓬松。像又温暖又透气的毛衣。像是那些簇拥在一起的它们,敦厚而通透,只等火。

火,火,哪怕星星之火,将攀着柴草里的气流,轰地燃起一个火球。

他害怕失败,他怀疑伟大。他是个阴沉的人,却并不冰冷。她能感受到他黑暗火热的心。他想用黑暗熄灭烈火,火并不熄灭。火躲藏在黑里,用热的方式酝酿。它们在静心持久虔诚地等待。它们怀着宁愿不要也不妥协的执念等待。等待,爱。真的爱。

爱将轻触那酝酿的黑的热的火,黑融化在火里,从此流淌温暖的光。

整个假期的相亲,她都在都江堰边走神。大多数时候她能平和地完成一顿相亲的晚饭。她总归可以偷偷地古怪。直到遇见一个卡片上写着狡诈和愤怒的男人,竟从平和的表面看到了她走失的灵魂,对方恶狠狠地说,原来你还是个视金钱如粪土的女人啊。她是从那种夸张的神情里看出讽刺的。然而那一刻她正好在回忆中的都江堰旁做了一个决定。于是她欣然地回答他,我是啊。

对面的人愤然离场。她平心静气地回到家里,向父母宣布了她的决定。

她又在草虫的瞥视里大笑了一回。她笑她号令了他的人生。那时候,连他自己都不知道,他将要娶她为妻了。那一刻跟现在一样,他在铁盒子里。铁盒子被扔进海里。那一刻也跟现在一样,跟未来一样,他有了她的想念。

她知道他依赖时间。远航中的时间。那个时间很安全,它不像在岸上被当作金贵的东西分散售卖,它保留着无价的气派。任何他想要的,他都要先丢进时间里熬煮。她这个人,也必须经过时间一遍遍冲刷、沉淀,才算数。他喜欢海上没有信号的状况。他故意丢给他们的爱一个大大的障碍。他想让她等得发慌,沮丧,逃跑。而他想着,反正所有的折磨是我陪着你的,给你的残忍我一定也一并舔尝。这是他的方式,她又是一下就明白。她明白,但她没让自己沉溺在他这种虐心的悖论里。她负责乐观。

直到有一天,他专横地说,我靠岸了,只有一周时间,你过来吧,我们把证领了。她放下电话就去买了车票。嫁给比她大 19 岁的失败的海军将领,吴靳嫁给潘岩,这是她早就决定好的。

一大群蓝色围绕着他,像是给潘岩壮胆。宴会厅的阳刚之气简直要掀翻了房顶。这群惯于出航的邋遢鬼,都统一脱掉了冒犯的海洋迷彩。穿上了缀着金色肩章的规矩的深蓝色军装的他们熠熠生辉。潘岩在他们中间,他总在他们中间。吴靳知道那些女人的烦恼正是,他一直在他们中间。她却从容地看到，任他在那地球仪的顶上或芯儿里，他反正是她的了。那黑亮尴尬的脸。她只看到像野草般杂乱颓然的他，装在这身军装里，对极了。

她又看进去。她知道他仍旧是悲伤的。那个失败还沉甸甸地在那里，还发着幽然隐痛的光。世界一晃……啊，又是那个感觉，又来了。我是我了，你是你了，我们是我们了。一生就是一瞬，余生更攸然可怜。两个点在浩渺虚空里闪，竟然彼此看见。呐喊，狂喜，学会吧！做到了！惊惶地紧紧拥抱。快啊，爱，在这吞噬的虚空里留下一个灼烈的痕迹……

补给舰

一艘军舰在什么时候开始有意识？

让我自己告诉你们吧。在还没看到海的时候，我就知道我是我了。在一群炼金术士巧手的摆弄下，金属群与冥想及咒语一道咕嘟嘟地熔炼；在每一次锤揳、铰合、铆接、涂染之下，一切本来无关的东西紧紧相聚、安插、固定；在一个相对密闭的空间里划分一层一层的更小的空间，大小的圆形方形的开口，粗细的通道蜿蜒，密布，气流优游穿梭；在某个掌控光明星象的关照下，世界骤然一亮，我就是我了。

我像是凭空而来，又像是仅仅从沉睡里苏醒。发动机是我的灵魂？这比喻太过肤浅。在某种炼焊、组合、缠绕、融蚀之中，灵魂就驾临了。灵魂在接缝中，栓塞里，在无法分辨是你或我的混沌地带，无尽地消失和浮现。灵魂是撕裂与弥合的伤口,是疼和牺牲,是奔向毁灭的冲动。风或许刮走了我一部分的灵魂。

当然,起先我只知道我是一艘船,当我得意洋洋地看到几个火力点,我曾激动得以为自己是一艘威猛喧嚣的驱逐舰,后来我沮丧地发现,我最重要的部分仅仅是一个又一个宽深广阔的容器。

一艘补给舰常常被那些恶心的文人臆想成雌性。一些黑矗而多情的作家把我比喻为奶汁饱满泪水充沛的母亲,而那帮驱逐舰上负责补给的小子总远远地吹着匪哨,色眯眯地向我呼喊:奶妈!奶妈!

可我是地地道道的雄性!也罢,天生两万吨的胸怀,让我疏于计较这些唐突的冒犯。我不受虚矫荣耀的蛊惑,对我来说,海洋这个小情人儿带来的丰沛的激情,足以诠释我的飒飒雄风。我也甜蜜地确信,我对她来说,不过于大,也不过于小。唯我可以更深入而持久地进入她。我是那个足以一把揽住她的娇纵又能低头倾听她哭泣,与她相濡以沫、耳鬓厮磨的贴心爱人。他们那一类耀武扬威的军舰,他们不懂女人。他们谁也没有我这样平稳深沉的耐心。他们一心倾注于征服。他们自负地火力全开,或用电光火石迸发出的隆隆声响湮没她歇斯底里的叫嚷,或倚仗惊人的庞大身躯履平她情绪的皱褶。他们使她不由分说。女人害怕不由分说啊。她们要说,要说,要说啊。她们要吐出一圈一圈的焦虑,那些不安的曲折波澜和欢喜浪花,是她们粼粼婀娜的裙摆,听她说,听她说,听她说啊。

作为护航编队里最大吨位的军舰,狡猾的随舰人员们,通常也看上了我这个脾性。他们争先恐后爬上我身体,缩进我体内,奢望享受如恋人怀抱一样的安眠。哈哈,我沉默不语,这想法如同蚂蚁在石块上鸟瞰。他们这一类灵巧的人类,他们不懂海洋。他们不懂得享受惊涛骇浪里的寂静。鉴于我的薄弱的防御力,护航的时候,会攀上来几个个头不小的特战队员,头盔墨镜,肥厚的防弹衣挺立在胸前,像是暗示着同样肥厚的胸肌。于是年轻的小子们,所有的女人以及那些大大小小以啮噬影像为生的机器人,都会把目光聚向他们。他们故作漫不经心地逃避这些目光,任何一个稍有意识的小动作就引来躁动和唏嘘。

我不喜欢他们。对于我来说,他们跟那些偶然来"感受""报道"或"体验"护航的家伙并无二致,也不过是:随舰人员。鉴于还有我更不喜欢的随舰人员,这些特战队员还算过得去。在海盗们密密麻麻的小艇伺机袭来,那像软虫似的梯子的触角就要粘住我光滑的屁股,他们会在摇摇晃晃的甲板上准确地狙击目标。子弹啾啾地绕着小艇四周,那虫子慌张落下,黑细的海盗们边举着双手,边掉转船头仓皇鼠窜。

随舰人员里,还有那些叽叽喳喳到处乱窜的女记者,我不得不说,她们倒也有几分胆量。有几次为了拍风浪,把绳子缠在腰间就攀至信号平台甲板,把潘岩这个老护航都看得心惊肉跳。这就是他们说的女汉子吧。

我最讨厌的随舰人员……

铃声响起。音波粗粝勇猛地灌进我的各个通道,确保最角落的螺丝钉都领受到这喝令的震颤。我顿时肉松体麻,好不舒爽!我和潘岩都喜欢某种简陋而扎实的食物。像劲大的土烟,像颗粒分明的手工黑糖。他正扔进嘴里一颗,清一清嗓子,在铃声的余波里,从广播里扔出几个字:补给准备!

来吧来吧! 繁忙的时候到啦。

黄毛举着撇缆枪，他不时地比画着，瞄准慢慢靠过来的一艘军舰。是一艘只有我一半大小的驱逐舰。看它那个神短气浮的模样，可见连续几天的合练演习，它已经精疲力竭，饥肠辘辘了。黄毛接到指令发射缆绳，他故意冲着对面补给员小子的裤裆，扣动了扳机。橘色的抛投器带着白色缆绳在两艘舰艇间跃起一条弧线。它倒没能直捣目标，却刚好越过他的头顶落在身后。缆绳语重心长地落在他肩膀上，黄毛却已经笑翻了。可对面那小子竟然呆滞着双眼，叹口气，扭身认命地去捡抛投器。要是平时，他一定反唇相讥，妙语连珠，他们你一句我一句，语言的虚骄在海上会大派用场，它们像冰激凌，像巧克力，它们弹跳、躲闪，顽皮得像乒乓球，它们甚至会腾空，迸散，像五彩迷幻的焰火般带来瞬间的甘甜欢乐。看来因为昨晚的七级风，驱逐舰们已经被晃得三魂荡荡，七魄悠悠啊。差点忘了，昨晚来捣乱的可是会在血肉之躯中抽丝剥茧的纵向风浪。

输油管像蛇一样蹿上受油口，油泵颠簸起来，那碗口粗细的管道开始逐渐膨胀。黄毛不甘心，又甩了几句老黄腔，见实在从这蔫毛身上捞不着乐子，就转身往左侧眺望。一艘登陆舰正蠢蠢前行，欲与我标齐，再往后看，远远的另一艘猴急的驱逐舰也正赶来。

哟，饿货们全都来啦。

这又是潘岩的做派。他从不排排队地哺育它们。他总是完成最精彩的多艘立体补给。正合我意哟。唯有这枚奇葩的人类，中意用钢铁的灵魂去思索和面对平庸的情势。永远充沛着大敌当前和大军压境的热情，纵然在无人知晓的大洋深处，也不消减强度。有时候我会怀疑，潘岩有着跟我同样超验的能力，看得到千年的灾难和百年的荣耀，能看得到失败永昼下的伟大焰火。

两侧和尾部各来一艘嗷嗷待哺的舰艇，后面的那位匀速跟进，它总显得较为乖巧。两旁的就麻烦多了。它俩大小不同，速度不同。它们跟我的步伐不同，呼吸不同。虽然也屁颠儿地耐心跟进，仍旧在我和它们之间形成了混乱腾起的涌浪。一片被左右挤压的浪啪地拍倒了一名二级士官，像是被海啐了一口浓痰，潘岩从指挥台探头去瞧，干扰了话筒，于是喇叭里传出一声尖锐刺耳的电波声。钢缆也凑进这连锁反应，脱槽了。

怎么样？

那小子立即爬起来，叫了声，好爽啊！

大家笑起来。

潘岩的喉咙像个粗壮的输油管。在我听起来，他要是高歌一曲，仿佛是三人合声。于是被他劈头盖脸地教训起来，仿佛是被三个人怒吼，那一整沓的气势，真够胆战心惊的。更多的时候，他更醉心于挑战海。这时候他收起气势，默默和我合作。对待我，他倒从不用那种倔脾气。他不仅敬我三分，也让我三分。我猜那尊敬在于我的稳固与庞大，而那谦让，则是因为我的笨拙与憨厚吧。今天他多少有些压抑怒火，像是无论如何不能跟一位老人置气。我难道没有怨气？他偏要在持续颠簸半个月以来第一个风平浪静的日子里选择跟涌浪较劲。他看不出来，整个编队都奄奄一息？

况且他虽然是护航专业户，护航时长无人可及，但他其实并不是天生适合海洋！潘指挥员晕船，并不只是大家一笑而过的传言。他确实晕船，他并不得天独厚。去勘测岛链的时候，放下去的勘测小艇落进漩涡，像饺子一样疯狂旋转。它几乎被浪摁进去，又颤抖着浮上来。潘岩甚至看一眼会反胃。前几天竖浪纵行的时候，他只能紧紧趴在地上。

纵使这样,呕吐几乎替代了呼吸,只祈求被无意识擒获,像硫酸一样浇灭意识,思路像织物一样被腐断……

当然,我也压抑着怒火,像是无论如何不能跟一个积年累月不改颜色的孝子置气。我再屏住呼吸,打起精神,徐徐进入潘岩期待的节奏里。航线上的浪高及风向,瞬息万变,他一遍遍矫正各种搭建和连接。受油能力、油泵压力、小艇过泊、浪高、阵风、惯性、横摆、承重、架设状态、淡水补给……大大小小的补给参数在脑中整理编排,他沉下心,去触摸潜藏在混乱无序之下的优美节律。就是它,就是它,就是它了。

油泵轰然发动,液货门架顶端的输油软管伸展开来,震颤着攀附着索道;补给小车跟随发送头升到门架顶部,钢缆在滑轮里保持安全的紧张度,吊筐缓缓运送,稳稳降落在干货补给平台;涌浪执拗地冲击着两舰的舰体,承重绞车沉着地正转,反转,适时剿灭它的气焰;测距手用力拉紧距离索, 紧密监视两舰横距的变化并通过对讲机与补给站、接收站和操纵台密切沟通;操作手熟练地切换着 15 个红、白、黑色按钮;直升机穿插起落,虽然它嚷嚷着一趟趟运送的不过是一筐筐的南瓜、白菜、土豆,却像大惊小怪的演讲一样叫嚣出一份得意洋洋的气势。

受得了吗? 小破艇,还没吸完奶呢?

黄毛往右侧的登陆舰扔去欢乐的炮弹。

可不嘛,再猛点,饿着呢!

对面的小子很来劲,一边前后扭着胯,做出一个不雅的动作,一边拉开架势准备唇枪舌剑一番。

虽然这是个严肃认真的工作场景,但潘岩并不知道,这蜿蜒的油管，晃晃悠悠的货筐以及那小蜜蜂似的直升机和甲板上披着橘黄马甲的战士们，一同汇成了一幅欢快的场景。这是我从兵仓的战士们聊天的睡前时光里听来的。两横一纵一垂直的立体补给，像极了陆地上那个叫"游乐场"的地方。咯吱咯吱，嘿嘿哈哈，咯吱咯吱，嘿嘿哈哈。我在一些碟片里也瞄见过。据说连这热闹有趣欢声笑语的地方，如今也荒凉起来，那些曾经被炮制出来制造欢乐的机器，已经过时、破败，闲置在那里。只剩流连缱绻的风，咯吱咯吱，咯吱咯吱，像人类无数个热情的相遇和冷漠的分别。

空间放下了喧哗的幕布，把世界交给时间。永恒在目及之处脆弱地微微地悸动着。

白天是空间，夜晚是时间。

夜间的值更官不再穿过甬道去厕所，只蹿上甲板，在舷边尿了。

潘岩和他们如此信赖地伏在我的身上。本舰人员。不用你提醒，我当然知道，夜晚的我，多么具有一种迷人的格调。时间为我镀上一层锃亮清明的理性光泽。世间陷入半死状态，而我仍在时间的准确航道上。只剩时间陪着我。虽然我们在容颜凋落的时候、痛失亲人的时候、热爱偃息的时候曾恶狠狠地诅咒它，但它的沉稳、安详、神秘、自律……终会在天示之下与你相遇。就像此刻，深夜，它不太被打扰和冒犯，不再有无数妄图扼住它的无望挣扎或绝望奋斗。他们都睡着了，闭上眼，把自己交给它，随它一起，滚入大海，任时间抚过，毫发无伤。没有开端也没有结束。

白天，灵魂好奇地活跃在五官之上；夜晚，肉体沉寂，灵魂会像寄生蔓一般后于它的宿主死去。多出来的活命时间，它凝视它的宿主。

灵魂凝视肉体。这种可怕的凝视变成惊愕恐怖的梦。

我知道有关海洋的所有传说和故事,所有的梦。但更能侵扰我灵魂的,无法免俗,仍旧是在我自己身上发生的故事和梦。我不像你们想象的那样冷漠。也许是燃料的热力,电子的灵敏?与本舰人员相处超过十年之后,我发现我的灵魂出窍于钢铁,染上些可怜的伤感。

还是由于这些人吧。他们敲击我的脉搏,感应我的呼吸。扶着栏杆的手通常不具备意义。大风浪的时候,他们真的会灵魂出窍,我眼见他们的肉体趴在各处,灵魂几乎已经颠簸到舰外。我发愿,命定为他们的肉体和灵魂的捍卫人。我和潘岩一同矫正,搏斗,制服身下这个歇斯底里的小荡妇。或许是阴冷迷人的风迷惑了她,她在她自我的辨别里挣扎。而我也发愿,绝不放弃这纯洁而疯狂的海,即便这时的她,凶狠、暴戾、丑陋。但我爱她。我记得她美好的时候。现在需要做的,只是跟随她倾斜、调整、等待。她会好的,像我们爱过的每一个奶水饱满、泪水丰沛的女人一样。她病了,她会好的。

总发生着时间倒错的故事。电话打过来说,母亲在九点去世。他低头看看时间,八点五十分。他知道这是时差的幻觉,但他泪流满面,他静静地盯着秒针,像是他要一头扎进这个时间,还能把母亲那里的钟摆继续往前推动。那里的嘀嗒嘀嗒,像雨一样砸过来,像针一样扎过来,像黑暗一样翻过来。之前听来的一个故事,一个人无意间在谷歌地图上发现自己过世的祖母,坐在自己屋前的地板上看着晨报。太阳那么大,人分明那么活着。

或者电话那头,妻子接起来,又欢喜又紧张。她煤气灶上炖着一锅汤。一面说话,一面紧张。电话那头的延迟,让两个人陌生,忽然有点莫名的躁狂。他像是打扰了妻子的生活。他很为自己的这个想法愤怒。俄而他又为这愤怒而羞愧。电话那边是一位没有男人协助而亲力亲为撑起家庭的可怜女人。于是他轻巧地说了几句话,就挂了电话。他会梦见家里的炉灶,那汤咕嘟,咕嘟,咕嘟。

也有带着些尴尬的幸福时光。上舰之前的大肚子,上岸的时候就有个小怪物塞进你怀里。它不认识你,你不认识它。它望着你一分钟,它哇地大哭起来。你觉得这哭恰好痛快地将时间的硬糖炸裂,头顶绵软温暖的蜜糖般的阳光流泻着沁入心脾的甘洌。你哭也不是,笑也不是,只搂着他,这从时空里召唤来的新鲜礼物。

每完成一次出海任务,重新回到这里的舰员,总有几个心事重重。我听到老潘在舷窗边询问情况。我不太理解人类的这类契约或感情。这类既是契约又强加进情感的东西,多么自大。而黑皱脸上的眼泪是真的,痛苦是真的。

我搂了她。他说。

两个男人沉默不语,一根接一根地抽烟,用烟草的火去熄灭心里的火。

我们也有错。

潘扔出一句铁一样的话。

我只问一句,你还爱她吗?

失败者继续没命地吸着烟,眼泪已经变成盐,干涩地粘在鼻翼两侧。他点着头,像是跟自己讨饶。

她搬不动煤气罐……

生活在我们所认定的残忍面前所呈现的呆滞无情,在时间的后面回味,也许就成了一种不偏不倚的温柔。

过于近或过于远都使我们看不到真相。真相也并不是一种刚刚好的距离。也许它是足够近、足够远以及不近不远的总和,就像人们说,海是蓝色的。

没有法外之地。

智慧不能演算出来,不能拾级而上,智慧也不怜悯。智慧是此刻的海洋,在永恒里肆意流动。根本没有某一滴水,根本没有水,只有海。智慧不对比、牵连、总结。智慧就是智慧本身。

如果真有一个时间的出口,最大的可能它在海上。如果真有一场与这时间的厮杀,也是为军人准备的宿命。老潘帮助他们处理爱情,处理婚姻,处理这种偷偷把尊严和痛苦编织进去的独占和守候。他毫不动情。钢铁的意志。他处理各类问题,只有一个方向:本舰人员。将我身上每个位置的每个人安顿得稳妥、高效、娴熟。

谁也没有想到,终于轮到他自己。我知道他每天跑步的时候,就是在搞定自己。痛苦被吞噬了,愤怒也被噎了回去。一切强烈的事故扔进护航旅途的悠长之中,都被稀释成一声轻叹。这刚好让他把自己稳妥、高效、娴熟地留在这里。

潘岩不如我懂得女人。

她可以微笑观看你的喧嚣,却无法防备焦虑的腐蚀摧毁她的善良。我永远在夜晚丢开人群,静静卧在她的耳边。有时候我们并不交谈,我放下粗重的喘息,慢慢将我的呼吸潜进她的呼吸,就像一个和弦跌进一首曲调里。每每此刻,我会放下千年的硝烟,走进初次的相遇,当发动机拨弄出她第一声惊讶而欢喜的呻吟,用潘岩的话说,我的毫毛都竖了起来。她用温柔钳住了我。她油画的皮肤,绸缎的乌发。她直达地心的磅礴心跳。

我划开她鼓胀的思念,崩泻出像恨一样的爱的浪花。

在我身上还会发生一些奇特的情感。也许只有我知道。远离尘嚣，掐头去尾，没有过去，没有未来。某个他和她相爱了。偷来的时间，隔绝的空间。我观看他们在大海之上，时空之下，烈爱燃成枯槁。用一艘军舰百年的孤独来参照他们，我倒是喜欢这样的故事。我替他们保守秘密，我为他们留存记忆。300天竟然足以沧海桑田。原来许多事情这么潦草、糊涂，只是没有试过用食指轻轻一推，土崩瓦解。原来时间像一条绷紧的皮绳，一松手，就分崩离析。

我最不喜欢的随舰人员是电视台的主持人。你们只看到他们谦逊的微笑和热情的眼泪。我看到他们华丽的赞美之下空洞的神情。他们的空间，是炫目灯光里虚幻的舞台。而他们的时间，呵，都是被华丽虚幻宝石隔离的瞬间。想要拿这么点鸡零狗碎的东西糊弄我们，笑话！

你也许会嘲笑一艘大舰的审美，以为我没有见过人间的风情。我们一起闯荡大海，走遍全世界。最妖娆的身材都集中在海岸线上，我见过殷勤的商贩，见过狡黠的政客，见过慵懒的旅游者，但最具魅力的男人的身体，仍旧是军舰上的他们。本舰人员。铜制管道上常常清晰地倒影着他们，那种习惯性地抬头挺胸，利剑一样顶天立地。他们消灭自己，又重新生长出一个自己。一个一个士兵，没有名字，他们总是排成整齐的队伍，穿着纯白的缀满金色纽扣的制服。像是等着被怀疑一般的完美。对我来说，怀疑是个看起来快乐的抑郁躁狂症患者，怀疑是最执拗的信任，怀疑是死胡同。

他们用彩带把我打扮成庸俗的婆娘，巨亮的浮夸的虚骄的灯遮蔽了我朴素清爽的青灰色。他们懂这种颜色的美妙之处吗？那是天际的颜色,理性的颜色,是康拉德梦里的颜色。只有老潘皱着眉头。他跟我太像了,无法享用这种威慑罪犯的强光。他不停地吩咐,演出不可妨碍航行安全。可那帮小子多数不像我俩这样冷静。连摇头晃脑引经据典的董政委也被油嘴滑舌西装笔挺的名嘴逗得满面笑容, 他身体微颤,活像腊肉在松枝炭火上滴着油。穿着紧身细腰裙的女主持人故作亲密地握住枯黑健硕的女兵,她的香气扑向她,她的爱心扑向她,她的含泪的明眸扑向她……我知道,或许仅仅因为,我和潘岩对廉价欢乐和低级趣味的感知过于麻木。我知道,如果这样的一句评价在人间,一定会被誉为冷血和毒舌。但作为一艘钢铁铸就的军舰,我安之若素,我理应葆有如此这般的高冷格调。但老潘混在人群里,我料想同类多少有些厌弃他。他太无趣了。以庆祝他的生日为主题的聚餐,常常大家喝成一团,才发现他早就不见了。

你看现在,他被安置在舞台下面的第一排。他尴尬黑亮的脸在炫彩的灯里一明一灭。在歌舞升平里岿然不动,像某个古代英雄石像。老潘若听见我的谬论,一定会向我投来一眼淡漠的鄙夷:沧海一粟。

我懂他的悲观主义。但我爱他,我爱我,我爱我们的全部,这个整体。那些短暂的笑、轻浮的泪,那些和菲薄情绪纠缠搅扰的低俗小说,那些敝帚自珍的结绳记事,配不上我们。我们并未靠近永恒,但至少我们曾全速驶往那里。当整个编队应和着海的乐团在霞光里做一次漂亮的转弯,潇洒地把时间丢在脑后时。当暴风骤雨,狂风巨浪,军舰像一片烂菜叶一般被丢弃在天海之间。深黑色的深渊, 恐惧无处存放,宁静震耳欲聋,我们除了彼此,一无所有,去共同回望人间过于喧嚣的孤独时。当宽吻海豚亲昵地探头探脑,蹁跹海鸥在军旗边缭绕鸣叫,日落与日出像镜中姊妹肆意迸发万丈光芒,神灵将纯粹的完美铺展在眼前,我们注视着天地,惊异地无话可说时……难道你我不是时间和空间的主人吗?

我们不能嘲笑用一束追光几句赞美带来的乏味的虚荣吗?

他们可以照耀到我们的失败,但我们的伟大只有我们自己能定义。

不要嘲笑我的调调。一艘军舰从不会从零开始,它从远古的血和泪开始,从未来的罪与罚开始。一艘军舰的腔调本来就应该是古典主义的。甚至是暴君的口吻。精确的曲线,完美的咬合。我实用,高效,利落。为某种胜利而设定,为某种残酷而设定,为某种死亡而设定,却从来不为了某种崩溃、破碎或堕落而设定。一切坚固的东西都烟消云散了。思想的蜜语久炼成毒,理性从孤傲开始,以媾和结束。没有人知道最后的答案。没有人能代言神的意旨。但此刻的世界,我的存在,我坚固的存在,我不以为是一种反叛人性的羞耻。灵魂……一艘大舰的灵魂毋庸置疑地攀附在海洋上,在战争和尊严里,在勇气和噩梦里,在血和死里。

即使是我这样的钢铁之躯,有幸耐住枪林弹雨,不至沉没,也无法耐受时间的侵袭。不知道哪一块锈斑,就开始偷偷腐蚀;不知道哪个涡轮,被时间喋喋不休地规劝,变得失去勃勃斗志。也几乎不会有一个人,自始至终陪伴得起我……血肉之躯。我在时间里将会越来越沉默。新鲜的人,会带来新鲜的智慧,新鲜的技术会呼唤出新鲜的军舰。我会变成一个迟钝的老家伙,还好我没有足够引发好奇的虚名,能在废铁堆里静静消亡。而不是老了老了,变成一个巨大的挂着彩旗丝带的小学生教育基地。变成一个庞大的玩具。

一只鸟抓着栏杆。

世界将死于凝视。

每当靠岸的时候，所有人都急不可耐地冲进熙熙攘攘的人的世界，那个他们心里的世界中心。潘岩跟他们有一样的心情，他心脏怦怦地跳。但他压抑这种渴望：人们不能如此袒露自己的天性。这天性里焦急的贪婪，让他觉得羞耻。他会故意在欢迎仪式拍照过后，再折回舱室，像是觉得我在看着他，不能让我孤独心寒。他忘记了，我正是钢铁铸就，我的坚强足以容纳这些情感的碎屑。我知道再一次起航，本舰人员都会重新带着满满的心情和他们自己来到我怀里。我这里没有那些索取或付出的纠结命题。

但我竟然习惯了他的这种回头。他会静静坐在床上，陪我看喧哗席卷着时间，骚动密布了空间。彩旗……他笑了，他明了一艘军舰的爱恨情仇。他会一直陪着我，等外面安静下来。他们都说，他总是细致工作到最后，其实他不过是想守住一些庄重，让此刻与彼刻体面平缓地过渡，就像应当让今天的自己记得昨天的自己。像松开的双手，让依恋走完指尖最后的皮肤。情感不正是用来让每个戛然而止变成余音缭绕吗？……

可是今天，我在这港口岸边，悠然摇荡。透过阳光的薄暮，世界一晃……就是这个感觉。永恒忽然造访，甜蜜骤然降临。潘岩一无所知。而我早已看见，他将推开舱门。一个背影将转过身来，而他将来不及描摹情绪。

吴靳，你来了？

访谈录

"我……我。"

"五年前，是的。简直不可想象。我很少看过去的自己，我挺厌恶自己的。怎么那么傻，有什么可开心的，笑成那样。没错，痛苦的样子看起来就稍微不那么不可忍受，我特别厌恶自己笑。自鸣得意……人类的自鸣得意，疯了吧？"

"我没有一个奋斗史，确实。如果非要这样类比，我是幸运。受穷、屈辱，这样的事我是没有。我小时候只是觉得挺孤单。孤单一直是个困扰。家里书挺多的，也会看，但是书没有琴亲密。你明白吗？琴可以摆弄它，你摆弄它，它发出声音，这比书好。现在我不这么觉得了，我现在觉得书好。对，不听，什么都不听。不是有'精神鸦片'这个词？音乐，摇滚乐吧，摇滚乐真的是精神鸦片。因为它是沿着'爽'走的，画画是沿着'美'走的，恋爱是对着'美'做'爽'的事。我很小的时候就发现，发生在琴和画周围的爱情比较带劲，诗人也可以，写长篇故事的那些人不会谈恋爱。"

"也许吧。也许只是因为我长得顺眼？我看不出我帅，我只是瘦，我瘦得硬邦邦的，帅是她们告诉我的。她们当然也不是直说你帅。她们更多地会说,爱上了我的音乐。但这不合逻辑对吗?她们还是得占有你的肉体。做爱……这只是一部分,这对她们来说一点也不够。"

"爱过,当然。很爱她。我现在还记得一个场景。她搞砸了,百无聊赖。她哭不出来,像只饿猫。空调开得足够凉,她还是光着。也许我们刚起床。她团在沙发上抽烟,忽然她看向我。你知道吗?人其实很少诚实,不是骗别人就是骗自己,有些人甚至想骗全世界,但那天她看向我,她看向我像是,像是,你救救我,我不行了。那很诚实,像是一个时间的裂口忽然释放出了一道我们无法接受的谜底。我没有抱住她,也没有接吻。我走到她对面坐下,她把腿伸过来搭在我腿上,我握着她的脚,把它们揣进怀里。她又猛吸了几口烟。"

"我为脆弱着迷。我爱睡觉。我爱奉送优越感,一旦成功送出,对方就会从眼睛开出一朵温暖的花。我屡试不爽,像个猥琐的乞讨犯被毛茸茸的同情心抚摸,享受各种免费的快感。一开始主要是因为懒惰,我不愿意去工作,女人们愿意养活我。她们的善意一再让我傻眼,这和后来的酒瘾一样要命。"

"那个众所周知的大成功?还没有。但之前的几个月才是最不可思议的。小哲来了。食物也好吃,也是怪了,她忽然就学会了做饭。不可思议。她迷上了做饭。我们也什么都敢吃,海鳗!盘成两个圈的海鳗,辣椒和豆豉,下面铺上很筋道的手擀面,'鳗鳗去死'就是那天写的。我和小哲聊音乐很带劲,她喜欢反权力,我更想反物质,反消费阶层。我们像赌徒那样叫板,一人一首地放出自己播放器里的存货,我们的筹码是盐焗蚕豆,裁判就是我们自己,实在争论不下,我们会把厨娘叫出来。她会举着炒勺,指着谁的脑门就算谁赢。也不一定是垃圾摇滚,迷幻,老牌重金属,莫扎特也可以,还有很难听的民谣,没完没了地听。我赢了十几局,小哲想翻盘,她放了一首萨蒂。萨蒂,我们很迷了一阵萨蒂。我们不说话,萨蒂的音符沾满了屋子,直到她端上一碗用烟头和鸡蛋炒的饭。然后我们决定送她出去赚钱,哄她去一个很破烂、生意却好得不得了的服装批发市场。她被'很好赚'吸引了,工作很简单,找货点货发货,一整天耳朵里全是塑料包装袋刺刺啦啦的声音,一大早钻进地下室,出来的时候天也黑了。听着她的抱怨,我写了'重见天日'。就是这样的混账日子带来了这些歌。你们管这叫作才华,总之,随便吧。"

"《鳗鳗去死》作词:小哲。作曲:JY。他在桌子下面画画/黑色的包围/闪着荧光的海水/他在为谁垂泪/夜晚遭受白昼的包围/包围/直到头发打结生烟/拖出来/把他拖出来/从桌子下面拖出来/把他全身上下都喷满香水/撕碎他的画/撕碎他荧光色的头发/鳗鳗去死/让他鳗鳗去死/死吧。"

"《重见天日》作词:小哲。作曲:JY。蚕丝包裹你的身躯/等待化茧成蝶/当露水藏起星辰的光辉/在骄阳似火中升华/成粼粼的湖光/光阴的圆镜裂成锋利的/时空碎片/你是否愿意将它扎进/我们风化的心脏/尘土退去/到残阳里收割/西风的纤维束/窗明几净/而光线开始摇摆进空间/记忆伴随地震弹向天空/你婴儿的牙齿/你婴儿的唾液/你经历雨水的冲洗/云中游动的白鲸/不再逗留/一切都将成为很久以前/那一天/

尘封了重见天日/蚕丝包裹你的身躯/一死方休。"

"钱的好处是你总能轻易找到乐子，特别是刚开始有钱的时候。她也喜欢钱。她倒是不喜欢包,她喜欢五星级酒店,最好带露台的那种,走廊上堆满了现代主义雕塑,最大的那个才是达利的。说到底她还是最喜欢我,有了钱的我,在酒店绵软的大弹簧床上的我她最喜欢。她喜欢的所有都绕着我,我是线轴。有人说这是狮子座的寻味方式——持久而专一地施暴,这样才爽,尼禄说不定是狮子座。但她倒是很久之后才懂得吃醋的。也许因为她本来就是一个不太灵光的人。可悲的是,她灵光一现的时候她哭。我厌烦透了。我喜欢欲言又止,我喜欢泪花闪动,而夺眶而出。唉,我烦透了。"

"我和小哲从来就没有分道扬镳。也许还是萨蒂。他抓住萨蒂不放,于是就去了西藏。我领悟不到这些。我一直觉得小哲是一个华丽而洗练的人。哪怕他出现在我眼前的时候正好跛着脚,对,他正犯着痛风,他拖着僵硬的腿脚走进来,我还没来得及觉得他滑稽,他就先斩钉截铁地开口,你写的那首《连裤袜》听起来像一堵墙,他说。我一时语塞,他已经端坐在沙发上了。当然她先于他一步穿好了衣服,他长得像一条英俊的狗,她说。就是这样,对,当时就是这样。一般来说我作曲,他写词。他没有妞,或者某个小城里藏有他的一个妻子和两个儿子,这我都不关心。小哲对我这种无所谓很舒服,我猜这是他来找我合作的一个很大的缘故。我们癖性相合。我们三个人住了一整年。"

"《连裤袜》作词:小哲。作曲:JY。时间是一场游戏/华丽的文身/完成了雏形/夏日的高塔/夜空闪烁的摩斯电码/跳进蛋糕模子里/五百公尺的高度/烘烤整整三十五分钟/血液起泡了吗/白色的绸缎下面/皮肤起泡了吗/紫色蒲公英和你的爱人/用子弹撬开脊椎/游向窒息的主人。"

"我不同意那些说法。我很需要小哲。作曲……我写出的那些音符更像是一种生理排泄物,动听,但我缺乏……我缺乏器皿。小哲太重要了,没有小哲,不会有那首'爷爷! 爷爷! ',更不会有'悸动的中指'。有他我才会随心所欲。我全无信心,我写得全无章法,我只是写,而等小哲做出小样再弹给我听的时候,我都不觉得是我写了它们,我只是觉得它们很熟悉,像是曾经惝恍迷离于我的呼吸中。但天知道,如果没有小哲,它们永远会是孤魂野鬼,全然找不到投胎还魂的路径。我依赖小哲,他那种结结实实的笃定。"

"《爷爷! 爷爷! 》作词:小哲。作曲:JY。爷爷爷爷你的怀表煮烂了吗/爷爷爷爷你的拐杖煮烂了吗/爷爷爷爷你聋了吗/爷爷爷爷你在草莓的爆破里劫后余生了吗/爷爷爷爷我们在吃盐焗蚕豆/你看见天空正在下雪吗。"

"《悸动的中指》作词:小哲。作曲:JY。你站在那里/远远地向我竖起了中指/我仿佛看见你在笑/你的笑是假的/你的笑是假的/你的笑是假的/哈哈哈哈哈/我这么说你不合适吧/我仿佛看见你在那边/远远地向我竖起了中指/我看见你在笑/你在笑什么/你在笑什么/你在笑什么/

让我们用中指拉钩/拉开红酒瓶塞的声响/让那些约定/一醉而过。"

"这是我没有想到的,小哲也想不到。她自己更想不到。谁能想到?她说无非是我们的那把火燎到了她,而她恰好是他妈的易燃品。哈哈哈哈,哦,她。我在想到她说这些蠢话的时候,我还是会很……不不不,可能是想到她当时,哈哈哈哈,哦我的天,易燃品……我也不知道我为什么要笑。是的,她现在红,史上最离奇的走红,是这个说法吧,她的头像加上光圈被四处转发以求幸运,她狂叫着哭出很长鼻涕的表情包风靡全网,那些我知道。一开始我没有奇怪,我高估了我自己,我以为看她的人都是我的歌迷。他们恨她,因为她跟我睡。过了一天我就发现并不是这样,他们真的在看她,关注她,喜欢她。实话实说,如果她就此出道,另踞山头,我会觉得撞上这荒谬还蛮爽的。但改变的不是她,也不是我。她仍旧爱我,只爱我。所有对她的关注和喜欢,都跟着她,跟着她痴缠坚韧的爱一并落到我身上。天哪,她本来只是一只小型怪兽,你们让她变成了异形。于是我不得不关着浴室的门,一边抑制自杀的欲望,一边尝试思考,你们喜欢她什么?她不会唱不会跳,哦,她会做大盘鳗?哈哈哈哈哈哈,她。对不起,我也不知道我为什么要笑。请把纸巾递给我,谢谢,可是后来我其实明白了,真诚是有力量的,那种感染力,忘我的,她有,如果说有什么是确定无疑她拥有的,那就是真实,她有真诚的天赋。她总把事情搞砸,她只会哭,她让所有人觉得她需要被帮助。我现在也愿意承认,那也是一种魅力。那是魔力。她就和真实世界一样难缠。她不像我的那些爱情,那些春天来、夏天走的一过性发热,那些女人在我心里盛开,又像鸟一样飞出去了,她不是,她不知道从哪里搞来一棵植物,一茬一茬,永远给我一种未尽之感。"

"但我们越来越平庸。这让我们心惊肉跳。每个动听的旋律都不再愤怒,但每个愤怒都无端端地背离美。我和他都知道,那些又独特又好闻的气味离我们而去了。可笑的是,歌迷却越来越狂热,他们喜欢那些更差的歌,乐评人说,前无古人,钱哗哗地进来,赞誉从天空弥漫到海洋,最犀利的学院派一锤定音,'旋律的复兴',地下摇滚都躁起来想跟着鸡犬升天……像是如果我们对自己还不满意,只能是我们的妄念。不然呢?不是我们疯了,就是世界疯了。我从小哲些微的眉头里看得到和我相同的焦虑,但我们的妥协在于,我们都不说出来。我仍旧写,他尽量改,越来越快,像是故意应和世人关于天才的想象。反正酒越来越美味,喝醉之后,我像是也不那么讨厌自己。我们飞来飞去,极尽挥霍之能事,一年之内,我们从吃盐焗蚕豆的二×变成了能在任何金碧辉煌的地方都不再局促的傻×。她说,这红酒掺了水吧,她其实并没有装模作样,她根本不会。但那种挑剔的中产阶级德性自然而然地长到她的脸上,她的两千块的假睫毛上,这让我作呕。我们必须反叛才能维持现状,不进则退你懂吗?我只记得我们不是他妈的摇滚乐吗,在铺着花边餐布的大厅捏着高脚杯点评红酒,这他妈的不是摇滚乐。不是,确实不是,那里有一架钢琴,还有一个露背细腰大胸的女人哼唧着爵士,那种爵士,那种爵士你知道的,早期黑人拼命爬进上流社会时的那种爵士。我的天,她点评着红酒,她捏着高脚杯点评着红酒,她捏着高脚杯按照爵士的节奏晃动着它,一边晃一边说,这酒一定掺了水吧,自鸣得意得像个长脖子孔雀,翎子上还有一颗闪得我烦躁的钻石。是的,那酒一定没有掺水,因为我喝得义愤填膺,我一把揪住她脖子上的项链……"

"是的,没错,于是有了那张炸翻天的照片。拍它的并不是狗仔,
也不是记者,话说回来,这个时代有手机就可以做记者对吗？她确实
非常上镜,那照片也极富动感,那钻石项链飞在空中,也极富姿态,
'后摇滚之后',妈的,为了文字游戏,我和小哲因为她的'封后'而被
命名了。就像她说的,易燃物的火源已经找到,她开始不由自主地爆
破,一飞冲天,母仪天下。而我开始明目张胆地约会粉丝。或许我有点
相信灵感刺激之说,事实上我只想去生活的背面过两天。她离我太
近,她太稠密了。我就是想去和不是她的人发生点什么,管他什么,我
写不出歌了,我的某个排泄通道阻塞了,这他妈的更像是生理性痛
苦。"

"这件事,我就知道你们非得绕到这件事上。那我告诉你,这件事
我一直都知道。小哲也知道我知道。她也知道我和小哲都知道,这是
当然了,她明明为了我知道而做,这有什么稀奇的,你们以为我会否
认？她这点疯狂的小举动值得遮遮掩掩？值得你们细嚼慢咽了好几年
今天还要问个明白？这么说来,她跟你们是一伙的,怪不得你们喜欢
她。你要是能知道我们有多么无所谓,你一定会很失望。就像她的歇
斯底里。这样的事不构成生活本质的那部分,这件事远不重要,这比
她哪一次哭闹都更不重要。你也许可以用弗洛伊德来分析我,我这样
一个一直靠女人养活的人,我情感之中妒嫉的部分早就磨灭了。这样
的一件事,无非和她往蛋炒饭里放烟头一样。这就是她,有点莫名其
妙,想要故意犯罪,但对自己犯傻的平凡创意无能为力。她是个不太

灵光的女人，以至于她的报复念头以及实施地点都没有离开那四十平方米。一个男人和一个女人，他们过了一夜。这是人类社会最喜欢被反复婆娑的部分，我理解不了。我只是觉得乏味，我不觉得冒犯，但我烦躁。至于气到颤抖，当时就没有，现在更没有。"

"我就知道你们会这么说。为什么你们一定觉得，越折腾越是爱，越纠缠越是爱，再说了，爱是什么东西，在你们说起来，它至少是一个好东西吧。但我告诉你，这不是好东西，我和她，她和小哲，这些玩意儿绝对不是好东西。音乐是好东西，或许她成天抹着泪儿的惶惶不安也是好东西，但非要把爱抻成天长地久的傻×样子就肯定不是好东西。这倒是可以让彼此熟悉，极其熟悉，肌体冲突，吐沫飞舞。天，我还是说不明白，小哲一定能说明白，但我猜他只会扔出沉默对付你们，就像扔出一根没有肉的骨头，他一定看不上你们。"

"他没在西藏？他和'与其乐队'合作了？哦，挺好。那些钱是他应得的。这不正是我说的，你看，没有他我已经不写歌了，但他还可以继续合作和创作。这刚好证明了他的才华。是的，我永远佩服他。他虽然也可以和我待在四十平方米并一个异形的陋室，他的内心一直是井井有条的。他和我喝一样多的酒，但他从来不醉，他还需要照顾我，照顾她。要是我成天把吐得恶臭烂泥一样的人拖回房间，我一定诅咒他赶紧去死。小哲永远清醒。他这样的人才配繁衍后代，如果是她和他哪天搞出了孩子，我一定不妨碍她生出来，我说不定会跟他们一起养他。这是为世界和平做贡献。但我不行，我和她不行。离开我这种人小哲会做出更好的音乐，我说的你们别不信。"

"钱可以很好地培育麻木，感官麻木，道德麻木。钱可以招来那群阴谋家一样的高级公关团队。我在某些清醒的时刻，听到他们煞有介事地编派命运，我会狂笑不止。他们自诩能左右舆论，他们不是骗子，他们是蠢货。他们在操纵现实？他们最多在盘点现实。反正在他们的精心谋划之下，我摇摇欲坠的道德问题愈演愈烈。他们一次次大惊失色，却发现无论是酗酒还是和她频繁互殴，都没有让我掉粉，我和她变成了这个国家最惹关注的超级 CP。'后摇滚之后'，亏你们想得出来。果然你们不喜欢更高尚、更优秀的人，你们喜欢我们，你们目不转睛恰恰证明你们是最可悲、最无聊的人……你看，我不止一次这么直白地恶狠狠地咒骂你们，你们更爱我了。我们更有钱了，而更有钱并不比很有钱多出点什么，更贵的酒也一样可以醉得一塌糊涂。最后她连五星级酒店的床也不喜欢了。她又只剩下喜欢我。你们于是更爱她了，一个陪伴着恶魔的女孩，啊，这女孩还怀孕了，她会生出一个更具观赏性的孩子!! 你们希望观赏这些自毁性的人格。你们等不及看我祸害了她，再集中精神祸害自己。可惜我已经接受自己不写歌了。我向自己施了结扎术。我骗她喝下了堕胎药。我不接受你们的制裁，我接受法律的制裁，我会老老实实坐完牢出去，我会变成一个普通人。就是这样。"

"我不能见她。不是恨，只是……生理性反胃。真的，我愿意听到她的好消息，无论是她发了财还是减了肥，我也可以给她送花，还可以在媒体忏悔，那些愧疚和悔恨也会油然而生，这并不费劲。我对不起她，我给她灌了一剂狠药还骗她说是掺了水的红酒。我愧疚，我只是不能见她。属于两具肉体的折磨已经发脓溃烂,它们一旦相遇,那些不死的活菌又会蠕蠕而动,那些东西会让你呕吐。我不恨她,我只是必须杀掉那个孩子,这个念头在脑中像飓风一样折磨我。我这样的血液,我和她这样的血液,不可以再渗进未来的时间沃土之中。直至今天,在这石棉巧克力味的大牢里,我也觉得这是我能为人类做的最毋庸置疑的善举。我毫不后悔。"

- 对话现代生活
- 数字化的孤独
- 自由的表象
- 走近文学故乡

码上发现

编者注：为了不破坏本书新潮独特的气质，不干预读者流畅的阅读过程，书中对英文词句、缩写、商标等内容均未作注释。考虑到部分读者的潜在需求，我们把注释内容放进了云端，有需要的读者可扫码获取。

这个时代的"真相"是什么?

1 议题

对话现代话

数位名家对谈作者
看他们如何解读本书

2 议题

数字化的孤独

社交往在云端
孤独感该为现代人的
社交媒体该为现代人的"背锅"吗

码上发现

3 议题

眺的表象

单向度的社会环境
我们该去向何处

4 议题

走近好故乡

看莫言、刘震云等多位
作家如何将生活的故乡
转化为文学的故乡